Stille Invasion

Hans-Ulrich Jörges

Stille Invasion

Roman

edition q im
be.bra verlag

An den unterschiedlichen Schreibweisen West-Berlin und Westberlin ließen sich in den Zeiten der Teilung ideologische Differenzen ablesen. Im Westen wollte man mit dem Bindestrich klarmachen, dass West-Berlin Teil der fortbestehenden Hauptstadt sein sollte. Im Osten wurde Westberlin mit dieser Schreibweise zur selbstständigen politischen Einheit erklärt. In diesem Buch werden beide Schreibweisen benutzt.

Bibliografische Information der Deutschen Nationalbibliothek
Die Deutsche Nationalbibliothek verzeichnet diese Publikation in der Deutschen Nationalbibliografie; detaillierte bibliografische Daten sind im Internet über http://dnb.d-nb.de abrufbar.

Berlin-Brandenburg, 2021
KulturBrauerei Haus 2
Schönhauser Allee 37, 10435 Berlin
post@bebraverlag.de
Lektorat: Gabriele Dietz, Berlin
Umschlag: Manja Hellpap, Berlin (Foto: mauritius images / Norbert Michalke / imageBROKER)
Satz: ZeroSoft
Schrift: Stempel Garamond 11/15pt.
Druck und Bindung: GGP Media GmbH, Pößneck
ISBN 978-3-86124-752-4

www.bebraverlag.de

Aufmarsch

Dienstag, 23. September 1980
18.47 Uhr

»Unbewaffnet schicken wir euch nicht zum Feind.« Franz Wollseifer raunt die Worte nur, schiebt den Uniformierten durch eine graue Stahltür ins düstere Nebenzimmer und öffnet seine abgewetzte Aktentasche. Er zieht ein dunkelbraunes Schulterholster hervor und eine frisch geölte Pistole.

Durch die halb geöffnete Tür fällt nur spärliches Licht aus dem großen Umkleideraum, wo einige Dutzend Männer dunkelblaue Uniformen anlegen. Wollseifer, Oberst der Staatssicherheit, drückt dem anderen die Pistole in die Rechte. Hans Kotowski, der Stasi-Major, soll die Truppe nach West-Berlin führen. Seine Handflächen sind trocken. In solchen Momenten beobachtet er sich selbst ganz genau. Der stellvertretende Minister hat ihn ausgewählt für den »besonderen Einsatz vor dem Feind« – und er hat keinen Moment gezögert. Oberst will er werden. Oberst wie Wollseifer, der einen Volvo fährt und eine Datsche in der Schorfheide hat.

Kotowski wendet den Kopf zur Seite. Der Oberst, ein gedrungener, vierschrötiger Mann Mitte sechzig im hellgrauen Anzug, riecht säuerlich. Sein Atem ist kaum zu ertragen.

»Das ist eine Westberliner Polizeipistole«, sagt Wollseifer mit gedämpfter Stimme. »Eine P1. Neun Millimeter Luger aus französischer Produktion. Gesichert, mit acht Schuss im Magazin.« Auf dem linken Griffstück, unterhalb der Seriennummer, sticht der West-Berliner Polizeistern hervor. Klein, feinkantig. Man kann ihn spüren, wenn man die Waffe in der Hand hält.

Der Oberst zieht dünne schwarze Lederhandschuhe aus seiner Aktentasche. Kotowski hat unterdessen die Uniformjacke abgelegt, das Holster über sein hellbraunes Hemd gezogen und sich wieder angekleidet. Wollseifer wischt mit einem weichen Lappen die Fingerabdrücke von der Pistole und schiebt sie dem Major ins Holster, ein Reservemagazin hinterher.

»Du wirst die Handschuhe ab jetzt tragen, bis zum Schluss. Die Pistole ist zu eurer letzten Sicherheit. Von der Westberliner Polizei und der britischen Militärpolizei habt ihr nichts zu befürchten. Die werden euch nichts tun. Die brauchen euch.« Wollseifer lacht auf. Kotowski würgt wegen der sauren Atemluft. »Aber die sogenannten Streikenden sind unberechenbar. Niemand weiß, ob nicht der eine oder andere Terrorist eine Wumme im Hosenbund hat. Zieht er die, darfst du in Selbstverteidigung schießen. Aber nur dann. Danach wirfst du die Waffe weg. Möglichst weit. Und gehst selbst langsam nach hinten ab, unauffällig. Die Genossen werden dich decken. Findet man die Pistole später, wird man den Schützen in den Reihen der Westberliner Polizei suchen. Die Waffe stammt aus ihrem Depot. Alles ist echt, auch die Seriennummer.«

Die beiden Offiziere kehren zurück in den fensterlosen Umkleideraum im Zwischengeschoss des Bahnhofs Friedrichstraße. Das graue Gebäude, 1882 eröffnet, atmet den Kalten Krieg aus jedem Nagel, jeder Niete, jedem Bolzen. Dicht neben dem Bahnhof hat die DDR eine provisorisch anmutende Halle aufgeschlagen, den »Tränenpalast«, in dem die Ausreisenden, von Freunden oder Verwandten tränenreich verabschiedet, für den Grenzübertritt kontrolliert werden. Das Verfahren ist so kalt und inhuman wie die Grenztruppen, die damit beauftragt sind und dem Ministerium für Staatssicherheit unterstehen.

Aber nicht nur deshalb ist der Bahnhof Friedrichstraße auch ein Geheimdienst-Knotenpunkt. Eine unauffällige stählerne Tür in einer Backsteinwand gestattet ein- oder ausreisenden Agenten den unkontrollierten Grenzübertritt. Der Schlüssel für die Stahltür liegt in einem Panzerschrank im Ministerium für Staatssicherheit in der Normannenstraße. Wer diesen Schlüssel überreicht bekommt oder an sich bringt, ist schon fast im Westen. Durch die Stahltür auf den Bahnsteig, rein in die nächste S-Bahn – und ab in den Westen. Mancher fliehende DDR-Agent hat aus dem Panzerschrank in der Normannenstraße auch brisante

Dokumente mitgenommen, als Eintrittskarte bei westlichen Geheimdiensten.

In dem Umkleideraum stehen Holzbänke an den Wänden, darunter sind Taschen und Schuhe geschoben. Darüber in dichter Reihe Kleiderhaken, an denen die Männer Jacken und Mäntel aufgehängt haben. An der nikotingelben Decke leuchten Neonröhren. Zwei von acht sind defekt und flackern nervös. Es riecht nach dem Putzmittel für den rostroten Kunststofffußboden. Westler erkennen den Geruch auf Anhieb, für sie ist er ein Kennzeichen der DDR. Ostler nehmen ihn gar nicht wahr. In der Mitte des Raums steht ein großer, rechteckiger Holztisch, darauf zwei Motorsägen, Stemmeisen, Äxte und Schlagstöcke.

Die Männer uniformieren sich schweigend. Sie sind in Gedanken schon bei dem, was kommen wird und was sie in groben Umrissen aus der Einsatzbesprechung wissen. Fünfundsechzig Mann, keiner älter als vierzig, sind unter Wollseifers Kommando hier versammelt, haben Uniformen der West-Berliner Bahnpolizei mitgebracht, die ihnen in der Kleiderkammer der Staatssicherheit angepasst worden sind. Die hat sie aus Beständen der Berliner Reichsbahndirektion beschafft.

Auf dem Bahngelände im Westen der Stadt, wo die vier Alliierten – Amerikaner, Briten, Franzosen und Sowjets – die Betriebsrechte nach dem Krieg der DDR-Reichsbahn übertragen hatten, ist zur Sicherung der Ordnung nur Bahnpolizei zugelassen, nicht aber die in Ost-Berlin und der DDR übliche Transportpolizei. Die Trapo ist militarisiert, mit Pistolen, Karabinern und Maschinengewehren bewaffnet, trägt das Hoheitszeichen der DDR – Hammer und Zirkel – silbern an der Mütze und ist dem Innenministerium unterstellt. In den Fünfzigerjahren gehörte sie sogar zum Ministerium für Staatssicherheit – und einiges davon ist erhalten geblieben. Denn die Truppe ist dicht durchsetzt von IM und OibE, Inoffiziellen Mitarbeitern und Offizieren im besonderen Einsatz des Geheimdienstes.

Die Bapo indes gibt es nur auf den West-Berliner Bahnhöfen und Transportanlagen. Mehr als Schlagstöcke hat sie nicht zur Verfügung. Ihre Uniformen tragen nicht silberne, sondern goldene

Abzeichen, ohne das Staatsemblem der DDR. Und die Bahnpolizisten haben keine militärischen Ränge, sind nicht Feldwebel, Leutnants oder Majore, sondern Sekretäre, Inspektoren und Amtmänner. Immer wieder sind auch Trapos, vor allem Offiziere der Transportkriminalpolizei, auf West-Berliner Bahnanlagen beim verbotenen Einsatz erwischt worden. Es gab fast dreihundert Ermittlungsverfahren wegen Amtsanmaßung und Nötigung. Doch die verliefen alle im Sande. Der Westen wollte die DDR draußen halten, den Konflikt aber nicht auf die Spitze treiben.

Die Doppelstruktur von Trapo und Bapo aber ist Camouflage, ein Betrugsmanöver der DDR, von dem niemand im Westen weiß. Denn in Wahrheit besteht auch die Bahnpolizei in West-Berlin aus Transportpolizisten, wenn auch ohne Schusswaffen und in anderer Uniform. Die Bapo ist das Trojanische Pferd des Ostens im Westen. Am 17. Juni 1977 haben der Innen- und der Verkehrsminister der DDR in einer Geheimen Verschlusssache vereinbart: »Die Planstellen in der Abteilung Bahnpolizei werden durch Angehörige der Transportpolizei besetzt.« Die Bapo ist der Führung der Trapo unterstellt und erhält für den Dienst in West-Berlin entsprechende Ausweispapiere, die nach dauerhafter Rückkehr in die DDR eingezogen und vernichtet werden.

Die Geheime Verschlusssache »I 020845« bestimmt: »Zum Überschreiten der Staatsgrenze zwischen der Hauptstadt der Deutschen Demokratischen Republik und Westberlin (Grenzübergangsstelle Bahnhof Berlin-Friedrichstraße) erhalten die Angehörigen der Abteilung Bahnpolizei Sonderausweise der Deutschen Reichsbahn gemäß den dafür bestehenden Weisungen.«

Im kalten Licht des Umkleideraums schlüpfen die Männer hinein in ihre trojanischen Uniformen, die sie nach dem Marsch über die Mauer im Westen tarnen sollen. Es sind sorgfältig ausgewählte Kämpfer, Stasi-Leute bei der Transportpolizei, nun in westlichen Uniformen, ergänzt durch hauptamtliche Offiziere mit Nahkampfausbildung, Spezialisten aus der Zentrale. Als sich die Einheit umgezogen hat, bittet Wollseifer um Ruhe.

Die Männer wenden sich zu ihm um.

»Genossen, ich überbringe euch die Grüße und guten Wünsche des Ministers, Armeegeneral Erich Mielke. Ihr geht in einen Einsatz, wie es ihn noch nicht gegeben hat. Ihr marschiert, wie euch gestern erläutert wurde, auf den Schienen nach Westberlin. Immer nur auf den Bahnschienen. Und eure heimliche Invasion ist dem Westen willkommen. Den drei Besatzern, denen die Sowjetunion den Weg gewiesen hat, der BRD-Regierung und dem Westberliner Senat. Niemand wird euch angreifen, wenn ihr das Nest der streikenden Provokateure im Containerbahnhof Moabit ausräumt. Andere Genossen haben heute schon überall in Westberlin besetzte Stellwerke ausgehoben. Ihr werdet den unverschämten Angriff auf die Deutsche Demokratische Republik, den Versuch der Infizierung mit dem polnischen Bazillus, endgültig zurückschlagen. Auf unsere sozialistische Republik ein dreifaches ... Hurra, Hurra, Hurra!« Die Männer fallen ein in die Hochrufe. »Übrigens«, endet Wollseifer, »ich sage es noch mal: Rauchen ist verboten im Einsatz. Die Glut von Zigaretten darf euch nicht verraten. Lasst die Päckchen hier.«

Der Oberst öffnet die stählerne Tür zum Bahnhof. Euphorie überschwemmt ihn. Er hat die Ehre, die Tschekisten-Ehre, diese einmalige Operation zu führen, eine stahlharte, handverlesene Truppe über die Schienen zum Feind zu schicken. Und der macht auch noch gute Miene dazu, begreift vielleicht gar nicht, was er da tut. Der militärische Sieg wird auch ein politischer sein. Wollseifer hat an der Schlussbesprechung beim Minister teilnehmen dürfen, als der noch einmal alle Details des Einsatzes in Erinnerung rief und mit dem Appell endete: »Genossen, baut keinen Mist! Das darf nicht schiefgehen! Holt den Containerbahnhof zurück und zertretet das Terroristennest! Nicht nur unsere Partei schaut auf euch, sondern auch Moskau, Washington, London, Paris und Bonn! Wann gab es das schon mal, Genossen?« Und er ist dabei, er, Franz Wollseifer, einziger Sohn unter sieben Kindern des Schusters Heinrich Wollseifer und seiner Frau Grete, Lumpenproletarier aus dem Wedding.

Kotowski geht an ihm vorbei, dann der Rest der Truppe, einer nach dem anderen. Der Oberst gibt jedem die Hand, um zu spüren, ob die Rechte feucht ist oder trocken, ängstlich oder entschlossen. Er spürt nur trockene Hände mit festem Griff. Doch da passiert ihn einer, Horst Runow, Leutnant aus der Normannenstraße, dessen Blick flackert, der die Augen niederschlägt, als Wollseifer ihm ins Gesicht blickt. Moment mal ... Soll er ihn ansprechen, zurückziehen, zur Rede stellen? Hat das etwas zu bedeuten? Schwankt er etwa? Ist er eine Gefahr für seine Genossen, für den Einsatz? Ach was. Schon ist Runow weitergegangen und Wollseifer gibt dem nächsten die Hand. Bloß jetzt keine Irritation und am Ende noch alle nervös machen. Runow hat sich als zuverlässiger Tschekist bewiesen, niemals geschwankt. Gerade in diesem Streik hat er sich bewährt als Agentenführer. Deshalb hat er ihn doch ausgewählt. Das wird schon.

Kotowski geht an der Spitze, ordnet die Truppe draußen, bevor sie eine Treppe emporsteigen zu den Bahnsteigen. Vorneweg vier Kommandeure, denen er sich anschließen wird. Hinter den Kommandeuren drei Gruppen von jeweils zwanzig Uniformierten in Zweierreihen. Gummiknüppel am Gürtel, einige mit Stemmeisen, Äxten oder Motorsägen in der Hand.

Wollseifer nimmt Kotowski an der Bahnsteigkante am Arm, zieht ihn noch einmal zur Seite. »Genosse Major«, sagt er leise, »hab, wann immer du kannst, ein Auge auf Runow, er erscheint mir ein wenig rätselhaft heute. Nervös. Weich.« Kotowski wirft über die Schulter einen Blick zu Runow und nickt stumm.

Der Bahnhof ist nur spärlich beleuchtet und fast menschenleer. Reisende werden nicht mehr auf die Bahnsteige gelassen. Die letzte S-Bahn, die trotz des Streiks noch den Grenzübertritt sicherstellen sollte, ist vor gut zwanzig Minuten Richtung Charlottenburg abgefahren. Es ist kühl, der Himmel bedeckt. Der Wetterbericht verspricht, dass es nicht regnen wird. Die Stasi-Bapos klettern vom Bahnsteig hinab auf die Schienen, formieren vier Züge und laufen los. Die letzten beiden Männer lassen sich etwas zurückfallen und sichern nach hinten. Keiner spricht ein Wort. Die Truppe bewegt sich auf leisen Sohlen über die Schwellen. Zu hören ist nur das leise Klappern der Äxte und Stemmeisen, die gelegentlich an die Koppel schlagen. Kotowski geht vorn, wendet sich hin und wieder um. Seine Rechte tastet verstohlen nach der Pistole.

Als sie losmarschieren, sehen sie über sich, vor der mächtigen Glasfront am Ausgang der Bahnhofshalle, die Silhouetten zweier Doppelposten der Grenztruppen. Sie patrouillieren auf einer Stahlbrücke hin und her, die Maschinenpistolen über den Schultern. Wer es durch die Grenzkontrollen auf den S-Bahnsteig Richtung Westen geschafft und einen Zug bestiegen hat, ist fast schon raus aus der DDR. Fast. Denn bis zum allerletzten Meter sind Waffen auf ihn gerichtet.

Die Grenzer oben sind vorgewarnt, blicken neugierig hinab. Einen solchen Zug haben sie noch nicht erlebt. Als die falschen Bapos unter ihnen hindurch aus der Halle laufen, ruft einer halblaut von der Brücke, trotz des Schweigebefehls: »Sieg, Genossen!«

Es ist 19.38 Uhr. Britische Militärpolizei wartet jenseits der Mauer.

Aufrührer

Zwei Wochen zuvor:
Montag, 8. September
10.32 Uhr

Noch nicht die Chinesen. Valentin Freytag schaut aus dem Bürofenster in der ersten Etage auf den Hauseingang, mustert den, der da geklingelt hat. Ein Mann mit längeren Haaren, etwa so alt wie er selbst, um die dreißig. Abgewetzte Jeans, leichte Windjacke, ein paar Blätter Papier zusammengerollt in der Hand. Kennt er nicht. Die Sonne taucht die Tür in grelles Licht. Es ist ein herrlich klarer Tag mit mehr als zwanzig Grad.

»Ja bitte, was wollen Sie?«, fragt er durch die Gegensprechanlage.

»Ich muss mit Ihnen reden. Es geht um eine sehr dringende Sache. Ich bleibe nicht lange.«

»Gut, kommen Sie rauf in die erste Etage, den Gang nach rechts ins hinterste Büro.«

Warum nicht, zwanzig Minuten hat er wohl noch, bevor die Chinesen kommen. Einmal im Monat schicken sie drei Diplomaten aus der Ost-Berliner Botschaft ins Reuters-Büro nach West-Berlin, um mit dem Korrespondenten die deutsch-deutsche Politik abzuklopfen. Fragen, Fragen, Fragen. Denn eigene Positionen geben sie nicht zu erkennen. Sie wollen nur hören. Interpretationen, Prognosen, Vertrauliches.

Freytag genießt die Treffen. Vor gut einem Jahr erst ist er von Bonn nach Berlin gekommen, mit bangem Herzen. Er kann sich noch an seine gemischten Gefühle erinnern, als er über die Transitstrecke fuhr. Er war noch nie in Berlin gewesen, und nun sollte er aus der geteilten Millionenstadt berichten. Kenntnisreich und schnell. Schmidt und Honecker, Mauer und Hausbesetzungen, Dissidenten und Migranten. Würde er das packen, ganz alleine? Oder scheitern?

Und nun legen die Chinesen schon Wert auf seinen Rat. Revanchieren sich mit Einladungen zu Empfängen in der Ost-Berliner Botschaft. Die sind Gold wert für seine Arbeit. Wo außer bei den Chinesen gibt es schon so etwas wie Vollversammlungen der Dissidenten und eigenwilligen Köpfe der DDR? Stundenlang und völlig ungestört kann man mit ihnen an diesen Abenden in Niederschönhausen plaudern. Bei Köstlichkeiten aus der asiatischen Küche. Die Chinesen machen sich einen Spaß daraus, die Abtrünnigen und die an den Abtrünnigen saugenden West-Journalisten einzuladen, um die feindlichen Brüder im Politbüro der SED zur Weißglut zu treiben.

Freytag denkt oft darüber nach, was aus ihm geworden ist. Dass er, ausgerechnet er, jetzt in Berlin als Korrespondent arbeitet und über die Mauer springt, wann immer es ihm beliebt. Er war Gast auf SED-Parteitagen und bei einem sowjetischen TASS-Korrespondenten mit filmreifem Schneidezahn aus Stahl sogar zu Hause eingeladen. Die Frau des Korrespondenten arbeitet in der sowjetischen Botschaft Unter den Linden. Sie und der TASS-Mann tragen zweifellos auf beiden Schultern. Auf einer für den KGB.

Eines Abends, nach einem SED-Parteitag, hatten sie die Zeit vergessen. Hatten in der Wohnung des TASS-Mannes am Gendarmenmarkt mit den noch immer kriegszerstörten Domen gegessen und getrunken, Wodka vor allem, und über Deutschland geredet. Am Ende gab der Russe unumwunden zu, dass er als Deutscher die Teilung nicht akzeptieren würde. »Ihr seid eine Nation.« Welche Offenbarung! Als Freytag auf die Uhr schaute, war es zwanzig Minuten nach Mitternacht. Panik. Er hatte einen westdeutschen Pass und die Grenzübergänge schlossen für Bundesbürger um Mitternacht. Bis dahin, spätestens, musste man die Hauptstadt der DDR verlassen haben. Der Russe beruhigte ihn. »Ich bringe dich zur Grenze.«

Im Lada fuhr er voran, Freytag folgte in seinem BMW. In einer Viertelstunde waren sie am Grenzübergang Heinrich-Heine-Straße. Der Russe stoppte, stieg aus und trat an sein Fenster. »Warte hier.« Zu Fuß lief er zu den Baracken der Grenzsoldaten.

Und kam nach wenigen Minuten wieder heraus. »Fahr jetzt, es wird nichts passieren.« Freytag fiel ein Stein vom Herzen, er bedankte sich, rollte in den Grenzübergang und kurbelte das Fenster an der Fahrerseite herunter. Doch er brauchte keinen Pass zu zeigen, er brauchte auch nicht anzuhalten, man winkte ihn durch. Ganz gelassen. Der KGB entfaltete einen mächtigen Zauber.

Valentin Freytag war 1957 als bitterarmer, hungriger Flüchtlingsjunge aus Thüringen in den Westen gekommen. Der aber war nicht golden, sondern stahlhart und abweisend. Geizig. Gemein. Die erste Gabe des Westens war eine braune kurze Bleyle-Hose aus Beständen der Caritas. Ungewaschen. Vollgeschissen. Er lebte zunächst in einer Baracke, in der früher wohl Zwangsarbeiter untergebracht waren. Wenn die Bauern in dem hessischen Dorf Schweine schlachteten, Anfang Dezember, bettelte er abends, wenn es dunkel wurde, mit den Kindern anderer armer Leute vor dem Hof. Sie warfen scheppernd Emailleschüsselchen in den Hausflur und versteckten sich im Dunkeln. Der Bauer stellte dann die dampfend mit Wurstsuppe oder Geschlachtetem gefüllten Behältnisse wieder vor die Tür.

Sein Vater, der als Buchhalter im Westen keine Arbeit fand, schlug sich mit Notbeschäftigungen durch. Als Tankwart etwa und Auslieferungsfahrer für eine Musiktruhenfabrik. Später einmal gestand er Valentin, wenn er ihn und seine Schwester nicht gehabt hätte, wäre er wohl mit dem Lastwagen auf einer Autobahn an einen Brückenpfeiler gerast, um seinem hoffnungslosen Leben ein Ende zu bereiten. Und nun sitzt dieser Sohn in wichtiger Funktion an der Nahtstelle zwischen Ost und West.

Der Besucher steigt die Treppe empor und versucht sich im ersten Stock zu orientieren. Das Haus am Savignyplatz ist von außen unscheinbar, nur kleine Schilder neben der Haustür weisen darauf hin, wer und was hier residiert: die Vertreter der wichtigsten westlichen Medien. Neben dem Reuters-Büro haben sich Korrespondenten aus Großbritannien und den USA angesiedelt, die im Kalten Krieg vom Nachrichtenhonig der Weltagentur zehren. Links vom Treppenaufgang sitzt das Berliner Büro der

BBC. Sein Leiter Simon Burnett war, als er den Posten antrat, wie seine Vorgänger zum britischen Reserveoffizier ernannt und in einer nach dem Krieg beschlagnahmten Villa im Westend einquartiert worden. Der Offiziersrang erlaubt ihm nicht nur, über den Checkpoint Charlie unkontrolliert in die DDR ein-, vor allem aber ungefilzt wieder aus Ost-Berlin auszureisen. Er verschafft ihm zudem privilegierten Zugang zu alliierten Informationen. Denn der BBC-Mann arbeitet auch für den britischen Geheimdienst. Das war der Deal. Gelegentlich, wenn Freytag beim Recherchieren nicht weiterkommt, macht er sich das zunutze. »Frag doch mal deine Leute ...«

Burnett fragt und kommt im Regelfall nach ein, zwei Stunden mit der Antwort aus den Verliesen des MI 6. Er macht keinen Hehl aus seiner geheimdienstlichen Anbindung. Bevor er zur BBC wechselte, hatte er als Reuters-Korrespondent in Ost-Berlin gearbeitet und exzellente Geschichten von dort geliefert. Hart an den Rand der Ausweisung brachte ihn der Bericht, wonach ein uniformierter Volkspolizist bei Rangeleien mit Jugendlichen auf dem Alexanderplatz mit einem Bierkasten erschlagen worden war. Dennoch erlaubte Ost-Berlin die Ausreise seiner erzevangelischen Frau, einer DDR-Bürgerin, als er zur BBC in den Westen der Stadt wechselte. Seither fährt Burnett sonntags mit ihr via Checkpoint Charlie zurück in den Osten, um in einer Kirche am Prenzlauer Berg im Chor zu singen. Welche Pointe! Ein britischer Agent singt in einem Ost-Berliner Kirchenchor – vermutlich umstellt von singenden Stasi-Leuten.

Der Flur nach rechts führt zum Reuters-Büro, vorbei an den Räumen anderer Korrespondenten. Leslie Bowls vom Wall Street Journal, Clive Morgan vom Daily Telegraph und Ellen Lentz von der New York Times, eine feine alte Dame, die noch die Jahrgänge des SED-Organs Neues Deutschland zu schwarzen Büchern binden lässt. Sie residiert gegenüber dem Reuters-Büro, still und zart, präzise wie ein kostbares Uhrwerk. Darüber, im zweiten Stock des Hauses, schnurrt das Berliner Landesbüro der Deutschen Presse-Agentur. Freytag allein gegen zwei Dutzend dpa-Leute, das macht ihm Spaß und bringt einen Triumph nach dem anderen. Denn der dpa-Apparat ist schwerfällig, durch Schichtpläne und Ähnliches extrem bürokratisiert.

Freytag geht dem Besucher entgegen, der die Namensschilder an den Türen ehrfürchtig studiert hat, und bittet ihn herein. Das Reuters-Büro ist altertümlich möbliert, zwei verschrammte Schreibtische stehen sich in der Mitte gegenüber, in die rechte Ecke ist noch ein dritter gezwängt. Neben der Tür gurgelt eine Kaffeemaschine vor sich hin, die das Gebräu der ersten Stunde im Laufe des Tages zu einer teerartigen, nach Küchenwürze riechenden Substanz eindampft. »Nasenbluten-Kaffee« nennt Freytag den bedenklichen Stoff. Auf den Schreibtischen stehen Aschenbecher, trotz der frühen Stunde schon gefüllt mit einem Dutzend Kippen. Der Reporter raucht filterlos, Roth-Händle oder Karo aus der DDR. Zweifelhaftes, dunkles Kraut. Über die billigen Karo in der schönen Schachtel mit den schwarz-weißen Karos heißt es in der DDR, wer die rauche, fresse auch kleine Kinder. Er liebt sie dennoch. Clive Morgan im Nachbarbüro hat auf seiner Seite eine zusammengerollte Wolldecke vor die verschlossene Verbindungstür geschoben, um zu verhindern, dass der dichte Reuters-Qualm zu ihm kriecht. Der Karo-Mann lacht nur darüber.

»Valentin Freytag«, stellt er sich vor, »ich bin der Reuters-Korrespondent in West-Berlin. In Ost-Berlin gibt es noch einen zweiten, Ben Tyler. Wer sind Sie und was führt Sie zu mir?«

»Ich heiße Lars Prien und bin zu Ihnen gekommen, um Sie auf einen demnächst beginnenden Streik bei der S-Bahn in West-Berlin aufmerksam zu machen. Ich arbeite auf dem Containerbahnhof Moabit und werde den Streik gemeinsam mit anderen organisieren. Wir möchten enge Verbindungen zu Reuters schaffen, denn wir halten Sie für die wichtigste Agentur in Berlin. Und der Streik, das verspreche ich Ihnen, wird mächtig Staub aufwirbeln.«

Freytag bittet den Gast, Platz zu nehmen, und bietet Kaffee an. Er nutzt die gewonnene Zeit, um sich eine Zigarette anzuzünden und die Sache im Kopf zu überschlagen. Während er eingießt, schaut sich Prien im Büro um. In seinem Rücken hat er einen Turm ungeöffneter Post ausgemacht. »Öffnen Sie die Briefe und Päckchen nicht?« Freytag antwortet von der Kaffeemaschine: »Die gehören uns nicht. Stefan Heym, der DDR-Schriftsteller, ein Kommunist, der am Ende des Krieges in amerikanischer Uniform nach Deutschland zurückgekehrt ist, sich dann für den Osten entschied, dort aber bald politisch in Ungnade fiel, hat bei uns seine Postadresse. Er kommt einmal pro Woche aus Ost-Berlin, um sie zu öffnen oder abzuholen, vor allem die Post seiner West-Verlage.«

Prien weist mit einem Kopfnicken auf die Schwingtür zu einem fensterlosen Nebenraum, aus dem ein Rattern zu hören ist. »Und was verbirgt sich da?« Freytag stellt die Tassen auf einen der Schreibtische und zieht den Besucher zu dem Nebenraum. In der oberen rechten Ecke des Türrahmens ist ein Nagel eingeschlagen, an dem der Lochstreifen eines Fernschreibens hängt, der zu einer dicken Acht aufgewickelt ist. »Das hier«, Freytag lacht, »ist unser Damoklesschwert. Der Nachruf auf Rudolf Heß, der als letzter Häftling im Spandauer Kriegsverbrechergefängnis sitzt. Wir als britische Agentur haben den Ehrgeiz, seinen Tod als Erste zu melden. Schließlich ist er als Hitlers Stellvertreter 1941 auf die Insel geflogen, um dort einen Separatfrieden zu vermitteln.«

Die beiden treten durch die Schwingtür in den Fernschreibraum. Fünf gewaltige Maschinen lärmen dort. Drei empfangen die Programme von Reuters Welt, Reuters Deutschland und ADN, der DDR-Nachrichtenagentur. Die vierte tickert Freytags Berichte zur Deutschland-Zentrale nach Bonn. Auf der fünften werden diese Meldungen, die im Büro nebenan auf der Schreibmaschine formuliert worden sind, auf Lochstreifen gestanzt. Ein überaus mühsames Geschäft. Im Sommer, wenn es heiß ist, sitzt Freytag hier mit nacktem Oberkörper und »punsht« seine Geschichten. Wie ein Sklave auf der Galeere. Die Hitze der Maschinen lässt den Schweiß über seinen Oberkörper rinnen. Zigaretten haben Löcher in den Fußboden gebrannt.

»Nun erzählen Sie mal in Ruhe.« Freytag lotst Prien zurück ins Büro. »Ich dachte, bei der S-Bahn in West-Berlin arbeiten Kommunisten, viele sogar Mitglieder der Sozialistischen Einheitspartei Westberlins, die hier Berufsverbot haben. Und ausgerechnet die streiken nun gegen die DDR?«

»So wird es sein«, antwortet Prien. »Ich sage Ihnen das im Vertrauen und baue einstweilen auf Ihre Verschwiegenheit. Die Leute haben einfach die Schnauze voll. Die DDR-Führung hat es zu wild getrieben, schlimmer als der schäbigste Kapitalist. Im Januar haben die angeblichen Kommunisten achtundsiebzig Kollegen in zwei Ausbesserungswerken gefeuert. Auch Schwangere und alleinerziehende Mütter. Die Betriebsgewerkschaftsleitung hat schweigend zugestimmt. Und die SEW gleich ganz das Maul gehalten. Mittags um halb zwölf wurde den Kollegen die Kündigung eröffnet und um zwölf hatten sie den Betrieb zu verlassen. Seither haben etwa siebenhundert Reichsbahner im Westen aus eigenem Entschluss gekündigt. Die verbliebenen müssen deren Arbeit mit erledigen.«

Freytag unterbricht ihn, zieht am Stummel seiner Zigarette. »Nach allem, was ich weiß, ist der Status der Reichsbahner in West-Berlin doch ziemlich kurios. Dreitausendfünfhundert sind es, oder?«

»Stimmt. Kurios ist noch zurückhaltend formuliert. Die DDR-Reichsbahn hat nach dem Krieg von den vier Alliierten das Betriebsrecht auch in West-Berlin erhalten. Das Recht, Züge auf den Schienen verkehren zu lassen. S-Bahn, Güterzüge, Personenzüge. Die Reichsbahner im Westen verdienen aber ein Viertel weniger als ihre Kollegen bei der Bundesbahn. Sie leben hier im Westen, aber die Reichsbahn-Wohnungen in den Vorkriegsmietskasernen sind verkommene Löcher. Alles ist schlechter als bei der Bundesbahn, auch die Urlaubsregelung, die Rente und die medizinische Versorgung. Wenn die Kollegen krank sind, können sie nicht zu irgendeinem Arzt gehen, sondern müssen in die Poliklinik der Reichsbahn in West-Berlin. Jeden Morgen kommen Ärzte aus dem Osten in einem Barkas-Kleinbus durch die Mauer und schließen die Poliklinik auf. Die Rentenversicherungsbeiträge werden gleich im Osten vom Lohn abgezogen. Rentner müssten eigentlich in die DDR umziehen, denn die zahlt keine Rente in West-Mark. Aber wer will schon in den Osten?

Nicht mal Kommunisten. Also tut die westliche Rentenversicherung so, als hätte sie von den Reichsbahnern in West-Berlin Beiträge erhalten, und zahlt ihnen eine Mini-Rente. Alles verrückt.«

Freytag liebt diese Verrücktheit Berlins, eingefrorene Verhältnisse aus der Nachkriegszeit, denen die meisten keine Beachtung schenken. Er doch. Er hat Features darüber geschrieben, die sogar übersetzt im Reuters-Weltdienst liefen und rund um den Globus gedruckt wurden. Über den Hamburger Bahnhof etwa, direkt an der Mauer, am Grenzübergang Invalidenstraße. Britischer Sektor. Das Gebäude beherbergt das größte Signalanlagenmuseum der Welt, das aber seit dem Krieg kein Deutscher mehr betreten hat. Abgesehen von den paar Reichsbahnern, die einmal pro Woche durch die Mauer kommen, mit Ölkännchen, um die Signale beweglich zu halten. Britische Offiziere stolzieren gelegentlich mit ihren Familien dort herum, arrogant, wie man sie kennt, mit dem Stöckchen unterm Arm.

Oder die ehemalige japanische Botschaft am Tiergarten, in die er durch den düsteren Keller eingestiegen ist. Das mächtige Bauwerk war leer und unbeschädigt von Bombenangriffen, auf dem Dachboden aber entdeckte Freytag ein altes hölzernes Rudergerät, mit dem sich – wer weiß – vielleicht der Botschafter einst fit gehalten hatte. Im Keller wohnte ein Freak, den man in Ruhe ließ, weil er ein Auge auf das Gebäude hatte. Der hielt Schafe, Ziegen und Hühner im verwilderten Garten. Mitten in Berlin.

»Was also werden Sie wann tun?«, fragt Freytag.

»Das sage ich Ihnen noch nicht. Sie werden aber alles rechtzeitig erfahren, und zwar als Erster von der Presse. Ich stelle mir vor, dass wir uns gegenseitig verpflichten. Sie erfahren von uns, besser gesagt: von mir, vorab alles über Aktionen und Pläne. Sie berichten zuverlässig und ausführlich über den Streik. Können wir uns darauf verständigen?«

Freytag überlegt einen Moment. Er kennt Prien nicht, darf er ihm glauben? Und wenn der Mann ein Provokateur ist, geschickt von der Staatssicherheit? Aber es ist ja noch nichts passiert. Er soll erst mal beweisen, dass der Streik überhaupt zustande kommt. Und falls er zustande kommt, wird das eine heiße

Geschichte. Dieses Angebot darf er sich nicht entgehen lassen. Außerdem: Prien ist ihm sympathisch. Er wirkt aufrichtig.

»Einverstanden«, antwortet Freytag. Sie notieren ihre privaten Telefonnummern auf Zetteln und tauschen sie.

»Wir sollten die Sache von Anfang an unkompliziert halten«, sagt Prien. »Ich heiße Lars. Du kriegst in ein paar Tagen einen Anruf von mir, im Büro oder daheim.«

Als er das Haus verlässt, ist es 10.57 Uhr. Drei Chinesen kommen ihm entgegen.

Verschwörung

Dienstag, 9. September
14.37 Uhr

Er kommt zu spät. Hat das Fahrrad genommen und ist in einen Regenguss geraten. »Tschuldigung«, sagt Prien, als er in den Gewerkschaftsraum des S-Bahnhofs Papestraße stürzt. Freier Deutscher Gewerkschaftsbund (FDGB) steht draußen über der Tür, drinnen, an der Wand, dämmert ein Schaukasten mit den Schwarz-Weiß-Porträts von sechs Männern und einer Frau. »Unsere Kandidaten für die Betriebsgewerkschaftsleitung.« Sie lächeln automatenhaft, wie auf Passbildern. Die Fotos sind angegilbt, die Ecken nach außen gewellt.

Prien streicht das feuchte Haar nach hinten, tritt an den Tisch und setzt sich zu den vier Männern, die auf ihn warten. Einer hat Kaffee in weißen Plastikbechern besorgt, aus dem röchelnden Automaten in der Ecke. Die vier sind zwischen dreißig und vierzig, alle mit längeren oder schulterlangen Haaren. Jeans, karierte Hemden, Lederjacken. Tiefe Furchen haben sich in die Gesichter gegraben. Freude am Leben scheinen sie kaum gehabt zu haben. Auch ihr Anführer nicht.

»Genossen«, beginnt Prien, »ich war gestern bei dem Pressemann. Ein guter Typ, glaube ich, da haben wir uns nicht getäuscht. Er wird mit uns arbeiten und kann wichtig für uns werden, weil er weiß, was sich im West-Berliner Senat tut, als Korrespondent einer britischen Agentur Verbindungen zu den Alliierten hat und im Reuters-Büro ADN empfängt, die DDR-Agentur. Wenn es gut läuft, wird er uns informieren, wenn sich da was abspielt auf einer der drei Ebenen.«

»Hält der dicht bis dahin?«, fragt ein Dunkelhaariger, der Matze genannt wird. »Wenn der plaudert, fangen sie uns womöglich ab, bevor der Streik überhaupt begonnen hat.«

Ein Mann steckt den Kopf durch die Tür. »Kollegen, was macht ihr hier? Seid ihr im FDGB? Der Raum gehört der BGL und nur sie lädt hierher ein.«

Prien knurrt über die Schulter: »FDGB! Dass ich nicht lache! Hau bloß ab, du Blinder! Ihr habt hier nix mehr zu melden. Ihr habt uns verraten und verkauft, jeden Tag. Jetzt organisieren wir uns selbst. Mach die Tür von außen zu oder du kriegst eine in die Fresse!«

Der Kopf verschwindet mit einem Ruck, die Tür schließt sich.

»Genossen, wir sollten jetzt den Blick nach vorne richten und planen, was schon zu planen ist. Ich geb mal einen Abriss, wie ich die Lage sehe.« Lars Prien beugt sich vor, stützt die Unterarme auf den Tisch und beginnt zu referieren.

Aus der Reichsbahndirektion in Ost-Berlin hat ihm jemand geflüstert, dass Ende September Lohnerhöhungen verkündet werden sollen. Aber nur Kleckerbeträge. Gleichzeitig soll ein neuer Fahrplan in Kraft treten, mit einschneidenden Kürzungen. Keine Nachtfahrten mehr.

»Das heißt, Genossen, es entfallen Zuschläge für Nachtarbeit und Überstunden. Und wenn man das verrechnet mit den Mini-Lohnerhöhungen, verdienen die Kollegen weniger als vorher. Dann ist Schluss mit lustig. Seit der Entlassung der Achtundsiebzig im Januar haben die Kollegen sowieso alle Illusionen über einen sozialistischen Betrieb verloren. Wenn nun noch Lohnraub dazukommt, werden sie die Brocken hinschmeißen.«

Diese spontanen Arbeitsniederlegungen, doziert Prien, sollen am 29. oder 30. September beginnen. Bis dahin bleibt noch genügend Zeit, die Kollegen zu mobilisieren. »Wir müssen die Glut anblasen, bis Flammen emporschlagen. Und dann sofort per Urabstimmung einen richtigen Streik daraus machen.« Die anderen nicken.

»An dem Tag, an dem der Laden ins Beben kommt«, fährt er fort, »bringen wir durch Kommando-Aktionen den gesamten S-Bahn-Verkehr zum Erliegen und trommeln für den nächsten Tag zu einer Vollversammlung im Containerbahnhof Moabit. Da wird der Streik beschlossen und wir wählen ein Streikkomitee.

Zwanzig entschlossene Leute. Wir fünf lassen uns wählen und ich werde den Vorsitz übernehmen. Niemand wird sich darum reißen, denn wer den Kopf rausstreckt und von der Staatssicherheit ins Visier genommen wird, hat nichts mehr zu lachen, fliegt am Ende womöglich raus. Familienväter werden sich das nicht zumuten.«

Die Runde schweigt. Alle schauen Prien an, der blickt vom einen zum anderen. »Genossen, wir haben vier Jahre dafür geackert und Staub gefressen. Jetzt dürfen wir nicht schwach werden. Jetzt gilt es!«

Matze sieht Prien in die Augen. »Und was werden wir fordern?«

Prien zieht einen Zettel aus der Lederjacke und antwortet: »Ich denke, wir beginnen mit folgenden Punkten: Hundertsechzig D-Mark netto mehr im Monat, für alle. Vier Tage mehr Urlaub. Freie Arztwahl. Neues Lohngefüge, komplett. Und keine Repressalien gegen die streikenden Kollegen. Vielleicht dreht sich da noch mal was im Laufe des Streiks, wir werden sehen.«

»Und was werden wir bestreiken?«

»Wir legen den gesamten S-Bahn-Verkehr lahm und, damit's dem Westen wehtut, auch den Güterverkehr mit der Bundesrepublik. Wenn ihr mich fragt, geht außerdem kein alliierter Militärzug mehr raus oder rein. Die kotzen mich sowieso an. Die Amerikaner, die Briten und die Franzosen müssen endlich ihre Ärsche hochkriegen, um der DDR in ihren zu treten.«

Matze wiegt den Kopf. »Was meinst du: Haben wir Chancen? Oder schlagen die uns die Zähne ein und kippen uns von den Schienen?«

»Das ist eine politische Frage, Genossen, ausschließlich. Wir haben, um es mal so zu sagen, die Polen auf unserer Seite. Wałęsa hat gesiegt, gerade hat er das Wahnsinnsabkommen mit der Regierung unterzeichnet. Erinnert ihr euch an die Bilder? Im Danziger Abkommen wurde sogar das Recht auf selbstverwaltete Gewerkschaften verbrieft, das ist gerade mal neun Tage her. Kann gut sein, dass sich die Streikbewegung Solidarność dauerhaft als Gewerkschaft gründet. Besser geht's gar nicht für uns. Es ist der perfekte Zeitpunkt für unseren Streik. Der Westen hat Polen gefeiert. Da können die West-Alliierten nun nicht ihre Militärpolizei in Marsch setzen, wenn Kommunisten oder solche, die es mal waren, in West-Berlin gegen die DDR streiken. Und der Senat kann seine Polizei nicht gegen uns von der Kette lassen.«

»Gut. Aber die DDR ...«

»Den Opas von der Bahnpolizei treten wir gegen die Schienbeine. Transportpolizei oder Stasi können sie aber nicht aus dem Osten rüberschicken, das lässt der Westen nicht zu.«

»Also müssen sie mit uns verhandeln.«

»Ich bin nicht sicher. Sie haben eine Scheißangst vor dem polnischen Bazillus. Dass der Streik, falls er erfolgreich ist, auf Betriebe in der DDR überspringt. Dann kann die Sache außer Kontrolle geraten. Der SED – und die SEW bei uns ist nur ihr erbärmlicher Wurmfortsatz – geht es am Ende immer nur um die Macht. Koste es, was es wolle.«

»Und das heißt?«

»Nur an den ersten zwei, drei Tagen des Streiks kann die DDR-Führung verhandeln. Möglichst still. Je länger der Streik aber dauert, desto unmöglicher wird es für sie, weil sie dann ihr Gesicht verlieren. Und Polen näherrückt.«

Die Runde schweigt. Jeder weiß, welche Frage jetzt noch zu beantworten ist. Prien stellt sie selbst. »Wie kommen wir da raus, wenn sich nix bewegt? Zuerst mal haben wir noch ein paar Möglichkeiten, um die Schraube weiter anzuziehen. Bis es quietscht. Ich möchte darüber heute noch nicht reden, damit kein Gequatsche aufkommt. Wir haben ja nicht nur Polen auf unserer Seite, sondern auch den Westen, jedenfalls verbal. Der Westen hat auch seine Interessen. Beide Karten müssen wir spielen. Und wenn das alles im großen Verhau endet, na, dann ist die S-Bahn am Arsch. Und die DDR hat ein Riesenproblem, Gesichtsverlust und Milliarden an Kosten. Entweder wir siegen, oder die Bahn geht vor die Hunde. Wenn ihr mich fragt: Mir ist beides gleich recht.«

Als sie den Bahnhof verlassen, ist es 15.21 Uhr. Der Mann, der den Kopf durch die Tür gesteckt hat, telefoniert in der Pförtnerloge, als die fünf an ihm vorbeigehen. Er wendet sich ab und flüstert.

Spitzel

Dienstag, 9. September
15.20 Uhr

»Werner? Hier ist Wolfgang Papke. Ich muss dich sehen.«

»Wann passt es dir? ... Hallo? ... Wolfgang?«

»Tschuldige, da gingen gerade ein paar komische Typen vorbei. Morgen? Um zehn?«

»Morgen? Ist es so dringend?«

»Ich glaube schon. Ich hab ein ganz komisches Gefühl.«

»Gut, dann um zehn am üblichen Ort.«

Der Anrufer ist Inoffizieller Mitarbeiter des Ministeriums für Staatssicherheit. Wolfgang Papke ist sein Deckname, eigentlich heißt er Reinhard Schramke und arbeitet als Tischler bei der DDR-Reichsbahn in West-Berlin. 1975 hat er sich der Stasi verpflichtet, unter der Registriernummer XV/3422/75. Papke-Schramke ist Kommunist und spitzelt im Westen nicht für Geld, sondern aus ideologischen Motiven. Für den Sieg des Sozialismus.

Wolfgang Papke berichtet, in der Regel einmal im Monat, an seinen Führungsoffizier, der sich ihm als Werner Wilke vorgestellt hat. In Wahrheit aber ist er Horst Runow, Leutnant in der Hauptabteilung XIX, Verkehr, Post, Nachrichtenwesen. Die Sicherung der Reichsbahn in West-Berlin gehört zum Auftrag der Abteilung. Geführt wird die HA XIX von Oberst Franz Wollseifer, alte Schule, ein Tschekist.

Wolfgang Papke und Werner Wilke treffen sich stets in einer konspirativen Wohnung der Staatssicherheit. Ein moderner Plattenbau im Zentrum Ost-Berlins. Liebknechtstraße. So auch am 10. September 1980. Papke klingelt kurz vor zehn, Wilke lässt ihn sofort ein.

Die Zweiraumwohnung wirkt steril. Auf dem Wohnzimmertisch steht ein Väschen mit drei roten Plastiknelken. Die Schrankwand aus furnierten Spanplatten birgt nur drei Bücher. »Nackt unter Wölfen« von Bruno Apitz, »Der Amphibienmensch« von Alexander Beljajew und den Bildband »Berlin, Hauptstadt der Deutschen Demokratischen Republik«. An der Wand hängt – wie immer zu hoch im Osten – ein kleines Gemälde, Standardware. Es zeigt, in Öl, den Fernsehturm. Wilke hat zwei Gläser und eine Flasche Wasser auf dem runden Esstisch bereitgestellt.

Sie setzen sich. »Erzähl«, beginnt der Leutnant, »was ist so wichtig?«

»Es tut sich was bei der S-Bahn. Ich hab's im Urin. Es könnte sein, dass es nicht mehr lange gutgeht und die Kollegen die Brocken hinschmeißen. Alle schauen nach Polen, bewundern Solidarność. Gestern haben sich im S-Bahnhof Papestraße fünf Unruhestifter getroffen, im Gewerkschaftsraum, obwohl ich keinen aus dem FDGB kenne. Als ich reingeschaut habe, haben sie mich rausgeschmissen. Ich hätte hier nix mehr zu melden. Die Gewerkschaft habe sie verraten und verkauft. Und am Schluss, Achtung: Jetzt organisieren wir uns selbst.«

Fast drei Stunden dauert der Treff in der konspirativen Wohnung, dann bricht Runow das Gespräch ab und fährt in seinem Lada zurück zur Zentrale in der Normannenstraße. Papke hat ihn in Aufregung versetzt. Das hört sich wirklich bedrohlich an. Er muss sofort berichten, an Wollseifer. Und der, das muss er ihm klarmachen, sollte umgehend den Minister ins Bild setzen, Erich Mielke wiederum, falls er's begreift, Günter Mittag, den Wirtschaftslenker im Politbüro der SED.

Um 13.40 Uhr hat Runow seinen Bericht verfasst, gibt ihn persönlich in Wollseifers Büro ab, mit der Bemerkung: »Eilt sehr! Sofort an den Genossen Oberst.«

Er hat nur eine Seite geschrieben, denn er weiß, dass die da oben längere Texte gelangweilt zur Seite legen. Nach dem Motto: lang ist nicht wichtig.

»Am 10.9.80 berichtete der IM ›Wolfgang Papke‹ von einer explosiven Stimmung bei der Reichsbahn in Westberlin. Die Lage habe einige Ähnlichkeiten mit der Lage in der VR Polen. Viele Werktätige sagen: Da der FDGB der Entlassung von 78 Westberliner Eisenbahnern im Januar 1980 zustimmte und sich nicht ernsthaft für Lohnerhöhungen einsetzt, müsste er auch durch eine neue Gewerkschaft ersetzt werden. Das wäre auch nur durch einen Streik der Westberliner Eisenbahner zu erreichen. Der IM ›Wolfgang Papke‹ beobachtete am 9.9.80 im Gewerkschaftsraum des S-Bahnhofs Papestraße ein konspiratives Treffen von fünf Kollegen, die ihm sagten, der FDGB habe sie verraten und verkauft. Jetzt organisieren wir uns selbst.

Der IM ›Wolfgang Papke‹ äußerte selbst sein Unverständnis über die Entlassung von 78 Kollegen bei der Westberliner Reichsbahn im Januar 1980. Er sagte, dass so etwas keine sozialistische Politik ist. Wenn die Kollegen bei der Westberliner Reichsbahn schon weniger verdienen als die bei der Bundesbahn, dann müssten sie wenigstens sichere Arbeitsplätze haben.

Zur Lage in der VR Polen sagte der IM ›Wolfgang Papke‹, viele Kollegen äußern die Auffassung, der Streik der polnischen Werktätigen hatte seine volle Berechtigung. Die Regierung der VR Polen und die polnische Arbeiterpartei haben mit bürokratischen Mitteln regiert und kannten die Meinung der Werktätigen gar nicht. Da braucht man sich nicht darüber zu wundern, wenn in der VR Polen gestreikt wird. Der Streik ist zu begrüßen, weil er zur Beseitigung von Fehlern in der Regierungspolitik führt.

Im Gespräch sagte der IM ›Wolfgang Papke‹, dass er diese Meinung für verständlich hält und im Prinzip teilt. Die DDR und die Reichsbahn müssten den Werktätigen nun entgegenkommen, um den Sozialismus zu verteidigen und frühere Fehler auszugleichen.«

Wollseifer liest den Bericht um 15.40 Uhr, legt ihn in eine rote Mappe und trägt ihn ins Ministerbüro. Eineinhalb Stunden später schlägt Erich Mielke die Mappe auf, greift kurz darauf zum Telefon und ruft Günter Mittag an.

»Günter, ich schick dir gleich mit Boten einen Bericht über die Stimmung bei den Westberliner Reichsbahnern. Ich sage nur: Polen, Polen, Polen. Ihr müsst was tun, um die Lage zu stabilisieren. Höhere Löhne, meine ich. Und den Rädelsführern werden wir die Zähne einschlagen. Unvorstellbar, wenn Kommunisten gegen die DDR streiken. Und der Klassenfeind applaudiert.«

»Schick mir das Ding, Erich. Wir wollten die Löhne sowieso erhöhen, Ende September. Dann pack ich das eben jetzt gleich ins Umlaufverfahren für eilige Sachen. Schade, dass wir's heute Vormittag nicht schon im Politbüro hatten. Aber wir können nun auch nicht gleich den Geldsack weit öffnen. Wenn die Werktätigen in der DDR sehen, dass ihre Kollegen in Westberlin von uns den Arsch vergoldet kriegen, mit West-Mark, kann's hier auch brenzlig werden. Aber gut, wir werden was tun.«

Mittag sinkt hinterm Schreibtisch zusammen, stützt das Kinn in die linke Hand und schaut aus dem Fenster. Überall kriselt es. Polen – verdammt, verdammt, verdammt! Bei der Reichsbahn hat er selbst mal gelernt, am Ende des Krieges. Und 1958 hat er in Dresden promoviert mit dem Thema »Die Überlegenheit der sozialistischen Organisation und Leitung im Eisenbahnwesen der DDR gegenüber dem kapitalistischen Eisenbahnwesen«. Ausgerechnet. Und jetzt das. Ein Streik von kommunistischen Eisenbahnern gegen die DDR, das wäre eine bitterböse Pointe seiner Lebensgeschichte.

Mit einem Ruck setzt er sich auf und zieht aus dem Aktenstapel zur Linken eine dünne Mappe. Da war doch was ... »Streng vertraulich! Persönlich«. Das Verkehrsministerium hat eine »Konzeption zur Reduzierung des S-Bahn-Betriebs in Westberlin« geschickt. Sechs Seiten, mit Tabellen im Anhang. Drei Varianten wurden durchkalkuliert. Die erste, radikalste: Der S-Bahn-Betrieb wird nur noch auf zwei Strecken aufrechterhalten, darunter vom Bahnhof Friedrichstraße nach Wannsee. Sieben Strecken werden stillgelegt. Er zählt zweimal. Sieben. Dazu Bahnhöfe, Werkstätten. Ein Kahlschlag. Und Massenentlassungen. Klar, ökonomisch vernünftig muss es schon zugehen. Die DDR verliert jedes Jahr hundertvierzig Millionen D-Mark in Westberlin. Harte Währung, die anderswo besser angelegt wäre. Es muss gespart werden bei der West-Bahn. Aber so?

Mittag läuft rot an. Und greift mit beiden Händen unter den Schreibtisch, um sich die juckenden Schenkel zu kratzen. Er ist zuckerkrank und immer, wenn er sich aufregt, juckt es unterhalb der Knie. Kaum auszuhalten.

Diese Ochsen! Denken die nicht politisch? Er schleudert die Mappe zu Boden, die Seiten schlittern über den weinroten Teppichboden. Es ist 17.24 Uhr, als er zum Telefon greift, um den Verkehrsminister anzurufen. Es ist immer noch 17.24 Uhr, als er ihn anbrüllt.

Rebellion

Mittwoch, 17. September
06.00 Uhr

Das Klingeln sickert nur langsam in sein Bewusstsein. Es nimmt kein Ende. Telefon. Wer, verflucht, ruft so früh an? Valentin Freytag rappelt sich im Bett hoch, fährt sich durch die Haare und schaut ins Halbdunkel. Wer könnte das …? Wenn Rudolf Heß nicht über Nacht gestorben ist, dann gibt es eigentlich nur eine Möglichkeit.

Freytag tappt ins Wohnzimmer, nimmt den Hörer auf.

»Vali? Hier ist Lars. Tut mir leid, dass ich dich so früh rauswerfe. Geht nicht anders. Du musst spätestens um halb neun am Containerbahnhof Moabit sein, in der Heidestraße. Da beginnen wir den Streik. Heute gründet sich in Polen Solidarność offiziell als unabhängige Gewerkschaft. Das ist das Signal für uns. Jeder versteht das. Und die SED kriegt das Kotzen.«

»Ich werde da sein. Wie ist denn die Lage? Sind die S-Bahner streikbereit?« Freytag blickt aus dem Fenster seines Lichterfelder Apartments auf einen Baum, in dessen Krone ein Eichhörnchen turnt. Schön hier draußen, grün und ruhig. Auf dem Bahnsteig des S-Bahnhofs Lichterfelde-Ost liegt ein verbeulter deutscher Stahlhelm aus dem Zweiten Weltkrieg. Die Bahner haben Stiefmütterchen hineingepflanzt. Herrgott, alles ist eingefroren in Berlin. Die Stadt ist übersät mit solchen Geschichtsinseln.

»Vali, ich hab nicht so wahnsinnig viel Zeit. Nimm dir Zettel und Kuli, mach dir ein paar Notizen. Du kannst mich damit zitieren. Die Kollegen sind so wütend wie noch nie. Vor ein paar Tagen hat die Reichsbahn Lohnerhöhungen angekündigt, siebzig Mark im Monat für die Lohngruppen eins bis drei, achtzig für die Gruppen vier bis acht. Als das auf einer Personalversammlung verkündet wurde, im Kulturraum des Ausbesserungswerks Tempelhof, da fragte ein Kollege in die Stille: Netto? Und der

Mann der Reichsbahndirektion antworte: Brutto natürlich. Es erhob sich ein einziger Protestschrei, der in ein Heulen überging. Wollt ihr uns verscheißern?, rief einer, und der Funktionär nahm die Beine untern Arm. Ich stand hinten an der Wand.«

Prien muss lachen bei der Erinnerung. »Inzwischen ist die Lage noch brenzliger geworden. Ab 1. November werden acht Güterbahnhöfe in West-Berlin geschlossen und der Winterfahrplan der S-Bahn sieht nachts zwischen neun und fünf Uhr morgens die Einstellung des Zugverkehrs auf den meisten Strecken vor. Weißt du, was das heißt?«

Freytag weiß es nicht. Prien fährt fort: »Es fallen so viele Nacht- und Überstundenzuschläge weg, dass von der erbärmlichen Lohnerhöhung nichts mehr übrig bleibt. Im Gegenteil. Die Kollegen verlieren Geld. Und viele noch ihre Arbeit in den Güterbahnhöfen. Jetzt reicht's. Jetzt springt der Deckel vom Topf.«

»Gut, ich verstehe. Werde rechtzeitig bei euch sein. Und dann gleich schreiben.«

Als er kurz nach halb neun den Moabiter Containerbahnhof betritt, ein modernes doppelstöckiges Zweckgebäude aus den Siebzigerjahren, nicht weit weg von der Mauer, hört er schon Priens Stimme. »Schluss jetzt! Raus! Lasst die Brocken fallen, Kollegen!« Wenig später stürmt Prien die Treppe hinab und zieht einen Schweif von Bahnern hinter sich her. »Grüß dich, hab jetzt keine Zeit. Schau dir alles an und schreib.«

Aus den Büros im Erdgeschoss hört Freytag Streikende telefonieren. Einen Bahnhof, eine Werkstätte nach der anderen rufen sie an. »Macht Schluss, Kollegen!« – »Jetzt ist es so weit.« – »Stoppt den S-Bahn-Verkehr.« – »... und die Güterzüge.« – »Morgen Nachmittag um drei treffen wir uns hier in Moabit zur Streikversammlung.«

Draußen, an der Fassade des Bahnhofs, hängt schon ein Transparent: »Streik«. Mit einem Kran hieven die Männer einen Container quer auf die Zufahrt. Der Containerzug auf dem Schienengewirr dahinter wird nicht mehr entladen, blockiert nun das Gleis. Rings um den Bahnhof werden Container aufgetürmt zu einer Art Schutzwall. Antisozialistischer Schutzwall, amüsiert sich Freytag. Streikposten ziehen auf.

Der Reporter läuft vom Bahngelände, er hat eine Telefonzelle in der Nähe in Erinnerung, sprintet zu ihr, wirft ein paar Markstücke ein und ruft die deutsche Reuters-Zentrale in Bonn an. »Eilmeldung. Nehmt sie mir bitte telefonisch ab.« Er weiß, dass sich jetzt eine Sekretärin vor den schwarzen, kastenartigen Schreibcomputer schiebt, ein stählerner Reuters-Eigenbau mit grünem Bildschirm und einer primitiven Metallklappe daneben, durch die man verstaubte Platinen herausziehen kann. Es ist die erste Generation solcher Geräte, technisch ein Quantensprung. Freytag diktiert die Eilmeldung: »Streik der S-Bahner in West-Berlin.« Dreimal klingelt es, als die Meldung auf den Draht geht. Bim, bim, bim. Danach diktiert er eine ausführlichere Meldung, für die Rundfunknachrichten. »Ich schau mich jetzt hier noch ein bisschen um, schreibe dann die Zusammenfassung und ein Feature aus dem Büro.« Mit der Eilmeldung – danke, Lars! – war er der Erste.

Die Streikwelle verbreitet sich vom Containerbahnhof im Handumdrehen über West-Berlin. Alle Güterbahnhöfe werden bestreikt. Gelb-rote, altertümlich hölzerne S-Bahnen werden in den Bahnhöfen stehen gelassen, später sogar mit Bedacht auf offener Strecke, um Linien zu unterbrechen. Zwischen den Waggons wird die Druckluft abgelassen, die für Steuerung und Bremse gebraucht wird. Es gibt Rangeleien, auch Schlägereien zwischen Streikenden und Arbeitswilligen.

Zwischen den Bahnhöfen Tiergarten und Zoo stürmen in voller Fahrt vier Streikende durch den Waggon zum Zugführer und reißen ihn vom Sitz. Matze Krall gehört dazu, der bei der Strategieplanung im Bahnhof Papestraße dabei war. »Schluss jetzt, hier läuft nix mehr! Geh heim, du Feigling.« Matze schlägt dem Zugführer mit der Faust ins Gesicht, Blut schießt aus dessen Nase. Der Mann geht benommen zu Boden. »Nimm dich in Acht, ich boxe! Zweimal die Woche im Boxkeller. Wenn du dich nicht verziehst, kriegst du noch eine auf die Leber.«

Die anderen haben inzwischen die Hauptsicherung im Abteil des Zugführers aus der Halterung gerissen. Das ist die verbreitete Methode, um Bahnen stillzulegen. Der Zug hat keinen Saft mehr, rollt aus. Triumphgeheul erhebt sich. Da rappelt sich der Fahrer auf, einen schweren Schraubenschlüssel in der Hand, und drischt ihn auf die Rechte von Matze, die auf der Lehne des Fahrersitzes ruht. Blut spritzt auf den Boden. Matze heult auf, krümmt sich zusammen und presst die lädierte Hand zwischen Bauch und Unterleib. Seine Kumpel schlagen den Fahrer zusammen, treten ihn, als er schon am Boden liegt, und werfen ihn auf den Bahnsteig, als der Zug mit letzter Kraft in den Bahnhof Zoo einfährt.

Flugblätter werden auf allen West-Berliner Bahnhöfen verteilt. Die DDR-Behörden stoppen die aus dem Bundesgebiet kommenden Güterzüge vor Berlin und stellen sie auf Nebengleisen ab. Die Reichsbahn-Zentrale in Ost-Berlin kappt die dienstlichen Telefonleitungen im Westen, um die Kommunikation zwischen den Bahnhöfen zu unterbinden. Telefoniert werden kann jetzt nur noch mit Apparaten, die am öffentlichen Netz hängen. Das sind nicht viele. In der Streikzentrale gibt es drei. Kuriere werden losgeschickt. Außerdem besorgen sich die Streikenden Sprechfunkgeräte aus den Bahnhöfen und Depots.

Am Nachmittag erscheint ein Abgesandter der Ost-Berliner Reichsbahndirektion vor dem Containerbahnhof und verlangt den Streikführer zu sprechen. Es dauert eine Weile, bis Lars Prien erscheint. »Ich habe eine Botschaft für Sie«, sagt der andere. »Wir geben Ihnen bis morgen Mittag zwölf Uhr Zeit, um diesen ...« – er räuspert sich – »... diesen Streik zu beenden. Nur dann können anschließend Gespräche mit der Reichsbahndirektion stattfinden, und zwar ausschließlich über Löhne. Polnische Flausen werden nicht verhandelt.« Er wendet sich um und geht.

»Das kannste vergessen«, ruft ihm Prien hinterher. »Der Streik wird erst beendet, wenn unsere Forderungen erfüllt sind. Oder hältst du uns für blöd?«

Valentin Freytag ist gegen zehn zurück beim Reuters-Büro und stellt seinen hellgrünen BMW auf dem kleinen Parkplatz vor dem Gebäude ab. Bevor er schreibt, möchte er noch etwas überprüfen. Freytag geht über den Savignyplatz zum S-Bahnhof, steigt die Treppe empor und sieht einen S-Bahn-Zug, der auf dem stromführenden Gleis abgestellt ist. Die Türen sind geschlossen. »Wir streiken«, steht auf Blättern, die daran geklebt sind. Vier Männer in S-Bahn-Uniformen schubsen einen fünften zur Treppe, der mit schriller Stimme ruft: »Das werdet ihr bereuen, ihr Provokateure! Ihr fliegt raus, das verspreche ich euch!«

Freytag eilt in sein Büro und setzt sich gerade an die Schreibmaschine, als das Telefon klingelt. Manfred Bohnke, sein Zuträger aus dem Rathaus Schöneberg, berichtet. Dietrich Stobbe, der Regierende Bürgermeister, SPD, hat erklärt, er verfolge den Kampf der Reichsbahner »mit Sympathie«. Der Senatssprecher verbreitet die Erklärung. Später wird er in einem Fernsehinterview sogar hinzufügen, das Betriebsrecht der Reichsbahn in West-Berlin erlösche »auf jeden Fall dann, wenn bestimmte Strecken des S-Bahn-Netzes nicht mehr befahren werden«.

Freytag ruft die Nummer im Containerbahnhof an, die ihm Prien für wichtige Kontakte genannt hat. »Lars, in aller Kürze, Stobbe sagt, er verfolge euren Kampf mit Sympathie. Das ist doch schon mal was. Am ersten Tag ... Damit hätte ich nicht gerechnet. Morgen bin ich wieder bei euch. Glück auf!«

Es ist 16.42 Uhr, als er auflegt. In diesem Moment betritt Wolfgang Papke die Streikzentrale und bohrt seinen Blick in Priens Rücken.

Erwachen

Donnerstag, 18. September
07.35 Uhr

Nebel kriecht vom Rhein über den Rasen des Kanzleramts. Es ist kühl und feucht. Helmut Schmidt sitzt am Schreibtisch und blickt gedankenversunken nach draußen ins Halbdunkel. Was tut sich da in Berlin? Kann ihm das noch querkommen? In gut zwei Wochen, am 5. Oktober, ist Bundestagswahl und Franz Josef Strauß könnte Turbulenzen in der Entspannungspolitik gut gebrauchen. Die Beziehungen zur DDR sind momentan stabil und trotz internationaler Krisen vergleichsweise konfliktfrei. Erich Honecker tut das Seine, um Schmidts erwarteten Wahlsieg nicht zu gefährden. Helmut Kohl, der strapazierte CDU-Chef, hat Strauß bei der Kanzlerkandidatur den Vortritt gelassen, damit der Bayer sich eine blutige Nase holt und die CSU endlich Ruhe gibt. Am Vorabend erst ist der Kanzler spät von einer Wahlkampftour zurückgekommen. Erschöpft, aber voller Zuversicht. Die Dinge laufen für ihn, die Stimmung draußen ist gut. Viele Unterstützer haben sich eine Prinz-Heinrich-Mütze besorgt, wie er sie trägt. Das Ding ist Kult geworden. Und plötzlich: Turbulenzen in West-Berlin.

Schmidt greift zum Telefon und ruft Manfred Schüler zu sich, den Chef des Kanzleramts. Zwei Minuten später ist der da, nimmt vorm Schreibtisch Platz in dem holzgetäfelten Büro und streicht sich über die Glatze. Schmidt duzt ihn auf hanseatische Art, redet ihn mit »Manfred« und »Sie« an. Mehr Nähe lässt er nicht zu. Schüler, ein unverwüstlicher Technokrat, nennt ihn »Herr Bundeskanzler«.

»Manfred«, beginnt der Kanzler, »wie schätzen Sie den wilden Streik in West-Berlin ein? Schwappt das rüber in die deutsch-deutsche Politik, in den Wahlkampf? Und wie stellen wir uns auf?«

»Herr Bundeskanzler, die Lage ist noch unübersichtlich. Heute Nachmittag soll ein Streikkomitee gewählt werden. Wer dann dort das Sagen hat, müssen wir abwarten. Aber es sieht so aus, als sei die Sache exakt politisch getimt. Gestern ist in Polen die Gewerkschaft Solidarność gegründet worden. Das ist kein Zufall. Die DDR wird Probleme haben, mit den Streikenden zu verhandeln. Sie hat eine Heidenangst vor polnischen Verhältnissen im eigenen Land.«

»Was tun wir?«

»Wir sollten uns bedeckt halten, kein Öl ins Feuer gießen. Die Sache muss in Berlin eingehegt werden. Vielleicht bricht der Streik ja rasch zusammen. Die Leute haben kein Geld.«

»Geht's denen um Geld?«

»Nicht nur, aber vor allem. Um mal ein Beispiel zu nennen …« Schüler kramt in seinen Papieren. »In der untersten Lohngruppe verdient ein Arbeiter bei der Bundesbahn 2.159 Mark 86, bei der Reichsbahn in West-Berlin 1.710 Mark 71. Und: Die S-Bahner sind nicht im Westen rentenversichert, sie müssen bei Krankheit in eine Poliklinik der DDR in West-Berlin …«

»Wie bitte? Eine Poliklinik der DDR in West-Berlin?« Schmidt hat sich ruckartig aufgesetzt hinterm Schreibtisch. »Das ist ja das Verrückteste, was ich je aus dem verrückten Berlin gehört habe.«

»Jeden Morgen kommen die Ärzte aus dem Osten rüber. Am Abend schließen sie die Klinik und fahren wieder heim.«

»Wir sollten mal mit Dietrich Stobbe reden. Er ist näher dran.« Schmidt hat die persönliche Telefonnummer des Regierenden Bürgermeisters in seinem Apparat gespeichert und hat ihn nach viermaligem Klingeln am Ohr.

»Dietrich, was ist los in Berlin? Wohin treibt das?«

Stobbe sortiert seine Gedanken, antwortet erst nach einer Pause. »Wie sich das entwickelt, wage ich nicht vorherzusagen. Die Streikenden machen einen entschlossenen Eindruck. Haben die S-Bahn und den Güterverkehr ruckzuck lahmgelegt. Was sie fordern, scheint mir vernünftig zu sein. Aber ob sich die DDR bewegt, wegen Polen bewegen kann, halte ich für offen.«

»Könnte die DDR etwas von uns wollen?«

»Vermutlich. Die SED fordert schon lange Subventionen von uns für die S-Bahn. Deren Verluste geben sie mal mit hundertvierzig, mal mit hundertfünfzig, mal mit hundertsechzig Millionen Mark im Jahr an. Peter Sötje ist gerade in mein Büro gekommen, der Chef der Senatskanzlei. Er soll mal einen kurzen Aufriss geben.«

Sötje, groß und schlank, ist ein Sozialdemokrat, wie es sie nur noch selten gibt. Einer wie Schüler in Bonn. Ruhig, sachlich, kompetent und vertrauenswürdig. Ein perfekter Staatsdiener. »Guten Morgen, Herr Bundeskanzler«, beginnt er. »Wir sollten uns von den Forderungen der DDR nicht bluffen lassen. Aus dem Personen- und Güterverkehr mit dem Westen hat die DDR 1978 einen Gewinn von zweihundertachtzig Millionen Mark gezogen und nur neunzig Millionen ausgegeben. Die S-Bahn-Verluste beliefen sich auf etwa hundertfünfzig Millionen, so dass unterm Strich noch vierzig Millionen verdient wurden. Wir haben keinen Grund, die S-Bahn zu subventionieren oder gar in westliche Regie zu übernehmen. Dann nämlich müssten wir etwa eins Komma zwei Milliarden Mark in das verrottete System investieren.«

Der Kanzler übernimmt wieder. »Gut. Dietrich, wir sehen uns am Sonntag in Berlin. Ich muss auf dem IG Metall-Kongress sprechen. Bis dahin halten wir bitte engen Kontakt. Ich möchte sofort informiert werden, wenn sich Wesentliches bewegt. Viel Glück.«

Schmidt wird melancholisch, wenn er ans Wochenende denkt. Wieder kann er nicht nach Hamburg, um seine Geliebte zu sehen. Scheiß Wahlkampf, scheiß Streik.

»Manfred«, instruiert er Schüler. »Wir nehmen in der Sache vorerst nicht Stellung zu dem Streik. Kein Wort. Ist ein Tarifstreit, müssen die beiden Parteien in Verhandlungen lösen. Schicken Sie Günter Gaus nach Ost-Berlin. Er soll seinem Kontaktmann eine persönliche Botschaft an Erich Honecker überbringen: Der Bundeskanzler sagt zu, dass die Bundesregierung nichts unternehmen wird, um den Streik politisch aufzuladen und die Situation der DDR zu erschweren. Oder gar die DDR zu destabilisieren. Umgekehrt erwartet der Bundeskanzler, dass die DDR ihre Verpflichtungen im Güter- und Personenzugverkehr, soweit es irgend möglich ist, erfüllt. Der Bundeskanzler hofft auf eine arbeitsrechtliche Lösung des Konflikts bei der S-Bahn.«

Schüler hat Notizen gemacht, erhebt sich. »Und, Manfred«, fügt Schmidt hinzu, »bilden Sie hier im Kanzleramt einen Stab auf Staatssekretärsebene, unter Einschluss von Gaus, um den Konflikt zu bearbeiten und Gespräche mit der DDR, dem Berliner Senat und den Alliierten zu führen. Die dürfen wir nicht vergessen.«

Es ist 08.40 Uhr, als sich Schüler an die Arbeit macht – knapp acht Stunden, bevor Dietrich Stobbe mit einer Sympathieerklärung für die Streikenden einen verhängnisvollen Fehler begeht.

Blockade

Donnerstag, 18. September
08.57 Uhr

Er kann den Kerl nicht leiden, konnte es noch nie. Denn der hat Material gegen ihn im Panzerschrank liegen, da ist er sich ziemlich sicher, um es bei passender Gelegenheit zu ziehen. Oder ihn still zu erpressen, weil er weiß, dass er weiß. Nazi-Material aus seiner Haft im Zuchthaus Brandenburg-Görden, Verhöre, Denunziationen. Und nach der Befreiung, 1945, Spitzeleien über seine Liebesbeziehung zu einer Wärterin aus dem Zuchthaus. Schwierig heute, für einen Antifaschisten. Aber er muss mit ihm. Hilft nichts.

Erich Honecker bittet Erich Mielke, den zweiten und zweitmächtigsten Erich der DDR, in sein Büro und lässt ihn vor dem Schreibtisch Platz nehmen. Er legt Wert auf diese kleine Unterwerfungsgeste gegenüber dem Genossen, der sonst alle unterwirft. Alle außer ihm, Erich den Ersten. Er hat den Minister für Staatssicherheit für neun Uhr ins Büro des Generalsekretärs der SED im Gebäude des Zentralkomitees bestellt. »Haus der tausend Augen« nennen Ost-Berliner das Gebäude, wegen der vielen Fenster und des misstrauischen Blicks der Partei auf ihr Volk. Die Reichsbank saß früher hier. Am Ende des Krieges fand man im Keller, im Tresor, Säcke mit herausgebrochenen Goldzähnen von KZ-Häftlingen.

»Erich«, beginnt Honecker, »was ist bei der S-Bahn im Westen los? Wer hat den Streik angezettelt und was sollen wir tun?«

»Genosse Generalsekretär«, antwortet Mielke formell, »das ist kein Lohnkampf, das ist eine politische Provokation. Wir haben im Politbüro Lohnerhöhungen beschlossen und die streiken trotzdem. Das sagt doch schon alles. Es ist auch nur eine Minderheit. Wir schätzen: ein Zehntel der Reichsbahner in Westberlin. Dreihundertfünfzig streiken aktiv, die anderen schauen zu.«

Mielke kramt in seinen Papieren. Er hat Dossiers mitgebracht, Beobachtungen von Spitzeln, überfliegt sie, zitiert bruchstückhaft daraus: »Hauptrédelsführer Größe hundertfünfundsechzig Zentimeter, dunkelblonde Haare, dunkle Lederjacke, Jeans, namentlich identifiziert, bisher nicht in Erscheinung getreten. Tauchte am Morgen des 17. September im Containerbahnhof auf, obwohl er noch bis zum 22. Urlaub hatte. Fing sofort an aufzuwiegeln. Zwei seiner Kumpane vom harten Kern sind Mitglieder der SEW – Erich! Unserer eigenen Partei! –, zwei gehören maoistischen Gruppen an, dem KBW und dem Kommunistischen Bund.«

Honecker starrt ihn durchdringend an. »Agenten imperialistischer Geheimdienste?«

Mielke raschelt mit seinen Papieren. Zitiert. »Bisher keine Verbindungen zu imperialistischen Geheimdiensten oder zu Zentren der politisch-ideologischen Diversion bekannt. Hundertfünfundachtzig Westberliner Reichsbahner sind inzwischen gekündigt, viele haben aktive Verbindungen in die DDR. Bei etwa hundertfünfzig von ihnen wurden deshalb Einreisesperren verhängt.«

Honecker lehnt sich einen Moment zurück, schweigt. Dann fragt er: »Werden die den Streik abbrechen, wenn wir das zur Bedingung für Verhandlungen machen?«

Mielke antwortet sofort: »Werden die nicht. Die sind in Fahrt. Und die sprechen von Polen, von Solidarność. Wir dürfen auf keinen Fall mit denen verhandeln. Das könnte politisch brandgefährlich werden. Wer weiß, was in der DDR passiert, wenn die was rausgeholt haben. Wehret den Anfängen, Genosse Generalsekretär, wehret den Anfängen!«

»Das kann aber auch in einer Sackgasse enden. Was tun wir, wenn nicht verhandelt wird und der Streik trotzdem weitergeht? Wir können doch deine Leute nicht in den Westen schicken, um die besetzten Bahnanlagen zu räumen. Das lässt der Westen nicht zu. Und dann?«

»Der Westen würde ja mit in der Sackgasse stecken. Der Zugverkehr in Westberlin würde ruhen, der Güterverkehr mit der

BRD unterbrochen sein. Die würden also auch unter Druck stehen und müssten irgendwann handeln.«

»Sollen wir ihnen die S-Bahn vor die Füße werfen? Kostet sowieso nur Geld.«

»Davor kann ich nur warnen, Genosse Generalsekretär. Das würde unsere Deutsche Demokratische Republik viel Prestige kosten. Und außerdem unseren Einfluss in Westberlin zerstören. Das Betriebsrecht für die Bahn ist eine Eintrittskarte für den Westen. Wir erledigen damit nebenher eine ganze Menge schwieriger Aufgaben. Wir haben so immer einen guten Grund, Leute in den Westen zu schleusen, nicht nur in Uniform. Und obendrein ist der Westen von uns abhängig. Ich vermute, auch die Besatzer haben überhaupt kein Interesse an einer Veränderung des Status quo.«

»Hör zu, Erich«, Honecker reckt sich, »ich hab heute Morgen im Deutschlandfunk gehört, dass am Nachmittag ein Streikkomitee gewählt werden soll. Das warten wir ab. Dann setzen wir denen ein Ultimatum und schicken ADN los mit einer Erklärung, die nicht alle Türen zuschlägt. Provokateure. S-Bahn braucht Subventionen aus Westberlin. Dann schauen wir, wie der Westen reagiert und ob der Streik hält. Vielleicht ist der Spuk in ein, zwei Tagen wieder vorbei. Unsere Generallinie ist: Die DDR ist nicht Polen. Vorwärts immer, rückwärts nimmer!«

Mielke steht einen Moment stramm, bevor er abtritt. Es ist 09.15 Uhr, als sich die Tür hinter ihm schließt. Auf dem Bahnhof Charlottenburg klettert eben der Zugführer aus seiner Lok, die einen britischen Militärzug in die Bundesrepublik ziehen sollte.

Streik

Donnerstag, 18. September
09.14 Uhr

Valentin Freytag ist früh aufgestanden und fährt zur Streikzentrale im Containerbahnhof Moabit. Das Wetter ist freundlich, der Morgen aber noch klamm. Unterstützer haben Kuchen, belegte Brötchen und Getränke am Containerbahnhof abgegeben, vorüberfahrende Autos hupen aus Solidarität. Vor der Tür sitzt eine Frau auf einem Stuhl und hält einen Pappkarton auf den Knien. »Streikkasse« ist rot daraufgeschrieben. Eine kleine Delegation nähert sich, Herren in Anzügen mit Krawatten, die »den Streikführer« verlangen. Es dauert eine Weile, bis Prien aus dem Haus kommt, es gibt drinnen unendlich viel zu besprechen.

»Ja, bitte«, fragt er kurz angebunden. Die Typen sind ihm suspekt. Glatt und undurchschaubar. Freytag tritt hinzu, er kennt einen aus der Anzug-Gruppe. Jürgen Wohlrabe. Flüstert Prien den Namen ins Ohr und fügt hinzu: »Rechter Totschläger der CDU.«

Wohlrabe baut sich auf, übergibt theatralisch einen Briefumschlag »mit einer kleinen Solidaritätsspende« und erklärt: »Die CDU-Fraktion im Abgeordnetenhaus begrüßt und unterstützt Ihren Streik. Ihre Anliegen sind berechtigt. Wir werden im Rahmen der parlamentarischen Arbeit alles tun, was hilfreich ist, um Ihre Ziele zu erreichen.« Wohlrabe hat einen Reporter und einen Fotografen im Schlepptau, der eine macht sich auf einem Block Notizen, der andere knipst, als der Umschlag den Besitzer wechselt. Dreihundert Mark, knauserig für die CDU. Das Gespräch stockt. Prien antwortet nicht sofort. Er mustert Wohlrabe misstrauisch, sagt dann nur »danke« und wendet sich ab. Solche gelackten Typen hat er gefressen. Er weiß, die gehören zu seinen Gegnern. Wenn es ihnen opportun erscheint, lassen sie ihn über die Klinge springen. Schaufenster-Solidarität.

Auf dem Rückweg in den Containerbahnhof nähern sich zwei andere Männer. Schlecht sitzende graue Anzüge, offene braun und blau karierte Hemden, ausgetretene Schuhe. Die Gesichter sind ausgezehrt, dunkle Schatten liegen um die Augen, die Haare sind miserabel geschnitten. »Entschuldigen«, sagt der eine in holprigem Deutsch. »Wir kommen von Polen, wollen zu Paris, zu internationale Konferenz von Gewerkschaft.« Einen Moment stockt er und schaut Prien in die Augen. »Wir sind Solidarność und bringen brüderliche Grüße unsere neue Gewerkschaft.«

Prien schießen Tränen in die Augen. Er umarmt die Polen, küsst sie rechts und links auf die Wangen und wischt sich die Tränen aus den Augen. »Ich danke euch, Kollegen. Ich danke euch von Herzen. Kommt doch rein in unsere Streikzentrale, auf einen Kaffee.«

Die drei wenden sich zur Tür, da dreht sich Prien noch mal um und raunt Freytag zu: »Vali, fahr mit der S-Bahn in den Osten, wenn du kannst, zum Bahnhof Friedrichstraße. Pendelzüge für den Grenzübertritt fahren noch. Um eins etwa werden dort ein paar unserer Leute aufscheinen und die Hauptstadt mit einer kleinen Demonstration beehren. Bin gespannt, was sie mit ihnen machen.«

Freytag entschließt sich, nicht mit der S-Bahn zu fahren, sondern mit seinem BMW. Wer weiß, was sie im Bahnhof Friedrichstraße tun, sobald sie merken, was da läuft. Er möchte nicht in einem blockierten S-Bahn-Zug festsitzen. Er raucht eine Filterlose, tritt die Kippe aus und fährt dann zum Grenzübergang Heinrich-Heine-Straße. Mit seinem westdeutschen Pass kann er dort jederzeit einreisen. Eine Dreiviertelstunde kostet ihn die Kontrolle, provozierend langsam ist sie heute. Als er den Bahnhof Friedrichstraße erreicht und gegenüber am Berliner Ensemble parkt, ist es kurz vor zwölf.

Freytag spurtet über die Spreebrücke und erkennt die Gruppe aus dem Westen schon von Weitem. Fünfzehn Männer und zwei Frauen sind umringt von vier, fünf auffällig unauffälligen Zivilisten in Windjacken, die sie nicht aus den Augen lassen und ihnen auf ihrem Weg folgen. Auch Passanten bleiben stehen und beobachten die Szene. Doch zunächst geschieht nichts.

Die Gruppe läuft vom Bahnhof nach Nordosten, fünfzehn Minuten etwa, in die Wilhelm-Pieck-Straße. Vor einem mächtigen Eckgebäude macht sie Halt, baut sich im Halbkreis vor dem Portal auf und die Männer und Frauen zerren Transparente hervor, die sie – um den Bauch gebunden – unbemerkt durch die Grenzkontrollen gebracht haben. »Wir streiken«, heißt es darauf, »Reichsbahn im Streik« und »Streik für den Sozialismus«. Die Greifer, die ihnen zur Reichsbahndirektion gefolgt sind, attackieren sofort, entreißen ihnen die Transparente und schlagen einem ins Gesicht, der seins nicht hergeben will. Nur wenige Passanten bleiben stehen, einige verlangsamen den Schritt. Sie wissen, dass es gleich ruppig wird.

»Was tut ihr hier mit uns, Genossen«, hört Freytag einen aus der Gruppe rufen. »Ich bin Mitglied der Sozialistischen Einheitspartei Westberlins und des Freien Deutschen Gewerkschaftsbunds. Ich gehöre zu euch!« Ein Sprechchor setzt ein. »Streik bei der Reichsbahn. Streik bei der Reichsbahn …«

»Schnauze«, kommt es zurück von einem in beigefarbener Windjacke. »Wenn hier nicht augenblicklich Ruhe herrscht, könnt ihr die Faust des Sozialismus schmecken.« Im Handumdrehen sind aus den fünf Stasi-Leuten, die vom Bahnhof mitgekommen sind, zwanzig, dreißig geworden. Vier Volkspolizisten in Uniform sind dazugestoßen. Ein Offizier baut sich vor dem Wortführer auf und eröffnet ihm: »Sie sind festgenommen. Wir werden Sie jetzt zur Feststellung Ihrer Personalien mitnehmen. Machen Sie keinen Ärger und folgen Sie mir ohne Fisimatenten.«

Freytag postiert sich in sicherem Abstand und steckt sich eine Karo an. Die Stasi-Leute erkennen die Schachtel und halten ihn für einen der ihren. In wenigen Minuten sind die Protestierenden in Autos verfrachtet und abtransportiert. Vor dem Eingang der Reichsbahndirektion bleibt nur ein erschrockener Hausmeister im grauen Kittel zurück.

Freytag wendet sich ab. So viel zur sozialistischen Gesetzlichkeit. Und zur Solidarität unter Genossen. Er läuft zu seinem

BMW, fährt zum Reuters-Büro im Westen zurück und schreibt über den gescheiterten Protest. Er ist der Einzige, der die Meldung hat. Halb drei, verdammt – er darf die Streikversammlung im Containerbahnhof nicht versäumen. Es ist kurz nach drei, als er vor dem Bahnhof steht und sich zu Prien vordrängt. Fünfhundert bis sechshundert Reichsbahner haben sich versammelt, fast nur Männer. »Ein Drittel etwa«, flüstert ihm Prien zu, der auf eine Kiste gestiegen ist, »dürften SEW-Genossen sein.«

»Kollegen«, ruft er durch ein Megaphon, »ich möchte nicht viele Worte machen. Ihr wisst, worum es geht. Um alles. Heute haben sie schon die ersten fristlosen Entlassungen ausgesprochen. Und die Reichsbahn hat vielen Kollegen die Dienstpässe abgenommen, damit sie nicht mehr mit der S-Bahn nach Ost-Berlin fahren können.« Gellende Pfiffe. »Unsere Forderungen haben wir seit gestern diskutiert und auf dem Flugblatt, das ihr bekommen habt, zusammengefasst.«

»Eine muss noch dazu«, ruft einer aus der Menge. »Wir wollen eine freie Gewerkschaft wie in Polen!« Zum ersten Mal brandet Applaus auf.

»Sehr richtig«, antwortet Prien, »kommt noch dazu. Aber wir haben uns heute versammelt, um aus unserer Rebellion einen richtigen Streik zu machen. Durch Abstimmung und die Wahl eines Streikkomitees, das in unserem Namen handelt. Ich schlage vor, dass sich neunzehn Kollegen hier neben mir einfinden und zur Wahl stellen. Ich selbst kandidiere für den Vorsitz, denn ich habe den Streik organisiert. Ich arbeite hier auf dem Containerbahnhof, seit Jahren, und kenne den Laden aus dem Effeff. Ich hoffe, dass ihr mir vertraut.«

Wieder Applaus, unterstützende Rufe. Zögernd schälen sich Reichsbahner aus der Menge und reihen sich neben Prien auf. Siebzehn, achtzehn, neunzehn, darunter Priens Mitverschwörer aus dem Bahnhof Papestraße. Matze Krall trägt die Rechte in einem dicken Verband. Auch Wolfgang Papke stellt sich zur Wahl, schlägt den Blick nieder und wendet sich ab von Prien. Der ist einen Moment irritiert. Woher kennt er dieses Gesicht? Er kommt nicht drauf.

»Gut, Kollegen«, quakt er mit dem Megaphon in die Menge, »mit mir sind wir jetzt zwanzig. Ich bitte euch, die Hände zu heben – für den unbefristeten Streik, für unsere Forderungen und für das Streikkomitee, das ihr vor euch seht.« Alle Hände gehen nach oben.

Prien ist bewegt, kann nur mit Mühe sprechen. »Unsere Sache ist gerecht. Heute Morgen war eine Delegation von Solidarność aus Polen bei uns. Die Kollegen aus Danzig sind an unserer Seite. Wir kämpfen mit ihnen bis zum Sieg!«

Es gibt stürmischen Applaus, dazu ein Pfeifkonzert. Ein paar werfen ihre Mützen in die Luft. Der neu gewählte Streikrat zieht sich zur ersten Sitzung in das Gebäude zurück. Prien winkt Freytag mit hinein und drückt ihm feierlich ein Papier in die Hand. »Dein Streikausweis. Damit kannst du immer zu uns rein.« Mit Füller ist »Presse« daraufgeschrieben, in der linken unteren Ecke »Nr. 06«. Er ist der sechste, nach Prien und seinen vier Genossen. In der Mitte des Papiers zwei Stempel. »Berlin – Hamb. u. Lehrt. Bf. – Containerumschlagplatz – 1 Berlin 21, Heidestraße 30« und schräg daneben »18. Sep. 1980.« Freytag ist gerührt. Und stolz.

Eine Dreiviertelstunde später ist er wieder im Büro und setzt seinen Bericht ab. Als er die Meldungen auf dem ADN-Ticker überfliegt, rattert gerade die neueste aufs Papier: »Unverantwortliche Provokationen in Westberlin« steht darüber. Die DDR gibt dem West-Berliner Senat die Schuld an den »Provokationen gegen den ordnungsgemäßen Betrieb der S-Bahn« und verlangt Subventionen zum Ausgleich ihrer Verluste »von über 140 Millionen DM«. Kein Wort von Streik, kein Wort von Verhandlungen.

Freytag ruft Prien auf der freien Leitung an, berichtet von der Meldung. »Und«, fragt der, »was heißt das?«

»Sie bieten euch zwar keine Verhandlungen an, aber sie schlagen die Tür auch nicht zu. Der Stoß richtet sich gegen den Senat. Wenn man so will, benutzen sie euch, um Geld zu erpressen. Es heißt abwarten, vielleicht noch eine Schippe drauflegen.«

»Das denke ich auch«, antwortet Prien. »Hör mir genau zu. Ab jetzt solltest du ständig telefonisch erreichbar sein. Wenn du nicht im Büro oder zu Hause bist, gibst du mir eine andere Nummer. Von dem Restaurant, in dem ich dich erreichen kann, oder von Freunden, die du besuchst. Mehr kann ich dir im Moment nicht sagen.«

Wolfgang Papke hat unterdessen seinen Führungsoffizier angerufen. Der sitzt auf heißen Kohlen. Sie brauchen ihn, dringend. Gerade ist der »Maßnahmeplan zum Operativen Vorgang ›Bahn‹, Reg.-Nr. XV/5814/80« zu Papier gebracht worden. Seine Schlüsselbegriffe: bearbeiten, unter Kontrolle nehmen, in Erfahrung bringen, unterbinden, zersetzen. Sein Autor: Oberst Franz Wollseifer.

Es ist 17.57 Uhr, als der an seinem Schreibtisch einen Wodka nimmt.

Honigfalle

Freitag, 19. September
08.32 Uhr

Endlich! Seit einer guten Stunde tigert Valentin Freytag hin und her vor dem Haupteingang des mächtigen Gebäudes mit den beiden Ecktürmen am Schöneberger Ufer. Er weiß nicht, wann sie kommen, und will die Truppe auf keinen Fall verpassen. Denn er muss ins Gespräch kommen mit ihnen, unbedingt. Es ist frisch und trocken, leicht bewölkt. Ein grauer Barkas-Kleinbus mit DDR-Kennzeichen stoppt vor dem Portal, setzt neun Leute ab, fünf Frauen und vier Männer. Jeden Morgen kommen sie aus Ost-Berlin, die Mediziner der Reichsbahn-Poliklinik, und schließen das Gebäude auf. Schwestern und Pfleger kommen aus West-Berlin dazu.

Was für ein Kuriosum! Er hat die Kollegen im Pressehaus gefragt, die Briten und Amerikaner in den benachbarten Büros, allesamt erfahren mit den Geheimnissen des Kalten Krieges – doch niemand wusste von der Poliklinik. Inzwischen hat er sich ein wenig Wissen angelesen im Archiv des Gesamtdeutschen Instituts. 1958 hatte die Reichsbahn hier eine Klinik zur Versorgung ihres Personals in West-Berlin eingerichtet, mit Ärzten aus dem Osten. 1895 war der schlossähnliche Kasten aus Rotklinker mit den Sandstein-Ornamenten eröffnet worden, für die königliche Eisenbahndirektion Berlin. Den Zweck verriet das geflügelte Rad, das über dem Eingang in Sandstein getrieben worden war. Die Fahrkartendruckerei war einst hier untergebracht. Und die Hauptkasse mit zwei Tresoren. Die dienten nach dem Krieg zunächst dem Hauptquartier der sowjetischen Transporteinheiten, dann der Transportpolizei des Ostens und der Reichsbahndirektion Berlin, bis 1949, beim ersten S-Bahn-Streik im Westen, mehrere hundert Reichsbahner das Gebäude stürmten, um ihre Entlohnung in D-Mark zu verlangen. Die Trapo wurde von

West-Berliner Polizei entwaffnet, die Direktion in den Osten verlegt. Das Gebäude wurde zur Poliklinik.

Freytag läuft auf die Medizinergruppe aus dem Kleinbus zu und prüft, wen er ansprechen kann. Eine junge Frau – blond, Minikleid – blickt ihm erwartungsvoll entgegen. »Valentin Freytag. Ich schreibe für die britische Nachrichtenagentur Reuters und bin wegen einer Geschichte über die Poliklinik hier. Würde gerne mit Ihnen darüber sprechen.« Inzwischen sind sie am Tor angekommen, das von einem Arzt aufgeschlossen wird. Vier Patienten warten dort schon, darunter ein Mann mit dick verbundener rechter Hand.

»Vera Nestler«, antwortet die Blonde, »ich bin Unfallchirurgin. Kommen Sie kurz mit rein. Viel Zeit hab ich aber nicht für Sie.« Und zu dem Mann mit der verbundenen Hand: »Was haben Sie denn gemacht? Folgen Sie mir bitte.«

Sie steigen die prächtige Treppe empor in den ersten Stock. Freytag läuft hinter der Ärztin, heftet seinen Blick auf ihre schönen Beine und den perfekten Po. Apfelhintern, denkt er. Zweifellos nicht Birne. Die Ärztin führt sie nach rechts bis zur dritten Tür. Der Patient soll kurz auf der Bank davor Platz nehmen, Freytag bittet sie herein und schließt die Tür.

»Ich bin nicht sicher, ob ich überhaupt mit Ihnen reden darf«, sagt sie und wirft den weißen Arztkittel über. »Aber wenn Sie schon mal hier sind …«

Freytag starrt sie an, sucht nach Worten. Die zierliche Frau gefällt ihm. Ungemein. Grüne Augen, kleine Brüste, schmale Hüften. Sein Typ. Und wie. »Mich interessiert«, bringt er hervor, »wie die Klinik hier läuft, wie Sie hierhergekommen sind und was Sie denken, wenn Sie jeden Tag durch die Mauer fahren, hin und her. Warum lässt die DDR Sie raus? Sie könnten ja auch im Westen bleiben und da viel mehr Geld verdienen.«

Die Ärztin mustert ihn ironisch. Er gefällt ihr, seine Lässigkeit, die halblangen Haare, die verwaschenen Jeans und die Lederjacke. Der Typ Mann ist im Osten nicht so häufig. »Ach wissen Sie, es gibt für eine Ärztin Wichtigeres, als im Westen Geld zu schaufeln. Ich bin in Thüringen geboren, das ist und bleibt meine Heimat. Und ich habe in Ostberlin eine siebenjährige Tochter, um die ich mich als alleinstehende Mutter kümmern muss. Sie ist am Nachmittag im Hort und wenn ich abends zurückkomme, hole ich sie ab. Soll ich sie etwa zurücklassen? Die Klinik im Westen, das Kind im Osten, das reicht für ein Leben.«

Sie stehen voreinander und schauen sich an. Lächelnd, schweigend. »Wissen Sie was«, sagt sie dann, »ich muss jetzt Patienten behandeln, da draußen wartet schon ein schmerzgebeugter Mensch. Wenn Sie wirklich Interesse haben an unserer Klinik und an dem, was ich hier tue, dann kommen Sie doch in die Hauptstadt. Für ein Gespräch. Morgen vielleicht. Samstagnachmittag hab ich frei. Wir könnten uns um drei im Palast der Republik treffen, in der Mocca-Bar im ersten Stock. Die mag ich besonders.«

Freytag nickt. »Ich werde pünktlich sein.«

Zwanzig nach sechs ist die Truppe aus der Poliklinik wieder in Ost-Berlin, steigt am Alexanderplatz aus dem Barkas. Vera Nestler steuert, wie jeden Abend, eine Telefonzelle im S-Bahnhof an, wählt die Nummer, die sie im Schlaf vorwärts und rückwärts aufsagen kann. »Achim, ich hab zwei Informationen für dich. Zum einen: Heute war einer aus dem Streikkomitee bei mir, nennt sich Matze Krall. Einer hat ihm beim Sturm auf eine S-Bahn mit einem Schraubenschlüssel die rechte Hand zu Brei geschlagen. Fleischwunden, Brüche. Der wird noch öfter zu mir kommen. Morgen zum Beispiel zum Wechseln der Verbände.«

»Gut, hol ihn aus, so weit du kannst. Alles ist interessant, was den Streik angeht. Namen, Daten, Konflikte. Zeig dich interessiert, gib dich als Sympathisantin. Und komm am Montag um halb sieben an den gewohnten Ort.«

»Die zweite, vielleicht noch interessantere Sache: Bei mir war ein Reporter der britischen Agentur Reuters, ein Deutscher namens Valentin Freytag. Er will über die Poliklinik schreiben, wahrscheinlich wegen des Streiks. Ich hab ihn für morgen Nachmittag in die Mocca-Bar bestellt. Wie weit soll ich gehen?«

Der andere räuspert sich, sie hört, wie er tief Luft holt. »Liebe Vera, das ist ein ganz dicker Fisch. Da solltest du alles ausspielen, was du hast. Er könnte für uns langfristig wichtig sein. Als Offizierin im besonderen Einsatz darfst du da nicht zögern. Du weißt, was zu tun ist. Habt ihr einen Draht zueinander?«

»Er ist mir sympathisch. Und ich seh ihm an, dass ich ihn an den Haken nehmen kann.«

»Gut. Dann trink mit ihm Kaffee, erzähl aus dem Leben einer Ärztin und von der segensreichen Aufgabe der Poliklinik. Läuft alles gut, lädst du ihn noch in deine Wohnung ein. Deine Tochter, sagst du, ist bei einer Freundin. Du bist eine schöne Frau. Er wird sich die Gelegenheit nicht entgehen lassen.«

»Aber in meine Wohnung möchte ich ihn nicht lassen.«

»Musst du auch nicht. Wir richten die Wohnung in der Liebknechtstraße her. Bei der Gelegenheit werden wir ihn gleich operativ bearbeiten.«

Beide sind überpünktlich. Am Nachmittag des nächsten Tages begegnen sie sich schon auf der Treppe des Palasts und umarmen sich zur Begrüßung, als wären sie lange vertraut miteinander. Sie trägt einen kurzen Rock und eine eng anliegende Bluse, die ihre Brüste zur Geltung bringt. Freytag spürt die Knospen, als er sie an sich zieht. Er bekommt eine Erektion und lässt sie das merken.

Seine letzte Beziehung ist zerbrochen, als er von Bonn nach Berlin gewechselt ist. Sie wollte nicht mit und auf eine Fernbeziehung legten beide keinen Wert. Seither, seit zwei Jahren, hat er keine Frau mehr gehabt. Abgesehen von einer flüchtigen Nummer in West-Berlin, wo er an einer Kreuzung am Kudamm beim Warten vor einer roten Ampel eine atemberaubende Frau sah. Schon auf den ersten Blick eine Professionelle. Aber eine mit Klasse. Er schwankte einen Augenblick, dann öffnete er die Beifahrertür und ließ sie in seinen BMW steigen. Eine Nacht lang blieb sie in seinem Apartment. Es war großartig. Aber teuer.

Die Mocca-Bar ist gut besucht an diesem Nachmittag, sie bekommen den letzten freien Tisch. Neben ihnen sitzt ein Paar in mittleren Jahren, das sie keines Blickes würdigt. Freytag war noch nie hier und bewundert die Kaffeetässchen mit dem Goldrand, die geschwungen mit »PdR« gezeichnet sind, Palast der Republik. Es heißt, erzählt Vera Nestler, Erich Honecker höchstpersönlich habe sie ausgesucht.

Sie plaudern über die Klinik, über Ärzte, über Journalisten, über Ost und West, über Frauen und Männer. Er macht sich Notizen auf einem Block, aber er ist in Gedanken woanders. Bei ihren Lippen, bei ihren Brüsten, bei ihrer …

»Hallo, junger Mann«, holt sie ihn zurück, »sind Sie noch bei mir?« Gut zwei Stunden haben sie sich angestarrt. »Ich finde, wir haben jetzt genug vom Mokka aus der Hauptstadt der Deutschen Demokratischen Republik.« Sie lacht. »Ich bin Vera, wie du weißt. Vera und Valentin. Liegen nah beieinander, unsere Namen. Sehr nah. Wenn du noch ein wenig Zeit hast, könnte ich dir noch meine Wohnung zeigen. Ist gar nicht weit weg, ein paar hundert Meter.«

Als sie die Treppe hinabsteigen, hat er schon den Arm um ihre Hüfte gelegt, und er nimmt ihn nicht mehr weg, bis sie die Haustür in der Liebknechtstraße aufschließt. Im Hausgang zieht er sie an sich und küsst sie wortlos. Sie erwidert den Kuss, ihre Zunge ist klein und süß, die Lippen weich, warm, feucht, gierig … Er lässt seine Hände von ihrer Hüfte abwärts wandern, zieht ihren Rock hoch und umfasst den Po. Sie stöhnt leise, drängt sich an ihn.

»Komm.« Sie nimmt ihn an der Hand und zieht ihn zum Aufzug. Küssend taumeln sie durch die Wohnungstür im dritten Stock. Sie löst sich von ihm, geht ins Badezimmer. »Einen Moment.«

Er schlendert ins Wohnzimmer. Das wirkt nüchtern, fast unbewohnt. Drei Plastiknelken im Väschen, drei Bücher im Regal. »Nackt unter Wölfen«, »Amphibienmenschen« und ein Bildband über Berlin. Irgendetwas beginnt sich in ihm zu sträuben. Er geht in die Küche, öffnet die Kühlschranktür. Außer einer Flasche Wasser und einem Bier – nichts.

Du Idiot, du Idiot, du Idiot! Plötzlich ist ihm alles klar. Das musste ja so kommen. Wenn sie ihn hier fotografieren, nackt im

Bett, und ihr Stöhnen auf Tonband nehmen, dazu das Gesäusel anschließend bei der Zigarette, dann haben sie ihn am Haken. Wenn Reuters das zugespielt wird, ist er als Korrespondent erledigt.

Im Bad läuft Wasser. Wortlos verlässt er die Wohnung, zieht die Tür leise hinter sich zu und springt die Treppe hinab, drei Stufen auf einmal. Weg hier, bloß weg hier. Vor der Haustür steht das Paar in mittleren Jahren, das er in der Mocca-Bar gesehen hat. Auf der Straße parkt ein Lada mit zwei Männern.

Es ist 18 Uhr, als er über die Liebknechtstraße spurtet und Dr. Vera Nestler, Offizierin im besonderen Einsatz, nackt aus dem Badezimmer tritt.

Rädelsführer

Freitag, 19. September
10.50 Uhr

Im Sturmschritt eilt er die Treppe hinauf, in den zweiten Stock des imposanten Gebäudes, das zur Zeit seiner Errichtung das mächtigste in Berlin war nach dem Stadtschloss. Das Stadtbezirksgericht Mitte, hinter dem Roten Rathaus, ist ein Musterbeispiel für verschwenderischen Jugendstil. Gregor Gysi, freier Rechtsanwalt in Ost-Berlin, Verteidiger der Opposition und Sohn des ehemaligen Kulturministers Klaus Gysi, ist zwar SED-Genosse, aber ein Freigeist und ideologisch so beweglich, dass er immer wieder für Problemfälle mobilisiert wird. Sein Gesicht ist von einem feinen Schweißfilm bedeckt, er lächelt. So schwierig solche Einsätze auch sind, er liebt sie. Denn er beherrscht sie, er versteht es, zwischen den Fronten zu agieren.

Diesmal hat ihn der verrückte SEW-Mann gerufen, der glaubte, er könne in Ost-Berlin mal eben für einen Streik demonstrieren, öffentlich. Ganz so wie die Solidarność-Leute in Danzig, der Albtraum des Politbüros. Gysi eilt in den kleinen Sitzungssaal, der für seine Verhandlung reserviert ist. Hans Kemmler heißt der Untersuchungshäftling, der eben vorgeführt worden ist und dem der Anwalt gerade noch zuflüstern kann: »Sagen Sie gar nichts. Lassen Sie mich machen. Ich glaube, Sie kommen hier raus.«

Kemmler ist der letzte der Demonstranten, die am Vortag von der Staatssicherheit vor der Reichsbahndirektion eingesammelt und ins Untersuchungsgefängnis Keibelstraße geschafft worden waren. Die übrigen sechzehn sind an diesem Morgen schon verurteilt und gleich darauf wieder freigelassen worden. Im Schnellgang, von einem einzigen Richter. Zack, zack, zack. Verurteilt wegen Paragraph 217 Strafgesetzbuch, »Zusammenrottung«. Aber auf die mildeste Weise, zu einer Geldstrafe. Hundertfünfzig D-Mark pro Nase. Und gleich ab, zurück nach West-Berlin. Der Richter hat ihnen klargemacht, dass sie sofort – »unverzüglich, haben Sie mich verstanden?« – zum Bahnhof Friedrichstraße zu gehen und mit der nächsten erreichbaren S-Bahn, die noch fährt im Grenzverkehr, nach Charlottenburg zurückzukehren haben.

Keiner von ihnen ist zu Wort gekommen. Der Staatsanwalt hat nur die Namen und Geburtsdaten verlesen, besser gesagt: heruntergeleiert, und dann ein einziges Mal, es handelt sich um ein Sammelverfahren, hinzugefügt: »Alle angeklagt der Zusammenrottung nach Paragraph 217 Strafgesetzbuch der Deutschen Demokratischen Republik.« Publikum war nicht im Saal, auch keine Verteidiger. Die Reichsbahner sind bei aller Ernüchterung über die Rechtsprechung ihres Sehnsuchtsstaats am Ende froh, so davongekommen zu sein. Im Hinausgehen verneigt sich sogar einer vor dem Richter.

Hans Kemmler aber ist ein anderer Fall. Er hat die Fahrt nach Ost-Berlin organisiert und vor der Reichsbahndirektion das Wort geführt, das Widerwort. Deshalb gilt er als Rädelsführer. Und der Rädelsführer bei einer »Zusammenrottung« kann nach dem Strafrecht der DDR nicht mit einer Geldstrafe davonkommen, er hat ein bis acht Jahre Gefängnis zu gewärtigen. Bei einer ersten Vernehmung in der Keibelstraße, dem verrufenen Untersuchungsgefängnis im Polizeipräsidium, hat man ihm das am Vortag schon triumphierend auseinandergelegt. Gefängnis. Ein bis acht Jahre. Da hat er nach einem Anwalt verlangt, genauer: nach Gregor Gysi, dessen Name ihm geläufig war. Ergebnis: Kemmler durfte einen kurzen Brief an den Anwalt schreiben, den dann eine Streife der Volkspolizei bei Gysis Kanzlei abgab. Herr im Himmel, dachte Gysi, als er das Blatt las, was ist das denn wieder für ein Traumtänzer? Warum wohl, sagte er halblaut zu sich selbst, heißt es, dass unser Sozialismus real existiert? Natürlich, weil er nicht ideal existiert.

Der Richter betritt den kleinen Saal. Gysi kennt ihn: Alexander Weinberg. Ein Arschloch. Alle setzen sich. Der Richter sagt: »Ich eröffne die Verhandlung gegen Kemmler, Hans, geboren am 21. August 1947 in Potsdam, wegen Zusammenrottung in einem besonders schweren Fall ...«

Gysi fällt ihm ins Wort. »Herr Vorsitzender, ich bitte um das Wort zur Klärung einer Verfahrensfrage.«

»Herr Rechtsanwalt Gysi, Sie werden noch Gelegenheit haben, sich zu dem Angeklagten und seiner Tat zu äußern.«

»Das möchte ich jetzt gar nicht, Herr Vorsitzender, wir müssen aber vor allem anderen klären, ob dieses Strafverfahren überhaupt stattfinden kann.«

Weinberg hat Gysi schon in Prozessen erlebt, er weiß, dass der nicht zu packen ist. Wie Quecksilber. Zu allem fähig. Jederzeit. Frech und aufsässig. Na gut, soll er's halt loswerden. Mit finsterer Miene nickt der Richter Gysi wortlos zu.

»Herr Vorsitzender, diesem Verfahren fehlt die Grundlage. Nach der Strafprozessordnung der Deutschen Demokratischen Republik ist vor der Hauptverhandlung eine Ladungsfrist von vierundzwanzig Stunden einzuhalten. Seit der Festnahme des Angeklagten vor der Reichsbahndirektion sind aber nur ...«, Gysi hebt die Linke und schaut demonstrativ auf seine Armbanduhr, »... sind aber nur etwa zweiundzwanzig Stunden vergangen. Ich bitte Sie, die Zeit auf dem Festnahmeprotokoll der Volkspolizei zu beachten.«

Es ist still im Saal. Der Staatsanwalt, der noch kein Wort gesagt hat, läuft ganz langsam ganz dunkelrot an. Der Richter erbleicht.

»Was soll das, Herr Gysi«, entgegnet Weinberg. »Das sind doch Mätzchen. Wenn Sie darauf bestehen, warten wir eben noch zwei Stunden und verhandeln dann.«

»Das würde die Sache nicht besser machen«, sagt Gysi, »sondern nur schlimmer. Denn die Ladung zur Hauptverhandlung ...«, er hebt mir spitzen Fingern ein Blatt Papier empor, »... wäre damit ja nicht aus der Welt geschafft. Und auf dieser Ladung heißt es nun mal: elf Uhr. Dem Fristversäumnis würde also auch noch eine Verschleierung hinzugefügt, die der sozialistischen Rechtsstaatlichkeit Hohn spricht. Ich jedenfalls sähe mich genötigt, Rechtsmittel einzulegen und ihre Fehler, Herr Vorsitzender, an höherer Instanz herauszustellen.«

Der Richter schweigt. Zwanzig Sekunden, dreißig. Blickt Gysi an, den Angeklagten, den Staatsanwalt. »Und wie stellen Sie sich den weiteren Verlauf dieses Verfahrens vor?«

Gysis Gesicht leuchtet. »Schauen Sie, Herr Vorsitzender, die Mitangeklagten des Genossen Kemmler sind heute Morgen allesamt zu Geldstrafen verurteilt und aus der Hauptstadt der DDR ausgewiesen worden. Das scheint mir ein Beleg dafür zu sein, dass die Staats- und Rechtsordnung der Deutschen Demokratischen Republik diesem Fall irregeleiteter Genossen der SEW keinen höheren Stellenwert beizumessen gedenkt, als er wirklich verdient.« Die Staats- und Rechtsordnung. Das Politbüro der SED. Glänzend.

Der Anwalt legt eine rhetorische Pause ein. Schaut dann die Beteiligten an, einen nach dem anderen, den Angeklagten zum Schluss, und fährt fort: »Die Fristversäumnis ist nicht mehr zu heilen. Ich beantrage deshalb die Einstellung des Verfahrens und die Ausweisung des Noch-Angeklagten aus der DDR. Er verspricht, dass er nicht wiederkommen und von dem Fall gegenüber den Medien des Westens schweigen wird.«

So geschieht es. Ohne Verzögerung. Wie die Versetzung des Richters in den vorzeitigen Ruhestand noch am selben Nachmittag. Gregor Gysi umarmt Kemmler kurz und schickt ihn dann mit einem Schulterschlag aus dem Gerichtsgebäude.

Es ist 12.35 Uhr, als Erich Mielke von dem Fall erfährt. Er nennt den Richter einen Ochsen, dem ein glühender Bolzen zwischen die Hörner gehöre.

Macht

Freitag, 19. September
11.00 Uhr

Niemand ist so pünktlich wie die Alliierten. Wenn sie rufen, die Verbindungsoffiziere der Alliierten Kommandantur – Amerikaner, Briten und Franzosen –, haben die Beamten aus der Senatskanzlei und den herbeizitierten Ressorts der Stadtregierung anzutreten, ohne Verzug. In West-Berlin, sie legen Wert darauf, haben die drei Mächte unbeschränkte Macht, wenn es darauf ankommt. Noch immer. Ober sticht Unter.

Und nun kommt es darauf an zu stechen. Der Streik bringt alles durcheinander. Der französische Militärzug ist heute nur bis zum Bahnhof Charlottenburg gekommen. »Dort stieg der Lokführer aus«, beginnt Planet, der Franzose. »Die Soldaten mussten mit Lastwagen abgeholt werden. Der amerikanische Militärzug ist mit erheblicher Verspätung zwar bis Lichterfelde gekommen«, fährt Bock fort, der Amerikaner, »die anschließenden Abfertigungs- und Rangierarbeiten wurden aber abgebrochen.« »Was tun Sie dagegen, meine Herren?«, fragt Deavin spitz, die Britin.

Dietrich Hinkefuß zieht hörbar die Luft ein. Sie sollen es hören, die arroganten Pinsel. Die ganze Stadt ist durcheinander, aber die Alliierten haben nichts Wichtigeres im Kopf als ihre Militärzüge. »Wir können einstweilen gar nichts dagegen tun. Es ist ein politisch hochbrisanter Streik gegen die DDR, auf unserem Gebiet, und wir können den Polen nicht applaudieren zu ihren Streiks gegen das morsche System und dann selbst die Polizei losschicken. Geht einfach nicht, das wissen Sie selbst. Und zum Einsatz Ihrer Militärpolizei kann ich Ihnen auch nicht raten. Oder Sie werden in Ihren Hauptstädten gevierteilt.«

Die Offiziere laufen rot an vor Ärger, doch sie schweigen. Hinkefuß, der Senatsrat, genießt den Anblick. »Ich empfehle

Ihnen dringend Zurückhaltung«, fährt er sanft fort. »Ruhe und Besonnenheit. Wir sehen den Streik als Tarifkonflikt und das sollten Sie auch tun, am besten öffentlich erklären. Bei den Militärzügen können wir vorerst nicht helfen.«

»Wir werden das selbst klären«, schnappt Bock beleidigt. Und ordnet an, in eisigem Ton, jetzt nicht mehr nur einmal pro Woche zu konferieren, sondern täglich. Hier, im Rathaus Schöneberg. Demnächst würden die politischen Berater der Stadtkommandanten die Treffen übernehmen, dann müssten die Teilnehmer auch auf deutscher Seite protokollarisch aufgewertet werden. Das sitzt, Hinkefuß blickt ihn starr an. Die Berliner Unruhen seien auch in ihren Hauptstädten registriert worden, nun müsse man an die Außenministerien berichten.

Was er nicht sagt: Henry McEwan, der Berater des amerikanischen Stadtkommandanten, will die Sache schleunigst in die Hand nehmen. Der Diplomat arbeitet an den Schnittstellen zu Militär und Geheimdienst. Und quält sich mit der Abwägung, ob man die DDR stabilisieren oder schwächen soll. Er tendiert zu Stabilisierung, denn das heißt auch, dass die Position der Alliierten in Berlin unangetastet bleibt. Eines darf jedenfalls nicht passieren: Dass die Deutschen am Ende gemeinsame Sache machen. Und der alte preußische Dämon wiederaufersteht. Dann lieber Mauer – und Sozialismus für Arme.

»Ich darf Sie daran erinnern«, Deavin springt Bock zur Seite, obgleich sie den Amerikaner mit den schlechten Manieren nicht ausstehen kann, »dass wir die Inhaber der Betriebsrechte auf den Bahnanlagen sind und dass wir sie gemeinsam mit den Russen nach dem Krieg an die Reichsbahn der DDR vergeben haben.« Nun wird auch Planet wach, der Franzose: »Es kommt nicht infrage, dass diese Ordnung von streikenden Kommunisten ruiniert wird.« »Oder durch Abenteurer in der Berliner Politik«, fährt Bock fort. Ha, denkt er, heute sind wir wirklich gut, heute reiben wir's den Deutschen rein.

»Wir wollen alles wissen, im Detail, weil sich der Status Berlins verändern kann durch die Folgen des Streiks«, trägt McEwans Verbindungsoffizier vor. Schließung von Bahnhöfen,

Stilllegung von Strecken, Entlassung von Reichsbahnern. »Nichts darf am Status Berlins verändert werden. Kein Jota. Jedenfalls nicht ohne unsere Genehmigung.« Vorerst solle man bei der Politik des »meisterhaften Nichtstuns« bleiben. »Kommunisten streiken gegen Kommunisten, daran können wir uns noch eine Weile die Hände wärmen.«

Hinkefuß würgt an seinem Zorn. Vor drei Jahren noch, erinnert er sich, verlangten die Alliierten Eventualpläne für die Übernahme des Bahnverkehrs in West-Berlin, falls ihn die DDR unerträglich ausdünnen sollte. Damals fügte der französische Gesandte den unvergesslichen Satz an, er persönlich habe allerdings »Todesangst, dass das Ganze an die Öffentlichkeit kommen könnte«.

Deavin gibt zu bedenken, dass es je nach Streikverlauf ratsam sein könnte, auch mit den Sowjets diskret Kontakt aufzunehmen. Das aber nur, falls das Viermächteabkommen Schaden nehme. Vorläufig sehe es nicht danach aus.

Um 12.30 Uhr geht die Runde auseinander. Eine halbe Stunde später verabredet Günter Gaus für den folgenden Tag politische Gespräche in Ost-Berlin. Karl Seidel vom DDR-Außenministerium richtet er am Telefon Grüße des Bundeskanzlers an den Generalsekretär aus.

Signal

Freitag, 19. September
14.05 Uhr

Der kleine pausbäckige Mann kommt ihm mit ausgestreckten Armen entgegen. »Herr Gaus, ich freue mich, dass Sie den Weg zu mir gefunden haben in diesen komplizierten Zeiten.« Hermann Axen, Mitglied des SED-Politbüros, empfängt den Ständigen Vertreter der Bundesrepublik im ZK-Gebäude, dem »Haus der tausend Augen«. Axen sitzt zwar auch in der »Arbeitsgruppe BRD« des Parteiapparats, doch eigentlich ist er nicht Deutschland-, sondern klassischer Außenpolitiker und deshalb für Gaus streng genommen nicht zuständig. Beide wissen, dass ihr Treffen an diesem Freitagnachmittag persönlich ist. Vertraulich. Inoffiziell. Ohne Protokoll. Das haben sie schon öfter so gehalten.

Gaus pflegt eine besondere Beziehung zu Axen. Er schätzt ihn, denn der SED-Mann hat eine einzigartige Vita und ist ein Intellektueller in der einfach gestrickten SED-Führung, spricht fließend Englisch, Französisch und Russisch. Als jüdischer Jungkommunist hat er im Widerstand gegen die Nazis gearbeitet, Zuchthaus und KZ überstanden. Sein älterer Bruder Rolf ist 1933 im Dresdner Polizeipräsidium beim Verhör erschlagen worden. Und seine Eltern wurden an unbekanntem Ort umgebracht. Axen ist der einzige Jude in der SED-Führung, wenn auch kein gläubiger, und muss den aggressiven Kurs der Parteiführung gegen Israel schweigend ertragen. Gaus hat eine so vertrauensvolle Beziehung zu ihm aufgebaut, dass Axen ihm das eines Tages leise eingestanden hat.

Umgekehrt schätzt Axen den spätberufenen Diplomaten, weil er eben kein klassisch-unverbindlicher Botschafter ist, sondern ein durch und durch politischer Mensch. Als profilierter Journalist beim Spiegel und glänzender Fernseh-Interviewer war er in den Bann Willy Brandts geraten, ins Kanzleramt und dann als

Ständiger Vertreter der Bundesrepublik nach Ost-Berlin. Dort verzweifelte er an Ignoranz und Desinteresse seiner Bonner Auftraggeber, während ihn der kleinere deutsche Staat faszinierte. Was versteht Helmut Schmidt schon von der DDR? Nicht das Geringste. Und was können die im Westen mit einem Mann wie Axen anfangen, einem jüdisch-kommunistischen Widerstandskämpfer und Patrioten? Niemand interessiert sich in Bonn für ihn. Als würde er Yaks melken in der Mongolei.

»Lieber Herr Axen«, beginnt Gaus, »mich interessiert, wie immer offen und jenseits des diplomatischen Protokolls, wie Sie den Streik der West-Berliner Reichsbahner einschätzen. Das Offizielle habe ich gestern und heute schon mit Michael Kohl und Karl Seidel ausgetauscht. Eine Botschaft des Bundeskanzlers überbracht, wonach Bonn sich nicht einmischen wird und auf eine tarifrechtliche Lösung setzt. Und eine Botschaft des Staatsratsvorsitzenden empfangen, wonach die defizitäre S-Bahn endlich von West-Berlin subventioniert werden müsse.« Der joviale, schwer kranke Kohl war erster Vertreter der DDR in Bonn gewesen. Seidel ist im DDR-Außenministerium für Deutsch-Deutsches zuständig.

Axen lächelt. Er kennt die Positionen. »Ich möchte Ihnen ganz offen antworten, lieber Herr Gaus. Gäbe es die Erschütterungen in Polen nicht, könnte man vielleicht mit den Leuten ins Gespräch kommen. Vielleicht. Sofern sie noch einen Funken Verstand haben, was ich nicht für ausgemacht halte. Aber mit Solidarność im Rücken … Der Sicherheitsapparat ist hysterisch. Nach allem, was ich höre, gibt es keine Neigung, mit den sogenannten Streikenden zu verhandeln. Es sei denn, das wäre Teil eines politischen Pakets zur Beteiligung des Senats an den Verlusten der S-Bahn. Mit anderen Worten: Westberlin zahlt für die Lohnerhöhungen, die dann folgen müssten. Könnte es da Bewegung geben?«

Gaus schlägt die Augen nieder, faltet die Hände im Schoß. »Unsere Alliierten sind strikt gegen jede Veränderung des Status von Berlin. Sie möchten das Viermächteabkommen nicht antasten. Und wenn Sie mich persönlich fragen: Alle warten darauf, dass ihnen die S-Bahn in West-Berlin irgendwann wie eine reife Frucht in den Schoß fällt, weil die DDR ökonomisch nicht mehr kann. Die Alliierten beobachten Streckenstilllegungen und Fahrplanausdünnungen sehr aufmerksam. Wenn das aber so ist, lieber Herr Axen, wie kommen wir dann raus aus der Sackgasse? Unsere hochtrabende Solidarität mit Solidarność verbietet uns ja, West-Berliner Polizei oder alliiertes Militär gegen die Streikenden einzusetzen.«

Axen neigt den Kopf zur Seite, kneift die Augen zusammen und schürzt die Lippen. »Nun wirklich ganz unter uns, lieber Herr Gaus, ich traue mich das fast nicht zu sagen ... Um es plakativ auszudrücken: Sofern der Streik nicht von alleine zusammenbricht, das werden wir in zwei, drei Tagen wissen, muss die DDR halt ihr Problem in Westberlin selbst lösen. Das sagt mir der gesunde Menschenverstand. Konkreter möchte ich nicht werden. Sie verstehen mich schon.«

Die beiden Männer sitzen sich schweigend gegenüber, starren sich an. »Ich danke Ihnen sehr für Ihre Offenheit, lieber Herr Axen. Ich meine Sie verstanden zu haben. Ich nehme das als Erkenntnis mit und werde versuchen, sie zu vermitteln. Übermorgen treffe ich den Kanzler am Rande des IG Metall-Kongresses in West-Berlin.«

»Ganz im Vertrauen, lieber Herr Gaus, morgen Nachmittag wird das Politbüro zusammenkommen. An einem Samstag also, wo doch üblicherweise dienstags konferiert wird. Das Politbüro trifft sich auch nicht im ZK-Gebäude, sondern auf dem Flughafen Schönefeld. Das ist noch außerordentlicher. Man will nicht am Samstag bei der Vorfahrt der Wagenkolonne im Herzen Berlins beobachtet werden. Ich sage Ihnen das, damit Sie dem Bundeskanzler deutlich machen: Für die DDR, für die SED, geht es um sehr viel. Wir wollen nicht zum zweiten Polen werden.«

Es ist 15.15 Uhr, als Gaus das ZK-Gebäude verlässt und der harte Kern der Streikenden auf einen Handstreich eingeschworen wird.

Verrat

Freitag, 19. September
18.34 Uhr

Jacques Foucault reist in seinem Citroën über den Checkpoint Charlie ein. Der kleine, schlanke Mann mit dem schmalen Oberlippenbärtchen ist Sprecher der französischen Militärregierung. Er fährt zweimal pro Monat nach Ost-Berlin, unkontrolliert. Seinen Landsleuten und seinen Kollegen bei den Alliierten, Amerikanern und Briten, erzählt er, er gehe ins Theater oder in die Oper. Das tut er auch. Aber in den Pausen der Aufführungen trifft er einen Mann mittleren Alters an der Sekt-Bar, wie zufällig, plaudert mit ihm und steckt ihm beim Händedruck zum Abschied mitunter einen Mikrofilm zu. Denn Jacques Foucault ist Agent der DDR. Der wichtigste bei den West-Alliierten in Berlin.

Seit Jahren spioniert er für die Hauptverwaltung Aufklärung. Gegen Geld. Ideologie ist ihm gleichgültig. Foucault liebt Frauen und ein angenehmes Leben. Er ist verheiratet, doch er hat zwei bis drei Geliebte. Die kosten. Aber er hat auch viel zu verkaufen. Denn Jacques Foucault ist als Mann der Öffentlichkeitsarbeit nicht nur mit allen Interna der West-Alliierten vertraut, aller Alliierten, er kennt auch die maßgeblichen Journalisten und deren persönliche Schwächen. Er arbeitet mit ihnen, geht mit ihnen essen und hat über die Jahre viel Vertrauliches erfahren. Die Presseleute brauchen ihn als Quelle und erzählen ihm daher manches, was sie besser für sich behielten. Denn es macht sie angreifbar für die Staatssicherheit. Es wäre ein fetter Skandal, wenn bekannt würde, dass der elegante Monsieur Foucault für die DDR arbeitet.

An diesem Abend fährt Jacques Foucault nach Ost-Berlin, um seinen Führungsoffizier in der Staatsoper Unter den Linden zu treffen. Er ruft ihn aus einer Telefonzelle am Bahnhof Alexanderplatz an, wie immer. Max Eckhart, wie sich der Oberstleutnant nennt, hat nie Probleme, kurzfristig, manchmal auch sehr kurzfristig, an Karten zu kommen.

»Und, wie finden Sie unsere Zauberflöte?«, fragt er, als er sich in der Schlange vor der Sekttheke hinter Foucault schiebt. »Sie sind doch nicht von hier, oder?« Nein, antwortet der, er lebe in West-Berlin und schätze die Bühnen der DDR. Als beide Männer Sektgläser in den Händen halten, schlendern sie plaudernd zurück, stellen sich an eine Wand, Foucault mit dem Rücken zu den Menschen im Saal.

»Ich möchte Ihnen über die Streikfolgen berichten«, raunt der Franzose in akzentfreiem Deutsch. »Die Stadtkommandanten beziehungsweise ihre politischen Berater konferieren täglich über den Streik.«

»Und?«

»Die Meinung ist einhellig. Amerikaner, Briten und Franzosen werden sich nicht einmischen. Keinen Druck auf die DDR ausüben. Die Alliierten und ihre Geheimdienste wussten nichts von den Plänen und werden die Streikenden nicht unterstützen. Sie werden auch auf den Berliner Senat und Herrn Stobbe einwirken, sich zurückzuhalten. Seine Erklärung, er sympathisiere mit den Streikenden, halten wir für falsch. Aus Bonn haben wir übrigens gehört, dass es den Leuten um Schmidt genauso geht. Gaus vor allem. Und: Alle drei Verbündeten sind nicht an einer Veränderung des Status der Reichsbahn interessiert. Das gilt auch für die Forderung der DDR nach Subventionen. Alles soll so bleiben, wie es ist.«

»Was wird mit den alliierten Militärzügen in die BRD? Es ist ja wohl schon ein französischer hängen geblieben.«

»Ich vertraue Ihnen etwas von den Amerikanern an. Das ist auch ein Grund dafür, warum ich hier die Zauberflöte besuche. Heute Nachmittag ist ein amerikanischer Major in Zivil zum Containerbahnhof geschickt worden und hat sich den kleinen Streikführer gegriffen. ›Ich höre, Sie wollen auch alliierte Militärzüge blockieren‹, hat er ihm eröffnet. ›Lassen Sie sich sagen: Wenn Sie das tun, wenn Sie einen einzigen amerikanischen Militärzug stoppen, werden amerikanische Soldaten den Streik zerschlagen, Ihre Zentrale räumen und Sie persönlich festnehmen. Haben Sie verstanden, sind wir uns einig?‹ Der Kleine ist bleich geworden, hat dem Major die Hand gegeben und nur geantwortet: ›Wir werden Ihre Militärzüge nicht antasten.‹«

Es ist 21.30 Uhr, als die Klingel das Ende der Pause verkündet. Foucault kehrt in die Aufführung zurück, Eckhart eilt in die Normannenstraße, um dem Minister zu berichten.

Ersatzmann

Samstag, 20. September
19.20 Uhr

»Und?«

Der Führungsoffizier ist sofort am Apparat, als Vera Nestler zum Telefon gegriffen hat, um die Nummer zu wählen, die sie auch nachts im Schlaf aufsagen könnte.

»Er ist weg. Abgehauen. Ich muss mit dir darüber reden. Komm bitte vorbei. Sofort.«

»Zwanzig Minuten.« Achim Muth legt auf und eilt in der Normannenstraße die Treppen hinunter zu seinem Dienst-Lada. Als er durch die Wohnungstür tritt, erblickt er seine Offizierin im besonderen Einsatz bleich auf dem Sofa zusammengesunken.

»Was ist passiert?«

»Er muss etwas gemerkt haben. Als ich aus dem Badezimmer kam, war er jedenfalls weg. Ohne ein Wort. Aber das ist ja auch kein Wunder. Schau dich mal um. Die Genossen von der Technik mögen Mikros und Kameras eingebaut haben, aber bewohnt wirken die Räume nicht. Nix auf dem Tisch. Nix im Kühlschrank. Nix Persönliches. Nur zwei Flaschen, drei Bücher und drei Plastenelken. Wer nicht blind ist, sieht doch sofort, dass da was nicht stimmt. Das ist keine Wohnung einer jungen Frau mit Kind.«

Achim Muth sieht sich um. »Du hast recht. Ich werde das mit den Genossen nacharbeiten. Ist ein Fall für die Grundlehrgänge. Das war ein schwerer Fehler. Und nun ist die Wohnung auch noch verbrannt. Ein West-Journalist hat sie gesehen und wir haben ihn nicht an der Angel. Wenn er zum Verfassungsschutz geht, stehen in ein paar Tagen zwei Herren aus West-Berlin auf der anderen Straßenseite und beobachten das Rein und Raus. Vermutlich wird er sich allerdings drüben nicht offenbaren, denn als Idiot will er bestimmt nicht dastehen. Aber sicher sein können wir da nicht. Schade um die Wohnung. Liegt golden. Und – was machst du jetzt?«

»Ich hab noch einen am Haken. Aber flachlegen will ich den nicht. War bei mir in der Poliklinik mit einer schwer verletzten Hand. Heißt Mathias Krall. Nach dem, was er von sich gegeben hat, könnte er beim Streik eine Rolle spielen.«

Der Führungsoffizier kneift die Augen zusammen. »Krall ... Krall ... Den hast du schon mal erwähnt. Der steht tatsächlich auf der Liste des Streikkomitees, die uns unser IM beschafft hat. Krall ist die Nummer zwei nach dem Haupträdelsführer Prien. Ein Triebwagenführer hat ihm die Pfote zerschlagen, als er die S-Bahn überfallen und die Hauptsicherung rausgerissen hat. Wann könntest du den anschleppen?«

»Ich bin morgen Vormittag in der Poliklinik, Notfallambulanz. Er will noch mal kommen, um sich die Wunde desinfizieren und den Verband wechseln zu lassen. Ich kann versuchen, ihm ein wenig den Kopf zu verdrehen und am Nachmittag zum Kaffee in die Hauptstadt einzuladen.«

»Mehr ist in diesem Fall nicht nötig. Bring ihn in die Wohnung und wir nehmen ihn fest. Dann wandert er nach Hohenschönhausen in den Knast. Sabotage, Angriff auf den Bahnverkehr, Körperverletzung.«

»Gut. Ich verabrede mich mit ihm an der Weltzeituhr auf dem Alex und bin dann so gegen fünf in der Wohnung.«

Als die Stasi-Offiziere um 20.25 Uhr die konspirative Wohnung verlassen, betritt ihr Zielobjekt im Bahnhof Zoo den Bahnsteig C. Für den Sturm auf das strategisch wichtige Stellwerk.

Abmarsch

Drei Tage später: Dienstag, 23. September
19.40 Uhr

Die Männer balancieren über die Schwellen. Im Halbdunkel. Einige trippeln auf Zehenspitzen. Das S-Bahn-Gleis führt hoch über den Straßen Ost-Berlins gen Westen. Die Bögen des schier endlosen Viadukts darunter sind zugemauert, mit Stahltüren und Gittern versperrt. Ein Niemandsland zwischen Ost und West.

Die Strecke schlägt hinterm Bahnhof Friedrichstraße zunächst eine lange sanfte Rechtskurve, dann wendet sie sich in eine ebenso sanft geschwungene Linkskurve kurz vor der Grenze. Manchmal führt sie so dicht an den Häusern rechts und links vorüber, dass die Männer auf den Schienen problemlos die Hausecken mit der Hand berühren könnten. Hin und wieder schauen sie in beleuchtete Fenster. Die Badezimmer und Toiletten der Wohnungen sind zumeist zur Bahnstrecke gekehrt, Wohn- und Schlafzimmer zur anderen, ruhigeren Seite.

Im Vorübergehen sehen sie einen Mann, der im Stehen pinkelt, ganz versunken, den Kopf gesenkt. Ein anderer in grauem Unterhemd, ein Haus weiter, hat ihre Bewegung dagegen im Spiegel wahrgenommen und wendet sich erschrocken um, blickt sie erstaunt an, mit weit aufgerissenen Augen, die Zahnbürste bewegungslos in den Mund geklemmt. Zwei, drei Meter entfernt ist er von ihnen, im Bad, fast an der Ecke des schäbigen Hauses mit dem abgeblätterten Putz.

Ein Uniformierter aus der zweiten Marschsäule weist stumm und drohend mit ausgestrecktem Arm auf ihn, schaut ihm durchdringend ins Gesicht. Der Mann im Unterhemd wendet sich wieder zum Spiegel um, ganz langsam, und setzt das Zähneputzen fort, als wäre nichts gewesen. Bloß nicht auffallen in diesem Staat. Wer weiß, was die da tun. Eine uniformierte Truppe in der

Dunkelheit auf den Schienen. Mit Äxten und Stemmeisen. Auf dem Weg gen Westen. Zu den Streikenden, von denen er in den West-Nachrichten gehört hat? Die armen Kerle.

Hans Kotowski stapft vor der Truppe. Auf den Schwellen. Links und rechts, eins und zwei. Der Rhythmus geht ein wenig in die Knochen, denn die Schrittlänge ist unnatürlich. Die Männer laufen in vier Blöcken. Vorneweg Runow, dann seine vier Unterlinge, dahinter drei Marschblöcke aus je zwanzig Mann, in Zweierreihen. Macht fünfundsechzig. Jeder Dritte trägt ein Stemmeisen oder eine Axt. Bis auf die beiden in der letzten Reihe. Sie schleppen Motorsägen.

Die Männer schweigen. Sie tragen Schuhe mit weichen Sohlen. Fein und hell ist gelegentlich ein Klirren zu hören, wenn ein Stemmeisen gegen ein Koppelschloss schlägt. Kotowski wendet sich dann um und reckt erbost die rechte Faust. Es gibt nichts zu rätseln, was das bedeutet. Ruhe, verdammt!

Kotowski fühlt sein Herz schlagen, hart und schnell. Dicht neben der Pistole. Er wird sie nicht brauchen. Diese Aktion ist nach allen Seiten politisch abgesichert. Mielke hat es noch mal erklärt, am Vormittag, in der letzten Einsatzbesprechung. Und er hat seiner Frau klargemacht, dass sie sich nicht zu sorgen braucht. Er kommt zurück. Vermutlich noch in der Nacht. Spätestens morgen Vormittag. Und dann, wenn alles gut gelaufen ist, wird er einen Orden kriegen, von Mielke selbst, und befördert werden. Dann wird er andere schicken und nicht mehr selbst marschieren, nachts über Schienen, neben Pinklern und Zähneputzern im schmutzigen Unterhemd. Dann wird er im Ministerium sitzen und, wer weiß, vielleicht irgendwann ganz oben an die Spitze rücken. Der Kotowski, der hat damals das Terrornest in Westberlin ausgehoben … Er lächelt.

Horst Runow läuft vor dem zweiten Block. Er hat den Kopf gesenkt und trägt das Stemmeisen in seiner Rechten. Plötzlich holpert es über die Schwellen, schlägt an eine Schiene. Brr, brr, PING! Er hebt es wieder auf. Kotowski wendet sich ruckartig um, tritt zur Seite und wartet, bis er neben Runow steht. Boxt ihm mit dem linken Ellenbogen hart gegen die Brust und schaut ihn wütend an. Kein Wort. Der weiß schon. Wollseifer hatte also recht. Der alte Tschekist riecht so was. Früher, ganz früher, gab es bei so was einen Genickschuss. Nach kurzem Verhör. Kotowski läuft wieder nach vorn, an die Spitze. Er wird jetzt aufpassen wie ein Schießhund. Bei dem Begriff lächelt er grimmig. Was tun, wenn Runow alles gefährdet? Wenn er Opfer in ihren Reihen provoziert? Die Marschblöcke sind etwas durcheinandergeraten, jetzt formieren sie sich wieder straff. Die Unruhe legt sich.

Runow weiß, mit diesem Vorfall ist seine Laufbahn erst mal beendet. Kotowski wird die Störung melden. Soll ihm egal sein. Er will auch gar keine Karriere mehr machen. Vielleicht haut er hin, beantragt seine Entlassung aus dem Ministerium für Staatssicherheit. Sie werden ihn gehen lassen. Und ihn beobachten, vielleicht sogar zersetzen. Dann muss er in den Westen abhauen, über kurz oder lang, wenn es nicht anders geht. Wenn sie ihn dazu zwingen. Als Kommunist kann man zur Not auch im Westen leben.

Aber hier? Was macht er hier, auf den Schienen? Wie weit ist er politisch verludert? Er marschiert in Westberlin ein, um einen Streik zu zerschlagen. Einen Streik von Genossen, SEW-Genossen sogar, die sich nur zur Wehr setzen. Weil sich die Reichsbahn der sozialistischen DDR benimmt wie der letzte Manchester-Kapitalist. Entlassungen von Schwangeren und alleinerziehenden Müttern. Hungerlöhne. Beschissene Rente. Miese Ärzte. Technik aus der Vorkriegszeit. Selbst Wolfgang Papke, sein Agent, jahrelang treu ergeben, hält die Sache der Streikenden für gerecht. Und sympathisiert mit Solidarność.

Sie haben ihn, Runow, bei der Armee gekeilt für die Staatssicherheit. Da war er als FDJler ein ganz Linientreuer. Auf dem Sprung in die SED. Für den Frieden! Für den Sozialismus! Gegen Nazis und Militaristen! Ja, er wollte den Sozialismus. Dem gehörte die Zukunft. Und bald die ganze Welt. Bei den Weltjugendfestspielen 1973 in der Hauptstadt hatte er das erkannt. Ganz besoffen war er damals vom freien Leben. So frei und entspannt hatte er seine DDR noch nie erlebt. Eine Angolanerin hatte er gevögelt, nachts, in der Grünanlage hinter dem Marx-Engels-Denkmal. Er schreibt ihr heute noch Briefe. Eine dauerhafte Beziehung aber hat er in der DDR nicht zustande gebracht. Immer wenn er erklären musste, was er beruflich tat, und stockend eingestand, dass er für die Staatssicherheit arbeitet, waren die Frauen erstarrt, hatten sich zurückgezogen, am Ende getrennt.

Und nun zerschlägt er einen Streik von Genossen. Schluss, aus und vorbei! Er wird die Sache hinter sich bringen, aber immer in letzter Reihe, passiv. Und wenn er zurück ist, zu Hause, einen Brief an Kotowski schreiben. Kotowski soll den haben, bevor der seinen Bericht über ihn geschrieben hat. Leutnant Horst Runow, der Kommunist, lässt sich nicht degradieren wegen Blödheit vor dem Feind. Leutnant Horst Runow geht, weil er sich nicht gegen den Freund, den Genossen, einsetzen lässt. Er lächelt.

Die Truppe passiert die Charité. Blickt von oben auf die Backsteinbauten des Klinikkomplexes. Die Laternen zwischen den Häusern werfen nur trübes Licht. Es ist niemand zu sehen. Keine Bewegung, kein Auto. Die meisten Fenster aber sind erleuchtet.

Die Bahngleise strecken sich nach der sanften Linkskurve. Vor sich sehen die Männer einen Wachturm direkt neben den Gleisen. Er überragt die Züge, damit die Posten von oben noch einen letzten Blick auf die Wagendächer werfen können. Liegt da etwa einer, mit ausgestreckten Armen und Beinen, um auf dem blanken Blech Halt zu finden? Den Grenzsoldaten ist die Truppe angekündigt. Sie überschlagen die Zahl der Uniformierten. Stimmt. Als die unter ihnen entlanglaufen, schauen sie oben aus dem Fenster. Schweigend. Einer richtet den Lauf seiner Maschinenpistole nach unten.

Rechts ist der Grenzübergang Invalidenstraße zu erkennen, wenige hundert Meter entfernt, in grelles Licht getaucht. Fotografen tummeln sich davor, Reporter, West-Berliner Polizisten und britische Militärpolizei. Die hat hier das Sagen. Britischer Sektor. Die Briten haben ein Ablenkungsmanöver inszeniert. Noch am selben Abend hält das ein West-Berliner Polizeiführer in einem Kurzbericht fest: »Am 23.09.1980 gegen 19.45 Uhr wurde mir von einem Oberstleutnant der Britischen Militärregierung in Berlin mitgeteilt, dass ab 20 Uhr damit gerechnet werden könnte, dass Bahnpolizei aus Ost-Berlin eventuell den Übergang Invalidenstraße benutzt, um den Containerbahnhof der Reichsbahn in der Heidestraße gewaltsam zu räumen. Zahlreiche Einsatzfahrzeuge der britischen MP und der Schutzpolizei sind am Ort.«

Bahnpolizisten aus Ost-Berlin sollen im Trupp über die Straße, durch den Grenzübergang nach West-Berlin laufen? Unter den Objektiven von Pressefotografen? Eine absurde Vorstellung. Doch an diesem Abend denkt am Übergang Invalidenstraße niemand darüber nach. Alle starren auf die Lücke in der Mauer. Der britische Oberstleutnant weiß genau, was an diesem Abend wo passiert. Er hat den Auftrag, eine falsche Fährte zu legen.

Währenddessen läuft die Stasi-Truppe im falschen Blau über die Schienen weiter gen Westen. Unter sich haben sie jetzt die Mauer, am östlichen Ufer des Humboldthafens. An der Mauer stehen zwei Doppelposten Grenzsoldaten mit geschulterten Maschinenpistolen. Die vier schauen empor zu ihnen, die Köpfe im Nacken. Voraus ist das westliche Ufer des künstlich angelegten Hafenbeckens auszumachen. Und am Horizont, kaum zu erkennen, weil nur spärlich beleuchtet, der Bahnhof Lehrter Straße. Das Ziel. Der Westen. Die Männer auf den Schienen erwachen aus ihrer Lethargie. Welch ein Abenteuer! Über die Mauer hinweg, über den Spreehafen, hoch oben auf Schienen, marschieren sie beim Feind ein.

Es ist 20.19 Uhr, als Horst Runow sein Stemmeisen ins Hafenbecken fallen lässt.

Protest

Samstag, 20. September
15.00 Uhr

Merkwürdig, wie sich Männer verwandeln, wenn sie nicht von Anzügen zusammengehalten werden und keine Krawatte ihren Hals ziert. Erich Honecker ist ganz in Beige erschienen, Windjacke, Hemd, Hose und Schuhe sind Ton in Ton gehalten. Er sieht aus wie ein Rentner auf dem Alex. Alt, sehr alt. Erich Mielke hingegen ist von Kopf bis Fuß dunkelgrün verkleidet. Er kommt von der Jagd in der Schorfheide und trägt die Flinte über der Schulter, Doppellauf nach unten. Er lässt es sich nicht nehmen, den anderen zu zeigen, wer den Finger am Abzug hat.

Der Samstagnachmittag ist höchst ungewöhnlich für eine Sitzung des Politbüros der SED. Üblicherweise tagt der Machtzirkel der DDR dienstags. Sitzungen außerhalb der Routine sind selten in der Geschichte der Partei, es waren wohl nicht mehr als ein halbes Dutzend. Stets zu Krisenzeiten. Bei Stalins Tod etwa, beim Arbeiteraufstand 1953 oder 1968 bei der Intervention des Warschauer Pakts in der ČSSR.

Auf dem Flughafen Schönefeld ist das Politbüro noch nie zusammengekommen. Die Herren tröpfeln einzeln herein, in einen mittelgroßen Saal im ersten Stock, in dem für gewöhnlich Staatsgäste empfangen oder verabschiedet werden. Der Tisch ist gerade groß genug, dass alle ihre Beine darunterstrecken können. Sie sind nicht vollzählig. Zehn fehlen. Also sechzehn, einschließlich der drei Kandidaten des Politbüros. Günter Schabowski, Chefredakteur des Neuen Deutschland, wurde nicht geladen. Er ist oft Gast, aber das hier muss er nicht miterleben.

»Genossen, ich eröffne die Sondersitzung des Politbüros«, beginnt Honecker. Axen und Mielke brechen ihr geflüstertes Gespräch ab, wenden sich ihm zu. »Von dieser Sitzung wird kein Protokoll geführt und sie wird in der Chronik unserer Partei auch nicht gezählt. Ich habe euch eingeladen, um über die Ereignisse bei der Reichsbahn in Westberlin zu sprechen. Genosse Mielke wird uns eine Einschätzung geben.«

Mielke entfaltet einen Zettel, den er aus der Brusttasche seiner Jagdjacke gezogen hat. »Genossen, dies ist kein Streik, es ist eine politische Provokation. Dass der S-Bahn- und Güterverkehr exakt an dem Tag unterbrochen wurde, als die Konterrevolutionäre in der VR Polen eine Gewerkschaft gegründet haben, sagt alles. Die Rädelsführer wollen das bei uns wiederholen und sie haben in Westberlin begonnen, weil wir die Funken dort nicht sofort austreten können. Das müssen wir aber, je rascher, desto besser.«

»Wer sind die Rädelsführer?«, fragt Günter Mittag.

»Wir kennen ihre Namen und wissen, wo sie wohnen. Wir haben einen IM im sogenannten Streikkomitee, der alle identifiziert hat. Keiner von ihnen war bei uns registriert, auch Beziehungen zu imperialistischen Geheimdiensten sind uns nicht bekannt. Wir wissen auch, wer im Containerbahnhof, dem Nest der Aufrührer, verkehrt. Täglich erhalten wir Listen mit den Kennzeichen der davor geparkten Autos. Die im Bahnhof ausliegende Streikliste erfasst im Moment etwa tausend Namen. Das ist nicht mal ein Drittel aller Reichsbahner in Westberlin. Es ist also ein Minderheitenstreik, falls wir überhaupt von Streik reden wollen. Unsere Einschätzung lautet, dass etwa dreißig Prozent der Streikenden Mitglieder unserer Bruderpartei SEW sind. Das wirft ein sehr ungünstiges Licht auf die Verfassung dieser Partei. Sie hat offenbar keinen Einfluss mehr auf breite Kreise ihrer Mitglieder. Und unser FDGB, ich bedaure, Genosse Tisch, ist vollkommen orientierungslos.« Harry Tisch, der Gewerkschaftsvorsitzende, senkt den Blick und läuft rot an.

Honecker übernimmt wieder. »Ich stehe in Kontakt mit Bundeskanzler Schmidt. Er hat mir ausrichten lassen, dass sich die BRD-Regierung aus dem Streik heraushalten will. Ich habe ihm zutragen lassen, dass wir die Subventionierung der defizitären S-Bahn durch den Westberliner Senat erwarten. Darauf hat er noch nicht geantwortet. Die westalliierten Besatzer verhalten sich auch passiv. Sie wollen keine Aushöhlung des Vierseitigen Abkommens und sprechen von einem normalen Streik. Der Botschafter Genosse Abrassimow wird Verbindung aufnehmen.«

Mielke nimmt sich das Wort. »Genossen, wir können die Position Schmidts doch etwas präziser einschätzen, als es der Generalsekretär vorgetragen hat.« Er zieht eine Kopie aus der Tasche, entfaltet sie. »Information Nr. 6380« steht darüber, »Streng geheim« und »SOFORT«.

Ein Agent aus dem Stab des Berliner Bundessenators in Bonn hat am 18. September um 15.26 Uhr im Ministerium für Staatssicherheit angerufen und eine Botschaft auf Tonband hinterlassen. Das Protokoll wurde umgehend per Kurier weitergegeben. Mielke schildert die Umstände nicht, aber den Inhalt.

»Genossen, Schmidt hat Zurückhaltung gegenüber der DDR angeordnet. Eine Quelle in Bonn teilt uns mit, es solle, ich zitiere wörtlich, nichts in der Öffentlichkeit erklärt werden, was die Schwierigkeiten verstärken könnte. Schmidt bewertet dies als, ich zitiere wieder, eine längere Situation, in der Schwierigkeiten erwartet werden müssen, und, Zitat, die DDR hart bleiben wird. Auf dieser Einschätzung basierend seine Bitte an den Senat, die gleiche Linie zu verfolgen und die Schwierigkeiten nicht zu verstärken. Das, Genossen, macht die Sache für uns entscheidend einfacher. Der Westen scheint entschlossen, uns nicht feindlich zu begegnen, sondern unsere Interessen zu respektieren.«

Axen wirft dazwischen: »Wohin treibt das nun? Kann doch sein, dass die Streikenden die Schraube noch weiter anziehen.«

Honecker verzieht ärgerlich das Gesicht, er kann den schlauen, vorwitzigen Axen nicht ausstehen. »Wir müssen zunächst den Westberliner Senat unter Druck setzen. Stobbe hat seine Sympathie mit den sogenannten Streikenden erklärt. Damit widerspricht er Schmidt. Deshalb sollten wir dagegen offiziellen Protest einlegen, ohne Verzögerung. Wir verlangen, dass die Westberliner Polizei die Provokateure nicht länger schützt, sondern sie aus den besetzten Bahnhöfen wirft.«

Kopfnicken um den Tisch.

Nur Mielke wagt Widerspruch. »Das wird nicht reichen, Genossen. Die Westberliner Polizei wird gegen die Streikenden nicht vorgehen. Damit würde der Westen seine Solidaritätsschwüre für die polnischen Konterrevolutionäre Lügen strafen. Für die westalliierten Besatzer gilt das Gleiche. Der Protest muss so angelegt sein, dass die DDR sich weitere Maßnahmen vorbehält, falls der Westberliner Senat nicht positiv reagiert. Wir arbeiten an solchen Maßnahmen, Genossen, wir arbeiten daran. Am Dienstag, bei der nächsten regulären Sitzung des Politbüros, kann ich mehr dazu sagen.«

Honecker fasst zusammen. »Wir legen fest, dass wir beim Westberliner Senat Protest einlegen. Und dass wir uns weitere Maßnahmen vorbehalten. Wir sehen uns wieder am Dienstag zur üblichen Stunde.«

Die Männer erheben sich schwerfällig. Als Honecker und Mielke flüsternd die Köpfe zusammenstecken, ist es 15.50 Uhr. Die Streikenden holen eben zu einem Schlag aus, der die Politbürokraten erschüttern wird.

Sturm

Samstag, 20. September
19.34 Uhr

Valentin Freytag hat die Wohnungstür schon fast hinter sich zugezogen, als ihn das Klingeln seines Telefons zurückholt. Er nimmt den Hörer ab und ist im selben Moment froh, dass er noch nicht beim Abendessen in Charlottenburg sitzt, unerreichbar. Zum Teufel mit den Spaghetti. Lars Prien ist in der Leitung.

»Valentin, jetzt ist der Zeitpunkt gekommen, von dem ich dir erzählt habe. Die DDR hat keinerlei Verhandlungsbereitschaft erkennen lassen. Jetzt müssen wir die Schraube anziehen. Hör zu, ich hab's sehr eilig. Sei um spätestens halb neun auf dem Fernbahnsteig des Bahnhofs Zoo. Alles Weitere siehst und hörst du dort. Mehr kann ich dir am Telefon nicht sagen. Also: halb neun, Bahnhof Zoo. Ich brauch dich!«

Als Freytag seinen BMW in zweiter Reihe am Zoo parkt, ist es 20.23 Uhr. Verfluchte Staus. Er sprintet in den Bahnhof, nimmt drei Stufen auf einmal hoch zum Bahnsteig C, wo die Personenzüge nach Westdeutschland abgehen. Dort herrscht ein unbeschreibliches Durcheinander. Verwirrte Reisende, dazwischen Polizisten und Bahnpolizisten, die unschlüssig sind, was sie tun sollen.

Freytag drängt sich durch die Menge, macht einen langen Hals, bis er den kleinen Prien am Ende des Bahnsteigs erkennt. Fast verschwindet der zwischen den muskulösen Männern, die er mitgebracht hat. Freytag läuft zu ihm. Prien winkt nur stumm, ihm zu folgen. Er trägt ein Megaphon in der Hand.

Das Kommandounternehmen ist exakt vorbereitet. Punkt 20.30 Uhr schlägt der Trupp streikender Reichsbahner zu. Im Handstreich wird eines der beiden zentralen Stellwerke an den äußersten Enden der Bahnsteige besetzt. Von dort aus werden die Weichen und Signale bedient, die Züge rein- oder rausgelassen. Mit wenigen Handgriffen sind die Weichen blockiert. Der Streik gegen die DDR-Reichsbahn gewinnt in Sekunden eine neue Dimension: Nun bricht auch der Personenzugverkehr mit dem Bundesgebiet zusammen. Nichts geht mehr, gar nichts. Keine Personenzüge, keine Güterzüge, keine S-Bahnen. Die DDR-Führung hat sich unbeeindruckt gezeigt vom Streik, nun will man ihr den Stiefel auf die Brust setzen.

Doch der Blitzsieg am Bahnhof Zoo ist hart umkämpft. Kaum haben die acht Besetzer des Stellwerks die Türe hinter sich verschlossen, stürmt ein halbes Dutzend Bahnpolizisten heran. Es wird brutal. Mit Schlagstöcken, Totschlägern und einem scharfen Hund ohne Maulkorb bedrohen sie umstehende Sympathisanten. Die Tür des Stellwerks wird mit einer Axt und einem Stemmeisen aufgebrochen, kurz und klein geschlagen. Die Bahnpolizisten stürmen die Treppe hinauf in den zweiten Stock, zur Schaltzentrale.

Die Besetzer kippen ihnen von oben einen Schrank entgegen. Doch auch das kann die Männer in den blauen Uniformen nicht aufhalten. Einem Streikenden wird der Unterarm gebrochen. In wenigen Minuten ist auch die Tür zum Schaltraum zertrümmert. Da greifen im letzten Moment West-Berliner Polizisten ein, alarmiert von Augenzeugen und Priens Hilferufen per Megaphon aus dem Fenster. Sechs Beamte der Polizeiwache am Bahnhof weisen die Bapos aus dem Gebäude, bauen sich anschließend mit Sprechfunk vor dem Eingang auf.

Euphorie bei den Besetzern. »Die hätten uns zerfleischt und rausgetragen«, sagt einer und blickt zu vier ratlosen Bapos, die nun fünfzig Meter entfernt in ihrem Wachhäuschen auf dem Bahnsteig in der offenen Tür stehen und telefonieren.

Die Bapo war am frühen Abend ausgetrickst worden. In einem Ablenkungsmanöver hatte das Streikkomitee Störtrupps von zwei bis drei Mann zu unbedeutenden Bahnhöfen geschickt, angeblich um sie zu besetzen. Verwirrung. Kurz vor den »Besetzungen« dann der letzte Coup. Ein Mitglied des Streikkomitees ruft mit gehetzter Stimme als angeblich Linientreuer bei der Bapo an. Man solle nicht auf die Störtrupps hereinfallen. Die sollten bloß von der geplanten Rückeroberung des Spandauer Stellwerks ablenken, das die Bahnpolizei am Vormittag geräumt hatte.

Der Anrufer klingt glaubwürdig. Die Bapo schickt alle abkömmlichen Kräfte ins weit entfernte Spandau. Als am Bahnhof Zoo das Stellwerk besetzt wird, treffen in Spandau die ersten vier Bapos ein, außer Atem. Die Stellwerkerin am Zoo ist sofort auf Seiten der Streikenden, schließt sich ihnen an. Ein anderes Besetzerkommando hat indes beim zweiten Stellwerk im Bahnhof kein Glück. Die Tür ist verschlossen, der Stellwerker unentschlossen. Er sympathisiere mit dem Streik, ruft er im Dunkeln aus dem Fenster, aber öffnen könne er nicht. Doch ein Stellwerk reicht, um das Nadelöhr am Zoo dichtzumachen.

Nach dem abgeschlagenen Angriff der Bapos versucht es die Reichsbahn noch mal auf offiziellem Wege. Der Dienstvorsteher taucht mit einem Stellwerker in der okkupierten Schaltzentrale auf. Er entlässt die streikende Kollegin fristlos. Der Neue soll ihren Dienst sofort übernehmen.

Er hat schon ein Signal gezogen, um einen wartenden Zug ausfahren zu lassen, da ruft die gefeuerte Stellwerkerin den West-Berliner Polizisten zu, der neue Kollege sei fünf Jahre nicht mehr auf der Anlage gewesen, er kenne sie nicht. »Verkehrsgefährdung« konstatieren die Polizisten geistesgegenwärtig. Umgehend wird das Signal wieder zurückgenommen. Der Dienstvorsteher und sein Streikbrecher ziehen ab.

Freytag hat genug gesehen, er stürmt die Treppe vom Bahnsteig hinab zu einem Telefonhäuschen und diktiert dem Bonner Kollegen in der deutschen Reuters-Zentrale eine Eilmeldung in die Tasten: »Streikende Reichsbahner unterbrechen Personenzugverkehr zwischen Berlin und Bundesrepublik.« Fünfmal klingelt es. Dann diktiert er aus dem Stegreif eine längere Version.

Das muss einstweilen reichen. Er läuft auf den Bahnsteig zurück. Lars Prien erklimmt gerade eine Litfaßsäule neben dem Zug, der um 21.51 Uhr nach München abgehen sollte. In schwarzer Lederjacke, mit Megaphon und inmitten des Getümmels hunderter Reisender. »Von unserer Seite aus wird kein Zug Berlin verlassen.« Die überwiegend jugendlichen Reisenden applaudieren. Dazwischen einzelne Pfui-Rufe und Pfiffe. Prien spricht weiter: »Wir waren gezwungen, zum letzten Mittel zu greifen. Wir haben kein Geld, wir können nicht lange durchhalten.« Flugblätter mit den Forderungen werden verteilt.

Ein Lehrer, der mit seiner Klasse festsitzt und nach Stuttgart will, erregt sich in schwäbischer Mundart: »So streike Demokrate nich, ohne Vorankündigung. Das isch illegal. Schämt euch!« Ein Bayer ruft zu Prien hoch: »Du Oaschloch, du bleds!« Die Umstehenden lachen ihn aus. Prien erntet stürmischen Schlussapplaus. Die Bahnsteige gleichen einem Heerlager. Jugendgruppen genießen das Abenteuer. Zwischen Bergen von Koffern und Taschen wird auf der Gitarre geklampft und gesungen.

Die Lautsprecherdurchsagen der Bahn werden immer konkreter. Um 21.50 Uhr heißt es noch, dass sich der Zug nach München auf unbestimmte Zeit »verzögert«, dann allgemeiner: »Die Züge in Richtung Bundesrepublik verzögern sich auf unbestimmte Zeit.« Schließlich: »Der Zugverkehr ist unterbrochen worden.« Eine vierundzwanzigköpfige Schulklasse aus Friedberg, Jugendliche im Alter von siebzehn oder achtzehn Jahren, jubelt: »Dann müssen wir am Montag nicht in die Schule!« Einer öffnet allerdings deprimiert die Geldbörse: Er hat noch vierundachtzig Pfennig.

Eine Hannoveranerin, die mit ihrer kleinen Tochter eben braungebrannt aus dem Urlaub auf Mallorca eingeflogen ist, um mit dem Zug weiter nach Hause zu fahren, ist verzweifelt. »Wo soll ich jetzt mit dem Kind hin?« Viele auf dem Bahnhof Gestrandete werden mit Bussen zum supermodernen Internationalen Congress Centrum gefahren, die Messegesellschaft öffnet sogar die Küche. Am Sonntag soll es dann mit Bussen weitergehen in die Bundesrepublik.

Freytag ist vom Bahnhof Zoo ins nahe Büro gefahren, hat weitere Meldungen, zwei Zusammenfassungen und eine lebendige Reportage geschrieben. Sein Chef ruft ihn zwischendurch aus Bonn an, beschwingt von Alkohol. »Kollege Freytag, ich gratuliere Ihnen. Der Deutschlandfunk verwendet in seinen Nachrichten nur Ihre Meldungen und nennt als Quelle ausdrücklich den Reuters-Korrespondenten in Berlin. Auch auf dem Weltdienst laufen Sie mit Byline, unter Ihrem Namen. Wir sind stolz auf Sie.«

Nun raucht Freytag abgekämpft eine letzte Zigarette, das Büro ist schon rauchgeschwängert und stinkt nach eingedampftem Teer. Er hat funktioniert, sagt er sich. In solchen Situationen beobachtet er immer wieder, dass er schnell und fehlerlos arbeitet. Noch nie hat ihn Panik gepackt. Ein ungemein beruhigendes Gefühl.

Es klingelt an der Etagentür. Er öffnet mit Knopfdruck, zwei dpa-Kollegen kommen herein, fröhlich, mit geröteten Gesichtern. »Hör mal, Vali, was machst du hier? Wir schauen schon den ganzen Abend zu deinen Fenstern hoch und machen Scherze, was du da wohl wieder treibst. Wir haben gegenüber, bei dem Franzosen, Harrys Geburtstag gefeiert, das ganze Büro.«

Welcher Triumph! »Ich rate euch«, antwortet Freytag, »mal in Hamburg bei eurer Zentrale anzurufen. Hier ist heute Abend von den streikenden Reichsbahnern auch noch der Reisezugverkehr mit der Bundesrepublik unterbrochen worden. Nichts rollt mehr auf den Berliner Schienen.«

Die Mienen der Kollegen versteinern. Die dpa-Zentrale musste sich mit einem Polizeisprecher als Quelle behelfen. Der hat aber, auf Vorsicht getrimmt, nur geäußert, es gebe Störungen im Reisezugverkehr. Damit war nichts anzufangen. Und im Radio lief den ganzen Abend Reuters. Aus West-Berlin, der Frontstadt. Reuters hat einen Mann dort, dpa sechsunddreißig. Es ist die größte Schmach in der Geschichte des Landesbüros. Doch dessen Leiter darf bleiben, obgleich er die Besatzung des Büros komplett abgezogen hatte.

Als er nach Hause fährt, durch die nächtliche Stadt, dämmert Freytag, was das Erlebte politisch bedeutet. Die Unterbrechung aller Zugverbindungen mit Westdeutschland ist der denkbar massivste Angriff auf den Status quo in Berlin. Die Streikenden balancieren auf Messers Schneide.

Es ist halb drei Uhr, als Valentin Freytag in die Kissen sinkt und sofort einschläft. In sieben Machtzentren werden Apparate zur Krisenbewältigung in Gang gesetzt.

Blind

Sonntag, 21. September
10.12 Uhr

Matze Krall betritt die Notfall-Ambulanz der Poliklinik und stellt erleichtert fest: Er ist der einzige Patient. Mit der Linken klopft er an die Tür des Behandlungsraums und Vera Nestler öffnet. »Herein, junger Mann.« Sie geht voran und wirft ihm einen koketten Blick über die Schulter zu. Mein Gott. Krall bläst die Luft aus den Backen. Was für eine Frau!

Dr. Vera Nestler trägt den weißen Arztkittel offen, darunter einen Minirock und ein Shirt mit raffiniertem Dekolleté. Als sie sich hinterm Schreibtisch nach vorne beugt, um in seine Krankenakte zu sehen, kann er zwischen ihre Brüste schauen. Sie bemerkt den Blick, als sie aufsieht. Funktioniert doch.

»Na, dann schauen wir uns doch die arme Hand mal an. Haben Sie immer noch starke Schmerzen?«

Krall zögert einen Moment. Dann entschließt er sich, die ganze Wahrheit zu sagen, denn die macht ihn interessant. »Sie wissen ja, was passiert ist. Dieses Schwein hat mir in der S-Bahn mit einem Schraubenschlüssel die Hand zerschlagen. Ja, ich habe noch Schmerzen, und es klopft die ganze Zeit. Und es sickert Flüssigkeit in den Verband.«

Die Ärztin wickelt den verfärbten Verband ab und desinfiziert die genähten Wunden. »Da haben Sie ja einiges riskiert. Imponiert mir. Ich finde auch«, sie senkt die Stimme, »dass der Streik berechtigt ist. Wenn ich bei der S-Bahn arbeiten würde, wäre ich dabei.« Als sie den frischen Verband um die Hand wickelt, tritt sie dicht an ihn heran, berührt sein Bein mit ihrem Oberschenkel und nimmt die verbundene Rechte schließlich sanft zwischen ihre Hände, schaut ihm dabei drei, vier Sekunden schweigend in die Augen. Krall legt ihr die Linke an die Hüfte, doch sie entzieht sich.

»Wie sind Sie … oder sollen wir Du sagen, als Kollegen? Ich heiße Vera«

»Matze.«

»Wie bist du eigentlich zur S-Bahn gekommen?«

»Ich hab Politik und Philosophie studiert, aber nach sieben Semestern hatte ich die Nase voll. Bin dann mit ein paar Gen… äh, Freunden zur S-Bahn gegangen, weil man da sofort einen Job gekriegt hat. Ohne Abschluss ist es nicht so einfach.«

»Politik und Philosophie.« Sie strahlt ihn an. »Das imponiert mir.« Krall tritt auf sie zu, legt ihr wieder die Linke an die Hüfte und versucht sie zu küssen. Sie senkt den Kopf, wendet sich ab.

»Vera, du gefällst mir. Sehr. Können wir uns nicht ein bisschen besser kennenlernen? Oder bist du in festen Händen?«

»Bin ich nicht. Wenn du jeden Tag hier in der Poliklinik verbringst, lernst du nicht so viele interessante Männer kennen. Noch dazu bei der Bahn. Insofern bist du wirklich eine Ausnahme. Komm doch heute Nachmittag rüber, wenn du Zeit und … Lust hast.« Die kleine Pause vor »Lust« turnt ihn an.

»Ich hab heute nur Notdienst. Wir könnten uns um fünf an der Weltzeituhr auf dem Alex treffen.«

Sie hat ihn am Halsband. Er ist so heiß, dass er den leisen Alarm im Hinterkopf wegdrückt. Der Streik schlaucht ihn und die Hand tut weh – da kann er so eine Klassefrau einfach nicht vorbeiziehen lassen.

Um 16.47 Uhr ist er am Treffpunkt. Läuft um die Uhr. Und sieht sie schon von Weitem kommen. Minikleid, Schenkel gebräunt, Haare aufgesteckt. Hammer.

Sie begrüßen sich mit Küsschen rechts und links und es gelingt ihm, kurz ihre Lippen zu streifen. »Ich wohn hier ganz in der Nähe, wie wär's, wenn wir bei mir einen Kaffee trinken? Ich bin alleinerziehende Mutter, aber meine Tochter ist heute bei der Oma.«

Als sie die Haustür in der Liebknechtstraße aufgeschlossen hat, versucht er, ihr den Arm um die Schulter zu legen. Doch sie entzieht sich energisch. Fast zu energisch. Nicht noch mal, denkt sie, nicht mit dem. Krall schaut verdutzt, doch schon hat sie ihn bei der Hand genommen und zieht ihn mit zum Aufzug. »Komm erst mal hoch. Nichts überstürzen.«

Als sie die Wohnungstür hinter ihnen geschlossen hat, sich umwendet und scheinbar erwartungsvoll gegen die Tür lehnt, legt er ihr die lädierte Rechte an den Busen, während die Linke nach ihrem Po tastet. Bevor er sie küssen kann, wird er an der Schulter herumgerissen. Zwei kräftige Männer stehen vor ihm, ein dritter dahinter. Vera Nestler schlängelt sich an ihnen vorbei und verschwindet wortlos in der Wohnung.

»Mathias Krall«, sagt der Dritte und hebt ein Papier in die Höhe. »Ich nehme Sie fest wegen Sabotage, Angriff auf den Bahnverkehr, Sachbeschädigung, Körperverletzung und antisozialistischer Hetze. Wir bringen Sie jetzt ins Untersuchungsgefängnis Hohenschönhausen des Ministeriums für Staatssicherheit. Falls Sie zu fliehen versuchen, machen wir von der Waffe Gebrauch.«

Einer legt ihm Handschellen an, dann fahren die drei ihn im Aufzug nach unten. Frau Dr. Vera Nestler bekommt er nicht mehr zu Gesicht. Du Vollidiot, sagt er zu sich selbst, du schwanzgesteuerter Idiot!

Oben in der Wohnung wählt die Ärztin die magische Nummer. »Achim, wir haben ihn.«

Es ist 18.55 Uhr, als sich im Keller des Stasi-Gefängnisses in Hohenschönhausen die schwere Stahltür hinter Matze Krall schließt und bei Erich Mielke das Telefon klingelt.

»Genosse Minister, wir haben den zweiten Mann unter den Rädelsführern.«

Terroristen

Sonntag, 21. September
11.10 Uhr

Pass auf, dass du den Vorsprung nicht verlierst! Gestern Abend warst du weit vorn. Jetzt bloß nicht zurücklehnen und im Erfolg sonnen. Valentin Freytag ist erschöpft von der langen Nacht am Bahnhof Zoo, aber zutiefst befriedigt über seine Berichterstattung. Das war, man hat ihm das aus Bonn bestätigt, einfach erstklassig.

Nun ist er, an einem Sonntag, zurück im Büro, um mit Lars Prien in der Streikzentrale zu telefonieren und den Faden wieder aufzunehmen. Die Rundfunknachrichten brauchen frisches Futter und die Montagsausgaben der Zeitungen runde Zusammenfassungen der Ereignisse des Wochenendes.

Freytag setzt eine Kanne Kaffee auf und rollt sich auf dem Bürostuhl hinter den Schreibtisch. Seine englischen und amerikanischen Kollegen sind schon früher gekommen, sie warten auf ihn, denn sie sind von ihren Redaktionen alarmiert worden wegen der Berlin-Blockade per Bahn. Kaum ist das Reuters-Büro geöffnet, kommen sie hereingeschnürt und blättern durch das Klemmbrett, das seine Berichte chronologisch sammelt. Ihre Blicke sind respektvoll, stellt er zufrieden fest. Die vier wissen schon, aus London und New York, dass Reuters das Play hatte mit dem Bericht über den Angriff auf den Bahnhof Zoo. Sie machen sich Notizen auf ihren Blocks, kopieren seine Beobachtungen. Freytag hat nichts dagegen, er gönnt ihnen gute Storys, die sie ihm verdanken. Irgendwann werden sie sich revanchieren, das ist sicher.

Simon Burnett, der lang aufgeschossene BBC-Mann mit dem schütteren Haar, kommt lächelnd herein. »Vali, ich gratuliere dir. Die BBC, der deutsche wie der internationale Dienst, haben in der Nacht nur von dir gelebt. Und sogar deinen Namen genannt:

Valentin Freytag, Reuters correspondent in Berlin, reports … Ich habe den Auftrag, dich zu loben. Übrigens auch von meinen Leuten in Berlin, du weißt schon. Du hast doch Kontakt zu diesem Streikführer, oder? Wie geht's nun weiter?«

Ja, wie geht's nun weiter? Auf der Fahrt zum Büro hat Freytag selbst über diese Frage gegrübelt. »Jetzt muss sich zeigen, ob die DDR unter dem Druck der Blockade zu Verhandlungen bereit ist. Und ob der Westen endlich Partei ergreift, um Honecker zu zwingen.«

Burnett sagt nachdenklich: »Wird er, was meinst du?«

Freytag wiegt skeptisch den Kopf. »Ehrlich gesagt, zweifle ich daran. Ihr stärkstes Motiv ist doch, den polnischen Bazillus von der DDR fernzuhalten und dem gesamten Ostblock zu zeigen, wie man eine solche Herausforderung meistert. Wir werden sehen, vielleicht schon heute. Die SED hat nicht viel Zeit. Sie muss klare Signale geben.«

Er holt sich einen Kaffee, wirft einen Blick in die Sonntagszeitungen und geht dann durch die Schwingtür nach nebenan, in den Fernschreibraum. Der ADN-Ticker hat über Nacht langweilige Meterware ausgespuckt, das Übliche. Erfolge bei der Planerfüllung, ein neuer Traktor aus Bulgarien, brüderliche Grüße der SED an die Kommunistische Partei Österreichs. Freytag lässt die Papierschlange durch die Hände gleiten, da bleibt der Blick an einer kleinen Meldung hängen, nicht älter als fünfzehn Minuten.

Von »terroristischen Anschlägen in Westberlin« ist da die Rede. Und noch schärfer: Da die »Rädelsführer von terroristischen Organisationen« keine Massenbasis unter den Westberliner Eisenbahnern hätten, verübten »Terrorgruppen, bestehend aus circa zehn Mann«, Überfälle auf einzelne Stellwerke und S-Bahn-Züge. Sie schreckten dabei nicht davor zurück, Leben und Gesundheit der Reisenden aufs Spiel zu setzen. Kein einziges Mal ist, wie auch in der ersten ADN-Meldung vor zwei Tagen, die Rede von Streik.

Mein lieber Mann! Freytag holt tief Luft. Damit hat die DDR die Tür zu Verhandlungen mit einem gewaltigen Knall zugeschmettert. Was spielt sich da ab? Wollen sie den Streik aushungern, einfach abwarten, bis er kollabiert, oder gibt es andere Pläne?

Freytag eilt durch die Schwingtür ins Büro zurück, klemmt sich hinter den Schreibtisch und ruft in der Streikzentrale bei Lars Prien an. »Hör mal, Lars, nimm dir bitte was zum Schreiben und mach dir Notizen. Ich les dir jetzt eine ADN-Meldung vor, die ich gerade auf dem Ticker entdeckt habe.« Er liest die Meldung zweimal. Am anderen Ende der Leitung bleibt es still.

»Was heißt das?«, fragt Prien schließlich.

»Ich interpretiere das als Absage an Verhandlungen. Endgültig. Mit Terroristen redet man nicht. Man lässt sich vor allem nicht von ihnen erpressen. Jedenfalls nach der politischen Logik der SED.«

Beide schweigen. Freytag hört, dass die Gespräche in der Streikzentrale verstummt sind. Er kann sich ausmalen, dass gerade alle Lars Prien anstarren. Mit klammen Gefühlen. Weil Prien vermutlich erbleicht ist, man ihm ansieht, dass ihn etwas schockiert hat.

»Was rätst du mir, Vali?«, fragt er schließlich leise. »Gibt es einen Ausweg?«

Freytag hat damit gerechnet, dass die Streikenden über kurz oder lang vor dieser Frage stehen würden. »Hör mal, Lars, ich komme zu euch. Lass uns in der Zentrale darüber reden. Ich habe eine Idee, aber die muss diskutiert werden, weil alle dahinterstehen müssen.«

Freytag schlüpft in seine Lederjacke und stürmt aus dem Büro. Seine Kollegen schauen ihm entgeistert nach. Zwanzig Minuten später zeigt er am Eingang der Streikzentrale seinen Sonderausweis und wird durchgelassen. Im großen Raum im Erdgeschoss des Gebäudes stehen und sitzen zu dieser sonntäglichen Stunde nur etwa ein Dutzend Reichsbahner. Sie diskutieren leise in kleineren Gruppen. An die Wände sind Zettel gepinnt, eine Übersicht der besetzten Stellwerke, Bahnhöfe und Anlagen. Seit der Besetzung des Stellwerks Zoo sind in der Nacht und am frühen Morgen nach und nach auch alle anderen Stellwerke erobert worden. Die Reichsbahn in West-Berlin gehört komplett den Streikenden.

Prien sitzt allein an einem Schreibtisch und hat den Kopf in seine Hände gestützt. Freytag tritt zu ihm und legt ihm die Rechte auf die Schulter. »Lars, grüß dich. Lass den Kopf nicht hängen. Vergiss nicht, ihr habt in der vergangenen Nacht gesiegt, nicht verloren.«

Prien erhebt sich, bittet um Ruhe und erteilt Freytag das Wort. »Unser Freund Valentin Freytag von Reuters hat eine Nachricht mitgebracht, die sorgfältiges Nachdenken von uns erfordert. Und vielleicht auch eine neue Richtung des Streiks. Valentin, du hast das Wort.«

Freytag liest die ADN-Meldung vor. Zweimal. Bei der Wiederholung extrem langsam, Wort für Wort. Als er aufblickt, schaut er in entgeisterte, entsetzte, empörte Gesichter. »Sind die total wahnsinnig geworden«, ruft einer mit überschnappender Stimme. »Wir, Terroristen? Wir sind die Arbeiter, die den Sozialismus aufbauen wollen. Was haben wir nicht alles ertragen in den vielen Jahren, um den ersten sozialistischen Staat auf deutschem Boden zu schützen. Und nun hauen sie uns dafür brutal in die Fresse!« Pfiffe werden laut, Buh-Rufe.

»Lasst uns nach vorne schauen«, ruft Prien in das Getöse, »Empörung hilft uns nicht weiter. Wir wussten doch, mit wem wir's zu tun haben. Im Januar haben sie schwangere Frauen entlassen. Valentin, wie interpretierst du die ADN-Meldung?«

»Leute«, beginnt der, Kollegen oder Genossen möchte er nicht sagen, bei aller Sympathie, »ihr solltet euch nichts vormachen. Das ist die endgültige Absage an Verhandlungen. Sie haben die Tür zugeschlagen, abgeschlossen und den Schlüssel in den Gully geworfen. Nichts geht mehr. Ihr könnt den Streik nicht einfach fortsetzen, als wäre nichts gewesen. Ewig sozusagen. Damit würdet ihr euch selbst zu Verlierern erklären und auch noch den Westen gegen euch aufbringen. Dass euer Geld nicht endlos zum Leben reicht, erwähne ich hier nur am Rande.«

Freytag legt eine Pause ein, blickt in die Runde, von einem zum anderen. »Nach meinem Verständnis war euer Streik immer politisch, im Kern. Ohne Solidarność in Polen hättet ihr ihn jetzt nicht begonnen. Aber die SED ist nun mal nicht die Polnische Vereinigte Arbeiterpartei. Die SED hat es ungleich schwerer, denn sie regiert die schäbige Hälfte Deutschlands – ach was, noch nicht mal die Hälfte – und fürchtet ständig, dass ihr die Macht durch einen Volksaufstand vom Blech rutscht. Kompromiss heißt für sie Schwäche, am Ende Untergang.«

»Ja, und? Weiter?«, fragt Prien in die Stille.

»Ich habe gesagt, dass euer Streik von Anfang an politisch war. Auch politisch. Wenn ihr im Arbeitskampf nicht weiterkommt, solltet ihr die politische Karte ausspielen. Wenn ihr alleine steht gegen die DDR, habt ihr verloren. Also braucht ihr Verbündete, politische Verbündete. Den Westen. Die Bundesregierung, den Berliner Senat, die West-Alliierten. Nach der ADN-Meldung ist die Zeit reif, die Übernahme der Bahn in diesem Teil der Stadt durch den Westen zu fordern. Neben euren lohn- und sozialpolitischen Forderungen. Ich weiß, dass der Senat und die Alliierten schon lange insgeheim darüber nachdenken, wann der Zeitpunkt gekommen ist, um der DDR die Betriebsrechte zu entziehen und die Bahn in westliche Regie zu übernehmen. Daran könnt ihr anknüpfen. Stobbe wäre, glaube ich, dafür zu gewinnen, wenn er Geld aus Bonn bekäme, um die maroden Anlagen zu erneuern. Die unbekannte Größe sind die West-Alliierten. Riskieren sie einen offenen Konflikt mit den Russen um das Viermächteabkommen? Ich glaube, euch bleibt kein anderer Weg, als das auszuprobieren.«

Ein paar applaudieren, andere schütteln die Köpfe. Einer pfeift.

»Lars, ich lass euch jetzt allein. Ich denke, ihr solltet bis morgen eine Linie gefunden haben. Viel Glück.«

Als er Prien zum Abschied die Hand gibt, ist es 13.44 Uhr. Vier Minuten später landet Helmut Schmidt in West-Berlin. Er muss eine Rede halten. Und er will nach einem Weg zu suchen, den Streik zu beenden.

Grenzfall

Sonntag, 21. September
14.20 Uhr

Kohlhasenbrück liegt im äußersten Süden Berlins, in einer Ausbuchtung der Mauer. Die kleine West-Berliner Siedlung ist eine Idylle. Villen und alte Häuser, hohe Bäume, Grün. Ein Stückchen weiter, jenseits der Mauer, auf DDR-Gebiet, folgt die Exklave Steinstücken. Ein kurioses politisches Biotop, wie es sie nur in Berlin gibt: ein Stück West-Berlin, die Häuser umgeben von einer Mauer, mitten in der DDR. Die ehemals glamouröse Filmstadt Potsdam-Babelsberg reicht auf östlicher Seite bis an diese Mauer um Steinstücken heran.

Durch Kohlhasenbrück führen die Gleise der Bahnstrecke in die Bundesrepublik. Die Mauer hat eine Lücke, um sie durchzulassen. Auch diese Lücke in der Mauer ist ein grünes Paradies, wäre da nicht auf östlicher Seite der Wachturm direkt neben den Gleisen. Die Bahnstrecke führt aus der Mitte Berlins durch den Grunewald und berührt fast den Wannsee, bevor sie bei Kohlhasenbrück das Staatsgebiet der DDR erreicht.

Der Interessierte, der Mutige, der Kundschafter kann entlang der Bahnstrecke fast bis zur Lücke in der Mauer spazieren. Dann stoppen ihn Warnschilder. Nur wenige verlaufen sich indes nach Kohlhasenbrück, wo sich – wie der Name schon nahelegt – Fuchs und Hase eine gute Nacht zu wünschen pflegen. Man braucht einen wachen Sinn für solche Szenerien. Es gibt dort nichts, was die Neugier etwa von Touristen wecken könnte. Und an den Gleisen entlang bis zur Lücke in der Mauer stapfen von den wenigen die wenigsten.

Nur deshalb ist dort ein Schauspiel zu beobachten, das ans Herz geht und Beton bricht. Mauerbeton. Hirnbeton. Lagerbeton. Jeden Tag zur selben Stunde kommt ein Hund aus Kohlhasenbrück (West) zum Wachturm (Ost) gelaufen. Trippelt über die

Schwellen, durchquert ungeniert die Lücke, setzt sich vor den Wachturm und richtet den Blick nach oben. Schwarz-weiß ist der Stromer, eine Promenadenmischung, wie sie an diesen Ort nicht besser passen könnte. Oben auf dem Turm tun Leutnant Markus Köhn und der Gefreite Hans Mußler Dienst für Frieden und Fortschritt. Sie sind nicht jeden Tag dort, aber oft. Und die Genossen, die sie bei Abwesenheit vertreten, halten es nicht anders als Köhn und Mußler.

Die haben sich aufs Innigste mit dem Hund des Klassenfeinds angefreundet. Sie warten auf den Schwarz-Weißen und ihre Spannung löst sich erst dann wieder, wenn sie ihre Freundespflicht getan haben. Beide, Köhn und Mußler, bringen in der Büchse für die Verpflegung jeweils ein Wurstbrot mehr mit, als sie selbst essen möchten. Sitzt der Hund, dessen Namen sie nicht kennen und den sie unter sich Max nennen, erwartungsvoll unterm Turm, dann öffnen sie zwei Fenster, die in den Wachtürmen schräg nach unten verlaufen und zudem nach außen geklappt werden, damit sich ein bequemes Schussfeld öffnet.

Köhn und Mußler also blicken ihrem Freund von oben freundlich in die Augen, rufen ihm halblaut ein paar aufmunternde Sätze zu (»Na, Max, wie geht's heute? Haste schon 'nen Kater gejagt?«), um dann die zerpflückten Wurstbrote hinunterzuwerfen. Max, oder wie immer er heißen mag, verschlingt die Brocken – Wurst kann im Osten durchaus schmackhafter sein als die industriell verflachte im Westen –, blickt noch mal nach oben, leckt sich die Schnauze und läuft zurück durch die Lücke in den Westen. Sie mögen ja auf Menschen schießen wie auf Hasen. Aber nicht auf Hunde.

An diesem Sonntag sind Köhn und Mußler unruhig. Max ist minütlich zu erwarten. Aber irgendwann auch ein Zug, der keinen präzisen Fahrplan hat. Ein Telefonanruf soll ihn drei Minuten vorher ankündigen. Wenn aber der Hund auf den Schienen läuft, hungrig und vertrauensselig, und von hinten der Zug naht … Sie müssen einfach schnell machen. Da ist er ja, der Max. Trödelt über die Schwellen, durch die Mauer und nimmt gemütlich Platz vor dem Turm. Die Fenster fliegen auf und der Hund erschrickt ein wenig. Dann trudeln schon die Wurstbrotstücke nach unten.

Als der Hund die ersten Brocken verschlungen hat, klingelt oben das Telefon. »Leutnant Köhn, in zwei, drei Minuten fährt der Besatzerzug durch.« »Besatzerzug« ist der DDR-Terminus für die Militärzüge der West-Alliierten. »Verstanden.« Köhn legt abrupt auf, stürzt ans Fenster und ruft, ja schreit hinunter: »Max, hau ab! Geh heim! Verschwinde in den Westen!« Mußler neben ihm muss lachen. »Verschwinde in den Westen« hat hier noch keiner vom Turm gerufen.

Sie können den Zug schon zwischen den Bäumen erkennen, da hat Max alles hinuntergeschlungen, wendet sich um, sieht das Ungetüm herankriechen, kneift den Schwanz ein und rennt zurück durch die Lücke, dann gleich rechts runter vom Gleis. Es staubt ein wenig an seinen Hinterpfoten. Sein Schicksal war wohl eine Sache von zwei, drei Metern.

Die Diesellok der Reichsbahn mit dem Zugführer aus der DDR stößt ein Tuten aus, rollt in gemessenem Tempo durch die Mauer und am Turm vorüber. Köhn und Mußler schauen erleichtert hinab. Es ist ein amerikanischer Zug, wie schon am weißen Stern auf den Schützenpanzern zu erkennen ist, die auf den ersten drei Waggons verkeilt und vertäut sind. Dann folgen fünf Personenwagen mit Soldaten und schließlich vier Güterwaggons mit unbekannter Fracht. Köhn und Mußler sind Genossen, Mitglieder der Partei. Es empört sie schon ein wenig, dass kein Personenzug mehr rollt, eine DDR-Lok aber amerikanische Besatzer und deren Waffen zieht.

Es ist 15.15 Uhr, als der Militärzug im sozialistischen Forst verschwindet und Lars Prien im kapitalistischen Dickicht die Suche nach einem Verschwundenen aufnimmt.

Diplomatie

Sonntag, 21. September
12.30 Uhr

Pjotr Abrassimow kommt ihm im Foyer der Botschaft gemessenen Schrittes und mit ausgebreiteten Armen entgegen. Er begegnet Oliver Wright unterhalb der breiten Treppe auf dem roten Teppich und fasst ihn rechts und links an den Oberarmen. »Ich freue mich sehr, Exzellenz, dass Sie meiner Einladung so kurzfristig gefolgt sind.«

Pjotr Andrejewitsch Abrassimow ist Botschafter der Sowjetunion in der DDR. Wegen seines enormen Einflusses und des unverschämten Umgangstons, den er selbst Erich Honecker gegenüber anschlägt, nennen sie ihn in Ost-Berlin den Regierenden Botschafter. Nichts von Bedeutung geht ohne ihn in der DDR. Und wer etwas werden möchte, sucht seine Gunst. Der Mann ist nicht nur beinhart und herrschsüchtig, was er hinter jovialem Auftreten zu verbergen sucht, sondern auch ungemein eitel. Das graue Haar trägt er länger als in Moskau üblich und in sanften Wellen.

Oliver Wright ist Botschafter Großbritanniens in Bonn. Abrassimow hat am Vorabend dennoch ihn und nicht den sehr viel näheren Kollegen in Ost-Berlin angerufen, weil Wright im Machtzentrum am Rhein sitzt und jederzeit zu Helmut Schmidt vorgelassen wird. Der Brite war erstaunt über den Anruf, hat aber nicht gezögert, für den nächsten Morgen den Flug nach Berlin zu buchen. Im Außenministerium in London war man einverstanden und der Kollege in Ost-Berlin nur in Maßen verschnupft. Wright wurde am Checkpoint Charlie von einer sowjetischen Diplomatenlimousine erwartet und zur Botschaft Unter den Linden gelotst.

Botschaft ist eigentlich eine Untertreibung, denn der gewaltige Gebäudekomplex unweit von Mauer und Brandenburger Tor erinnert eher an ein Diplomatenstädtchen – in Marmor, Gold und Stuck, mit Wohnungen, Musiksälen, Bühne und Kino.

Abrassimow führt den Briten in den ersten Stock, vorbei an dem imposanten Glasmosaik, das den berühmten Spasski-Turm des Kreml zeigt, mit dem leuchtenden roten Stern auf der Spitze. Zu jeder Stunde erklingt, auch in Berlin, das Läuten des Kremlturms, synchron mit dem Moskauer Glockenspiel.

Wright ist beeindruckt von dem Palast und Abrassimow genießt das. Er führt den Briten durch den riesigen Saal für diplomatische Empfänge in einen kleinen Nebenraum, der in spätstalinistischem Stil schwer möbliert und mit bräunlicher Ornamenttapete verziert ist. Die Wände sind dicht behängt mit Geweihen von Hirschen und Rehen, die Abrassimow gejagt hat. Er ist stolz darauf und lässt es sich nicht nehmen, dem Briten mit seiner Beute zu imponieren. Tee, Wasser und Saft stehen auf dem Tisch.

Abrassimow eröffnet. »Ich möchte ganz offen sprechen, Exzellenz, und wenn Sie gestatten, schlage ich vor, dass wir uns beim Vornamen nennen und Sie zueinander sagen.« Wright, mit vollem Haupthaar und dichten Augenbrauen, nickt getragen. »Oliver, ich habe Sie gestern Abend angerufen, weil der sogenannte Streik der S-Bahner seit der Unterbrechung des Personenzugverkehrs mit dem Westen eine schwere Verletzung des Vierseitigen Abkommens über Westberlin darstellt. Stimmen Sie mir zu?«

»Zweifellos, Pjotr. Sie wissen, dass die Sicherung der Bindungen und Verbindungen Berlins mit der Bundesrepublik immer unser Hauptanliegen war. Niemand hat es seit 1971 gewagt, dieses Abkommen anzutasten, und die vier Mächte haben es gehütet wie ihren Augapfel. Dabei sollte es auch bleiben. Ich betrachte den Streik als Arbeitskampf, nicht als politischen Konflikt, und deshalb werden sich die drei West-Alliierten heraushalten. Die DDR hat es in der Hand, das Problem zu lösen. Aber der Status Berlins darf dadurch nicht beschädigt werden.«

»Es ist kein Arbeitskampf, Oliver. Es ist ein politischer Kampf. Die Rädelsführer wollen Polen in Berlin aufführen und die Deutsche Demokratische Republik erschüttern. Das werden wir nicht zulassen. Aber diesen Dissens sollten wir zur Seite stellen und nach vorne schauen. Können wir uns darauf verständigen, dass alle Partner des Vierseitigen Abkommens weiterhin von ›der im betreffenden Gebiet bestehenden Lage‹ ausgehen werden, wie es in dem Dokument heißt?«

»Das können wir. Niemand ist an Veränderungen des Status quo interessiert. Die Betriebsrechte für die Reichsbahn in West-Berlin bleiben bei der DDR, sofern die sie auch ausüben will und kann. Übermäßige Stilllegungen und Entlassungen können wir nicht akzeptieren. Wir möchten nicht gezwungen werden, die Betriebsrechte neu zu vergeben.«

Ein weiß livrierter Diener gießt Tee und Wasser ein. Abrassimow wartet mit seiner Erwiderung, bis er den Raum verlassen hat. »Der Regierende Bürgermeister Stobbe hat Sympathie für die Provokateure bekundet. Inzwischen scheint er jedoch auf den Boden der Tatsachen zurückgekehrt zu sein.«

»Welchen Ausweg aus der Lage sehen Sie, Pjotr?«

»Sie wissen, dass die DDR die sogenannten Streikenden heute Vormittag als Terroristen bezeichnet hat. Die betreffende Meldung der Nachrichtenagentur ADN hat offiziellen Charakter und ist mit mir abgestimmt. Das bedeutet, die Reichsbahn wird nicht verhandeln. Verhandlungen mit Terroristen kann es nicht geben. Das versteht jeder.«

Die Botschafter schauen sich in die Augen. Schweigend. Eisig. Wright nimmt den Faden wieder auf: »Nehmen Sie bitte zur Kenntnis, dass es undenkbar ist, West-Berliner Polizisten oder Einsatzkräfte der drei westlichen Alliierten loszuschicken, um einen Streik zu zerschlagen. Einen Streik zumal, dessen Anliegen wir für gerecht halten. Die Motive des Streiks in West-Berlin unterscheiden sich nicht wesentlich von den Motiven der jüngsten Streiks in Polen. Dort war der Konflikt nur mit Verhandlungen zu lösen.«

»Lassen Sie uns eins und eins zusammenzählen, Oliver. Wenn die Reichsbahn nicht verhandelt und wenn der Westen den sogenannten Streik nicht auflöst, dann zerstören diese Terroristen entweder das Vierseitige Abkommen in seinem Kernbereich und verändern den Status von Berlin. Oder die dafür zuständigen Organe erhalten die Vollmacht, die blockierten Bahnanlagen in Westberlin freizuräumen und den Zugverkehr wieder in Gang zu setzen.«

»Wer sind diese zuständigen Organe?«

»Es ist die Bahnpolizei der Reichsbahn für West-Berlin. Sie hat ausdrücklich den Auftrag, für Recht und Ordnung auf den Bahnlagen zu sorgen. Das sollte sie jetzt tun.« Abrassimow beugt sich weit über den Tisch und blickt Wright herausfordernd an.

Der Brite erwidert: »Ich nehme diesen Vorschlag mit. Soweit mir bekannt ist, darf sich die Bahnpolizei in West-Berlin aber nur auf den Gleisen und Anlagen bewegen, auf denen die Reichsbahn das Betriebsrecht hat.«

»Das ist zutreffend. Und das soll auch so bleiben. Glauben Sie mir: Auch wir wollen den Status Berlins nicht antasten. Die Zentrale der Terroristen liegt im britischen Sektor, in Moabit, nicht weit weg von der Staatsgrenze der DDR und dem Bahnhof Friedrichstraße. Selbstverständlich könnten Sicherheitskräfte der britischen Militärregierung den Einsatz der Bahnpolizei eng begleiten und beobachten, wie auch die Westberliner Polizei. Wir können die Unterbrechung des Zugverkehrs nur wenige Tage tolerieren. Zeigen wir, dass die vier Mächte in Berlin handlungsfähig sind und am Ende immer Regie führen. Sie kennen meinen Satz beim Abschluss des Vierseitigen Abkommens: Ende gut, alles gut.«

Wright erhebt sich. »Das hoffe ich.«

Als die beiden Männer vor dem Portal der Botschaft Abschied nehmen, ist es 13.30 Uhr. Auf der anderen Seite der Mauer nehmen deutsche Akteure den Ball auf.

Gipfel

Sonntag, 21. September
13.35 Uhr

Helmut Schmidt ist müde. Er ist blass, die Augen möchten ihm zufallen. Die Miene des Kanzlers wirkt tieftraurig. Er kommt aus dem Wahlkampf, hat am Samstag vier Kundgebungen absolviert. Und nun auch noch nach Berlin, um den Kongress der IG Metall zu eröffnen, der größten Einzelgewerkschaft der Welt. Immerhin ist das ein Heimspiel. Gewerkschaftern die Welt zu erklären, vom Großen bis zum Kleinen, vom Kalten Krieg bis zur Lage der deutschen Wirtschaft und den Spielräumen der Gewerkschaften, das beherrscht keiner so perfekt wie er. Am Ende wird jeder der fasziniert lauschenden Zuhörer seinen Platz in der Weltordnung gefunden haben, zugewiesen vom Weltökonomen Helmut Schmidt.

Eugen Loderer, der Gewerkschaftsvorsitzende, hat ihn vor dem Internationalen Congress Centrum begrüßt, das wie ein silbern glänzendes Schlachtschiff am Messegelände vertäut liegt. »Herr Bundeskanzler, lieber Helmut, wir sind stolz, dich bei uns begrüßen zu dürfen.« Er geleitet ihn durch den Eingang und manövriert den Kanzler zu einem Besprechungsraum im ersten Stock des ICC. Bevor er zu den Delegierten spricht, ergreift Schmidt noch die Gelegenheit zu einem diskreten Treffen mit Dietrich Stobbe und Günter Gaus. Der Streik der Eisenbahner ist das Thema, das alle bedrückt.

Die beiden warten schon. Schmidt mag Stobbe, der weiche, teigige Mann folgt aufs Wort. Gegenüber Gaus hat er ambivalente Gefühle. Bei jeder Begegnung spürt er, dass Gaus ihn still verachtet, weil der Kanzler kein Verständnis für die DDR hat, auch gar nicht haben will, und weil er, Gaus, sich ihm intellektuell überlegen fühlt, Weltökonom hin oder her. Umgekehrt kann Schmidt seinen Diplomaten in Ost-Berlin nicht riechen, weil er ihn nicht für den Ständigen Vertreter des Westens im Osten hält, sondern eher umgekehrt für den Ständigen Vertreter der DDR in Bonn. Bei jeder Gelegenheit bittet er um Verständnis für die Nöte und Zwänge der anderen Seite. Gaus hat den Begriff von der Nischengesellschaft DDR geprägt, dem kleinen Glück der einfachen Leute im Privaten, abseits der Bedrängungen durch den sozialistischen Staat. Und er hat immer wieder, kaum verhüllt, zu verstehen gegeben, dass er die rückständige DDR für deutscher hält als die turbokapitalistische Bundesrepublik.

»Meine Herren«, Schmidt hat sich einen Kaffee eingeschenkt und eröffnet das Gespräch, »wir sollten konzentriert und zielorientiert über den Reichsbahner-Streik in West-Berlin sprechen. Der ist seit gestern Abend kein lokales Ereignis mehr, sondern ein internationales Problem. Mit der Blockade der Personenzüge durch die Besetzung des Stellwerks am Bahnhof Zoo ist der gesamte Zugverkehr mit der Bundesrepublik unterbrochen. Das ist ein schwerwiegender Eingriff ins Viermächteabkommen, der erste seit 1972. Wir haben in Bonn besorgte Anfragen aus Washington, London und Paris bekommen. Die Bindungen und Verbindungen West-Berlins sind das Allerheiligste des Abkommens.«

Schmidt blickt in die Runde und steckt sich eine Mentholzigarette an. »Die unterbrochenen Verbindungen müssen so schnell wie möglich repariert werden. Darüber spricht, wie er mir gestern Abend noch telefonisch mitgeteilt hat, heute auch der britische Botschafter mit Abrassimow in Ost-Berlin. Alle suchen nach einem Ausweg, erkennen aber noch keinen. Ich denke, wir sind uns einig, dass nach Polen nicht auch noch die DDR destabilisiert werden sollte. Sonst trudelt am Ende ganz Mitteleuropa ins politische Chaos. Und welche Kräfte dann die Oberhand behalten, steht in den Sternen. Zunächst mal: Günter, wie sehen Sie die aktuelle Lage?«

Gaus hat am Mittag schon zwei Gläser Weißwein getrunken, sein Gesicht ist gerötet. »Herr Bundeskanzler, ich hatte in den vergangenen Tagen eine Reihe vertraulicher Gespräche in Ost-Berlin und habe dabei auch die politischen Botschaften überbracht, die Sie mir aufgetragen haben. Dass sich Bonn nicht in den Streik einmischen wird, ist mit Befriedigung zur Kenntnis genommen worden. Die Sympathieerklärung von Dietrich Stobbe dagegen …«

Auf dieses Stichwort hat Stobbe nur gewartet. »Ich höre von verschiedenen Seiten, dass man sich darüber in Bonn das Maul zerreißt. Aber ich konnte doch gar nicht anders. Da streiken Leute, die von der DDR beschissen werden wie Lohnsklaven. Kündigungen inzwischen inklusive, übrigens auch von Schwangeren. Das ist eine Perversion von Sozialismus. Wir können nicht Solidarność in Polen applaudieren und vor Ort, hier im geteilten Berlin, zum Streik der Reichsbahner gegen ihren Arbeitgeber in Ost-Berlin schweigen. Sympathie war das Mindeste, was ich zum Ausdruck bringen musste. Es ist doch …«

»Günter«, unterbricht ihn Schmidt, »bitte fahren Sie fort.«

»Ich habe auf allen Kanälen zum Ausdruck gebracht, dass wir auf Verhandlungen zwischen der DDR und den Streikenden hoffen. Diese Hoffnung scheint mir nun aber zerstoben zu sein. ADN hat die Streikenden heute als Terroristen beschimpft. Der Ton ist ungemein hart, härter geht es nicht mehr. Mit Terroristen aber, dass ist das Entscheidende, verhandelt man nicht.«

»Terroristen?« Schmidt verzieht das Gesicht, als hätte ihn jemand am Ohr gezogen. »Das ist so absurd, dass es sprachlos macht. Werktätige sind Terroristen? Mitglieder des FDGB und der SEW? Das zeigt, wie nervös sie sind. Sie fürchten, dass der polnische Bazillus auf die DDR überspringt. Was aber bleibt, wenn nicht verhandelt wird?«

Stobbe drängt sich wieder ins Gespräch. »Unsere Polizei können wir jedenfalls nicht gegen die Streikenden losschicken. Und die West-Alliierten haben uns ganz klar gesagt, dass ihre Militärpolizei außen vor bleibt, sofern nicht Militärzüge sabotiert werden. Das haben sie der Streikführung auch klipp und klar mitgeteilt. Ein amerikanischer Transport ist übrigens heute Vormittag von einer Diesellok aus Ost-Berlin gen Westen gezogen worden. Um eure Bedenken noch mal aufzunehmen: Ich werde nichts mehr erklären, das als Unterstützung für die Streikenden verstanden werden könnte. Ich bin schließlich kein Hasardeur.« Stobbe hat einen dünnen Schweißfilm auf der Stirn, sein feistes Gesicht verrät Nervosität. Er darf am Ende nicht alleine stehen, er muss auf Schmidts Linie einschwenken.

»Gut.« Der Kanzler wendet sich wieder Gaus zu. »Ich ziehe mal eine Zwischenbilanz. Erstens: Der Streik muss beendet werden, weil er das Viermächteabkommen und die Stabilität in Mitteleuropa gefährdet. Zweitens: Wir unterstützen den Streik aus den genannten Gründen weder materiell noch politisch. Drittens: Wir können den Streik nicht gewaltsam, mit den Mitteln der Polizei beenden. Das geht grundsätzlich nicht und würde unsere Solidarität mit Solidarność ad absurdum führen. Viertens: Wir bekunden öffentlich weiterhin, dass wir auf Verhandlungen setzen. Und fünftens: Wir suchen nach einer anderen, einer intelligenten Lösung, die wir noch nicht genau erkennen können. Oder doch?«

»Mein Gespräch mit Hermann Axen«, antwortet Gaus, »hat dafür einen interessanten Ansatz geboten. Axen meinte, ich sag's mal pointiert mit meinen Worten: Wenn der Westen das Problem nicht lösen kann, dann soll der Westen gefälligst der DDR erlauben, ihr Problem selbst zu lösen. Auf westlichem Territorium. Wir helfen ihnen nicht, aber wir hindern sie auch nicht daran.«

Gaus blickt in verblüffte Mienen. »Das hieße, schnörkellos formuliert«, fährt er fort, »Sicherheitsorgane der DDR kommen nach West-Berlin und werfen die Streikenden aus den besetzten Bahnanlagen. Das aber ohne allzu großen Aufruhr. Es darf keine Orgie der Gewalt geben und keinesfalls darf Blut fließen.«

Schmidt lauscht dem Echo des entscheidenden Satzes in seinem Kopf nach. Wenn der Westen das Problem nicht lösen kann, dann soll der Westen der DDR erlauben, ihr Problem im Westen selbst zu lösen. »Dietrich, wie könnte das aussehen?«

Stobbe ist die Idee nicht neu. Seine Leute haben selbst schon an so etwas gedacht. »Na, die Reichsbahn hat ja im Westen ihre Bahnpolizei. Die ist nicht bewaffnet, darf nur Schlagstöcke tragen und ausschließlich auf Schienen und in Bahnanlagen unterwegs sein. Es wäre natürlich denkbar, dass Bahnpolizisten die besetzten Stellwerke und Bahnhöfe räumen, während unsere Polizei und die Militärpolizei der Alliierten darüber wachen, dass die Gewalt nicht eskaliert und die Bapos nur über die Schienen kommen.«

Keiner spricht es aus, doch alle drei denken: Und wer in den Uniformen der Bahnpolizei steckt, interessiert niemanden.

Helmut Schmidt beendet die Gesprächspause. »Wer redet darüber mit wem?«

Stobbe schneidet Gaus das Wort ab. »Morgen treffen die Besuchsbeauftragten des Senats und der DDR zusammen. Da könnten, abseits des Protokolls, Einzelheiten besprochen werden. Wir bereiten das auf unserer Seite im Kontakt mit den Alliierten vor. Herr Gaus sollte der anderen Seite einen Hinweis geben, dass sie nicht unvorbereitet kommt.«

»Ich werde nachher Karl Seidel vom Außenministerium anrufen.«

Schmidt lehnt sich entspannt zurück. Dieses Gespräch war nicht vergebens, dafür hat es sich gelohnt, nach Berlin zu kommen. »Und Günter, weisen Sie Seidel bei der Gelegenheit auch darauf hin, dass ich Honecker beim Kongress der IG Metall öffentlich loben werde. Ich werde anerkennend sagen, dass sich die DDR-Führung trotz des Streiks bemüht hat, den Transitverkehr aufrecht zu erhalten. Diese Sätze, da bin ich sicher, werden heute Abend in der Tagesschau gesendet. Schmidt lobt DDR-Führung. Das ist doch was.«

Der Kanzler will sich schon erheben, da setzt Stobbe noch mal an. »Helmut, sag doch eben noch ein Wort zum Wahlkampf. Hast du ein gutes Gefühl?«

»Wir werden gewinnen, Dietrich. Da bin ich sicher. Strauß holzt wie ein Berserker, aber das ist ein großer strategischer Fehler. Von so einem wollen die Leute nicht regiert werden. Und das macht meine Rolle einfach. Ich bin, wie ich bin: ruhig, besonnen, erfahren. Und der Nebeneffekt dieses Duells: Die Liberalen, die sich eigentlich lösen wollen von uns, werden wieder an unsere Seite getrieben. Kohl und Genscher sind darüber nicht gerade glücklich.«

Einen derart polarisierten Wahlkampf wie in diesem Jahr hat die Bundesrepublik noch nicht erlebt. Auf Straßen und Plätzen ist es schon zu Schlägereien gekommen, es gab sogar einen Toten. »Stoppt Strauß« lautet das Motto der Kampagne gegen den CSU-Chef. Die Aufkleber sind überall zu sehen. Nur nicht in West-Berlin. Dort darf der Bundestag vom Volk nicht mitgewählt werden. Die Berliner Abgeordneten im Bundestag werden vom Abgeordnetenhaus nach Parteienproporz berufen und haben in Bonn nur eingeschränkte Rechte.

Schmidt steht auf. »Aber davon«, sagt er, »davon kriegt ihr ja hier nichts mit. Umso wichtiger ist es, dass ihr begreift, Dietrich: In den letzten vierzehn Tagen des Wahlkampfs dürfen wir Strauß nicht noch mit einem innerdeutschen Konflikt erfreuen, Zoff um scheiternde Entspannungspolitik. Strauß hat noch nicht begriffen, was sich hier abspielt. Deutsch-deutsche Entkrampfung ist ein Pfund unserer Politik. Wegen des sowjetischen Einmarschs in Afghanistan ist meine geplante Reise in die DDR im Frühjahr ins Wasser gefallen. Im August konnte ich nicht wegen der Turbulenzen in Polen. Nach der Wahl, am Jahresende, sollte es vielleicht gelingen.«

Es ist 14.23 Uhr, als der Kanzler zur Eröffnung des IG Metall-Kongresses in den großen Saal des ICC geführt wird und sich die Delegierten erheben, um stehend zu applaudieren. Knapp vierundzwanzig Stunden später weiß die DDR-Führung von dem vertraulichen Treffen Schmidts mit Gaus und Stobbe. Ein Agent in Bonn, persönlicher Referent eines Staatssekretärs, hat noch am Sonntag im Ministerium für Staatssicherheit angerufen und eine Botschaft auf Band gesprochen. Die »Information Nr. 6224« wird als »Streng geheim« klassifiziert und über Kurier weitergeleitet.

Rückmarsch

Zwei Tage später: Dienstag, 23. September
20.20 Uhr

Hans Kotowski hört, wie das Stemmeisen in den Humboldthafen fällt, und fährt herum. Mit einem Handzeichen stoppt er den Zug. Verflucht noch mal, und das im heikelsten Moment des Einmarschs, über dem Hafenbecken und nur noch einen Steinwurf vom Westen entfernt. Der Major blickt hinüber zum Grenzübergang Invalidenstraße. Gottlob, dort hat niemand das verräterische Geräusch gehört, die Pressemeute macht selbst zu viel Lärm. Dennoch muss die Sache sofort geklärt werden. Sie dürfen keine Zeit verlieren – und müssen ihren Auftrag zu Ende bringen.

»Was war das? Und wer?«, raunt Kotowski dem Offizier zu, der neben ihn getreten ist. »Runow wieder?« Der beantwortet die Frage selbst, tritt aus seinem Block zur Seite und läuft nach vorne. Kotowski zieht die Pistole, lädt sie durch und hält sie in der gesenkten Rechten. Runow sieht die Waffe, zögert einen Moment, geht dann aber weiter.

Vor Kotowski bleibt er stehen und salutiert. »Genosse Major, ich melde: Habe mein Stemmeisen fallen gelassen.«

Kotowski traut seinen Ohren nicht. Was hat der Saboteur eben gesagt? »Du hast dein Stemmeisen fallen gelassen? Absichtlich? Oder ist es dir aus der Hand gefallen, aus Versehen?«

Runow atmet tief durch und entschließt sich, Schluss zu machen, aufzuräumen mit seiner unhaltbaren Situation. »Ich habe das Eisen absichtlich fallen gelassen, Genosse Major. Denn ich nehme an der Aktion nicht weiter teil. Ich stehe aber zu meinem Eid, ich stehe zum Sozialismus ... und möchte zurück zum Bahnhof Friedrichstraße.«

»Sind Sie wahnsinnig, Leutnant? In der letzten Phase der Aktion?«

»Ich habe lange darüber nachgedacht. Und bin zu dem Ergebnis gekommen, dass ich einen Streik von Werktätigen, von Genossen, nicht zerschlagen werde. Das verbietet mir meine Ehre als Kommunist. Die Reichsbahn hätte mit den Streikenden verhandeln sollen. Wenn ich zurück bin in der Hauptstadt, werde ich mich den zuständigen Organen stellen und meine Entlassung aus dem Dienst des Ministeriums für Staatssicherheit beantragen.«

»Sie werden sich den Organen nicht stellen«, zischt Kotowski, »Sie werden den Organen überstellt. Jetzt sofort.« Er schiebt die Pistole wieder ins Schulterholster – verdammt, jetzt haben alle das Ding gesehen – und befiehlt zwei Offiziere von der Spitze des Zugs zu sich. »Oberleutnant Lange, Leutnant Jung, Sie bringen diesen Verräter und Saboteur über die Schienen zurück zum Bahnhof Friedrichstraße. Dort bitten Sie die diensthabenden Genossen, Oberst Wollseifer zu rufen. Er wird das Weitere veranlassen.« Kotowski zieht die Pistole wieder hervor und drückt sie dem Oberleutnant in die Hand. »Sollte der Verräter versuchen zu fliehen, machen Sie von der Waffe Gebrauch.«

»Ich werde nicht fliehen«, sagt Runow gefasst. »Das verspreche ich bei meiner Ehre als Kommunist.«

Kotowski versetzt ihm ansatzlos einen Leberhaken. Runow klappt zusammen und wird von den beiden Offizieren, die ihn begleiten sollen, wieder auf die Beine gezogen. »Du gehst einen Schritt vor uns«, herrscht ihn Lange halblaut an. »Und schweigst.«

Die Dreiergruppe muss den gesamten Zug passieren. Runow meidet den Augenkontakt, seine ehemaligen Mitkämpfer aber schauen ihn wütend oder verständnislos an. »Weiter, bloß weiter«, flüstert Kotowski vorn und gibt das Handzeichen. Die Truppe setzt sich geräuschlos wieder in Bewegung. Kotowski wirft einen Blick auf seine Armbanduhr. Der Zwischenfall hat sie sieben Minuten gekostet. Nur sieben, zum Glück. Daran scheitert die Aktion nicht.

Runow hebt den Blick, streckt den Rücken und atmet tief durch. Er hat keine Angst. Er ist erleichtert und zufrieden, dass er Schluss gemacht hat mit der Lüge. Von nun an wird er aufrecht durchs Leben gehen und die Konsequenzen klaglos tragen. Wird man ihn schlagen in Hohenschönhausen, anklagen vor einem Militärgericht, ins Gefängnis werfen? Kann sein. Muss aber nicht. Er hat sich schließlich zu seinem Diensteid bekannt, unter Zeugen, er ist nicht abgehauen und er hat den Einsatz nicht zum Scheitern gebracht.

Als sie das Haus passieren, in dem sich vorhin noch ein Mann die Zähne geputzt hat, ist das Licht im Badezimmer erloschen. Auch der Pinkler ist nicht mehr zu sehen. Runow muss an Wolfgang Papke denken, seinen Informanten. Was tut der jetzt wohl? Pinkeln? Zähne putzen? Oder steckt er noch in der Streikzentrale und saugt auf, was er hört und sieht? Runow hätte gerne noch mal mit ihm gesprochen und begründet, warum er ausgeschert ist aus der Truppe des MfS. Papke hätte das vielleicht verstanden. Er war ja selbst angetan von Solidarność.

Als sich die drei der düsteren Bahnhofshalle nähern, ruft der Oberleutnant den Posten laut zu: »Genossen, wir kommen zurück vom Einsatz. Nicht schießen! Alarmiert den Genossen Oberst!« Die Doppelposten auf der Brücke unter dem Glasdach lassen sie unter sich passieren, Maschinenpistolen im Anschlag. Die beiden Posten auf dem Bahnsteig in Bapo-Uniformen reichen ihnen die Hand, helfen ihnen von den Schienen. Zu fünft gehen sie ins Gebäude, steigen hinab in die tiefer gelegene Etage und betreten den Umkleideraum, in dem alles begonnen hat. Runow legt die Bapo-Uniform ab und kleidet sich wieder zivil. Zwei Minuten später ist auch Wollseifer da.

Der Oberleutnant macht Meldung, schildert den Zwischenfall und die Order Kotowskis. Dann sichert er die Pistole und überreicht sie dem Oberst. »Du Lump bist schuld, dass unsere Genossen jetzt ohne Schutz sind«, faucht der Runow an, vor Empörung spuckend. »Wir werden reichlich Zeit haben, uns darüber zu unterhalten.« Die beiden Begleiter weist er an: »Genossen, neben dem Bahnhof, zur Spree, wartet ein Lada. Der fährt euch nach Hohenschönhausen, wo ihr den Verräter übergebt.«

Um 21.37 Uhr schließt sich im Keller der Haftanstalt Hohenschönhausen eine schwere Stahltür hinter Runow. In der Zelle saß bis zum Morgen noch Matze Krall. Die Staatssicherheit, so scheint es, hat an diesem Tag einen Mitarbeiter gewonnen und einen verloren.

Angst

Montag, 22. September
07.12 Uhr

Lars Prien hat kein Auge zubekommen. Seit Mitternacht wälzt er sich im Bett und findet keine Ruhe, so erschöpft er auch ist. Von der Straße fällt Laternenlicht durch die dünnen Vorhänge in die kleine Altbauwohnung im Wedding. Der Schatten des Fensterkreuzes liegt schwer auf dem Bett.

Wo ist Matze? Prien quält sich mit den denkbaren Antworten. Am Sonntagabend waren sie in der Streikzentrale verabredet, um den Kurs der nächsten Woche zu besprechen. Im zentralen Streikrat, Priens kleinem Führungszirkel, der sich verständigen muss, bevor das viermal so große Streikkomitee eingeweiht wird. Mit dem strategischen Kurswechsel, den Valentin Freytag empfohlen hat, steht alles auf dem Spiel. Durchbruch und politischer Sieg oder Untergang und Ausweglosigkeit. Matze Krall aber, die Nummer zwei in der Streikleitung, ist nicht erschienen.

Prien schiebt sich aus dem Bett. Unterhose und Unterhemd sind schweißnass. Ist Matze desertiert, weil er den Druck nicht mehr aushält, ist er grußlos von der Fahne gegangen? Haben ihn Geheimdienste einkassiert, weil sie wissen wollen, was in der Streikleitung diskutiert wird und wer dort welche Linie vertritt? Staatssicherheit, CIA, Verfassungsschutz? Ist er mit einer Frau versackt, die er am Sonntag in einer Kneipe aufgerissen hat? Oder liegt er krank zu Hause im Bett, nach einem Kreislaufkollaps, wie er ihn schon einmal erlebt hat, aus heiterem Himmel?

Aber dann könnte er wenigstens ans Telefon gehen. Vierzig-, fünfzigmal hat Prien seit Sonntagabend angerufen. Aber niemand hob ab. Er muss Klarheit haben, hinfahren, klingeln, zur Not mit Nachbarn reden. Sofort. Bevor der politische Tanz der neuen Woche beginnt. Er braucht Matze, als Korrektiv für neue

Ideen, als Aufrüttler oder Notbremser, wenn mit ihm selbst die Leidenschaft durchgeht.

Kurz vor acht steigt Prien in Reinickendorf aus dem Auto, vor einer schäbigen Mietskaserne aus den Sechzigerjahren. Als er die Straße überquert, fällt sein Blick auf einen Ford mit Berliner Kennzeichen, der gegenüber der Haustür auf dem Bürgersteig geparkt ist. Zwei junge Männer sitzen darin und meiden angestrengt den Blickkontakt mit ihm. Merkwürdige Vögel. Auffällig unauffällig. Worauf warten die hier? Auf einen Arbeitskollegen, den sie abholen sollen?

Prien schaut hinauf zu den Fenstern im zweiten Stock. Dunkel. »Krall« ist mit rotem Kugelschreiber auf das Namensschild geschrieben. Er klingelt. Erst vorsichtig. Dann drängend. Schließlich stürmisch. Nimmt den Finger gar nicht mehr vom Knopf. Nichts. Er blickt sich um. Die beiden Typen im Ford schauen zum ihm herüber. Prien wird es unheimlich. Beobachten die etwa Matzes Haus, um zu sehen, wer ihn sucht?

Er drückt den Klingelknopf unter »Krall«, bei »Mohnke«. Ein zweites Mal. Da summt der Türöffner und er stürmt die Treppe hoch. Mohnke wohnt in derselben Etage wie Matze, in der geöffneten Wohnungstür steht ein unrasierter Kerl im schmutzigen Bademantel. Ei ist ihm auf den Bauch gekleckert. »Ich hoffe, Sie haben einen guten Grund, warum Sie mir so früh auf den Zeiger gehen«, empfängt er Prien.

»Verzeihen Sie bitte, ich gehe auch gleich wieder. Ich suche Herrn Krall, aus beruflichen Gründen. Haben Sie eine Idee, wo er sein könnte? Wann haben Sie ihn zuletzt gesehen?«

»Gestern. Am Vormittag«, antwortet der Kerl im Bademantel. »Ich hatte mir Zigaretten geholt, da kam er mir entgegen mit seiner dick verbundenen Hand. Wollte in die Klinik. Hatte sich sogar ein bisschen fein gemacht. Frisch gebügeltes Hemd, neue Jeans, Sakko. Danach habe ich ihn nicht mehr gesehen. Und auch nichts mehr gehört von nebenan.«

Da stimmt etwas nicht. Lars Prien ist sich nun sicher, dass Matze etwas zugestoßen ist. Wenn er abhauen wollte, hätte er eine Tasche dabeigehabt. Was tun? Zur Polizei? Als Prien aus der

Haustür tritt, starren ihn die beiden Typen aus dem Ford provozierend an. Sie sind ausgestiegen, lehnen am Auto. Einer grinst höhnisch. Jetzt wollen sie auffallen, gesehen werden, Unruhe auslösen.

Angst steigt in Prien auf. Er spürt, wie sein Herz rast. Die beiden sind nicht vom Verfassungsschutz. Und schon gar nicht von den Alliierten. Kriminelle? Sehr unwahrscheinlich. Matze verkehrt nicht im halbseidenen Milieu. Das müssen Stasi-Leute sein. Unglaublich. Ganz entspannt. Mitten in West-Berlin. Und feist grinsend.

Lars Prien hat keinen Zweifel mehr. Die kennen ihn. Die haben auf ihn gewartet. Die wollen ihm Angst einjagen. Angst, die sein Herz krampfen lässt, als er in sein Auto steigt und davonfährt. Der Ford folgt ihm. Fährt an Ampeln so dicht auf, dass sich die Stoßstangen fast berühren. Im Rückspiegel sieht er, dass der Fahrer immer noch grinst. Der Beifahrer blickt nach unten, als würde er etwas lesen oder notieren.

Prien bricht Schweiß aus. Als er sich dem Lehrter Bahnhof nähert und der Berufsverkehr dünner wird, überholt der Ford plötzlich, in einem Affenzahn und mit aufjaulendem Motor. Als er einen Moment neben Prien fährt, blickt der hinüber und sieht den Beifahrer langsam, ganz langsam den Kopf schütteln.

Da ist der Ford auch schon vorbeigeschossen. Er schert dicht vor Prien ein – und macht eine Vollbremsung. Prien steigt in die Eisen, kann die Kollision aber nicht mehr abwenden. Sein Passat prallt auf den Ford, mit einem hässlichen, irrsinnig lauten Knall, und kommt kurz darauf zum Stehen. Der Ford ist verbeult, der Kofferraum steht einen Spalt offen und das Nummernschild ist in der Mitte geknickt. B-KL 173. Das Auto jagt davon.

Priens Knie zittern, seine Nase blutet, als er aussteigt und sich an den Kotflügel lehnt. Er ist mit dem Kopf aufs Lenkrad geschlagen. Das war die Staatssicherheit. Eine Warnung. Nein, eine Drohung. Er muss sich jetzt in Acht nehmen, aufmerksamer unterwegs sein. Wenn sie an ihn rankommen, könnten sie ihm auch eine Spritze in den Arm jagen oder ihn in ein Auto zerren und durch die Mauer schaffen.

Der Passat ist vorne eingedrückt, ein Scheinwerfer zersplittert, das Nummernschild hängt nur noch an einer Schraube.

Als Lars Prien weiterfährt, zum Containerbahnhof, ist es 8.42 Uhr. In Hohenschönhausen wird Matze Krall zum ersten Verhör aus der Zelle geholt.

Hammer

Montag, 22. September
09.30 Uhr

Im Containerbahnhof summt es wie in einem Bienenstock. Viele haben schon gehört, was sich am frühen Morgen zugetragen hat, sind aufgewühlt und erzählen es ahnungslosen Kollegen. Die zentrale Streikleitung hat das viermal so große Streikkomitee geladen, um nun den weitreichendsten und riskantesten Beschluss seit Beginn des Kampfs zu fassen. Vor dem Eingang des Gebäudes haben sich noch etwa hundertfünfzig Reichsbahner und einige Presseleute eingefunden, darunter auch Valentin Freytag. Prien erkennt ihn beim prüfenden Blick aus dem Fenster und winkt ihn herein. »Matze Krall ist verschwunden«, flüstert er ihm beim Eintreten zu. »Ich weiß nicht, wo er steckt, und habe die schlimmsten Befürchtungen. Deshalb brauch ich dich, bleib bitte hier im Raum.«

Prien steigt auf einen Tisch und wartet, bis der Lärm verebbt ist. »Kollegen, ich hab schon bemerkt, dass viele von euch unruhig sind, vielleicht auch empört, wegen unserer Aktion am frühen Morgen. Ja, es stimmt, gegen vier Uhr haben wir das besetzte Stellwerk am Bahnhof Zoo wieder geräumt. Damit kann der Personenzugverkehr ...«

Wütende Pfiffe und Rufe unterbrechen ihn. »Seid ihr verrückt geworden?« – »Das ist unser wertvollstes Faustpfand!« – »Ham se dir int Hirn jeschissen, Lars?«

Der Streikführer macht eine beruhigende Geste, fährt dann fort: »Ich wollte sagen: Damit kann der Personenzugverkehr heute im Laufe des Tages wieder rollen. Gegen Mittag soll ein Zug nach Köln rausgehen.«

Die Empörung nimmt zu. Einige sind aufgesprungen und schreien, andere klopfen mit Schuhen auf die Tische. »Warum haben wir das getan, Kollegen?«, antwortet Prien. »Das ist ein Zeichen des guten Willens, es soll die Lage entspannen.«

Direkt vor ihm springt einer auf, wendet sich zu den anderen um und sagt ganz leise in die plötzlich eingetretene Stille hinein: »Ich fürchte, das werden wir noch bereuen, Kollegen. Denn die Reichsbahn wird nach wie vor nicht mit uns verhandeln. ADN, ihr wisst es alle, hat gestern verbreitet, wir seien Terroristen. Das ist das Ende.«

»Das ist nicht das Ende«, sagt Prien laut. »Denn wir haben noch eine Patrone im Lauf. Eine politische Patrone. Um sie abzufeuern und damit sie trifft, haben wir das Stellwerk am Zoo geräumt.« Er macht eine rhetorische Pause und setzt dann neu an. »Wenn mit der DDR nicht zu verhandeln ist, dann müssen wir uns abwenden von ihr. Die zentrale Streikleitung hat gestern Abend lange über die neue Situation beraten und beschlossen, euch vorzuschlagen, die Übernahme der Bahn durch den Berliner Senat zu fordern. Alle fragen, wohin wir eigentlich gehören, zum Osten oder zum Westen. Deshalb sollten wir uns jetzt entscheiden: Wir wollen zum Westen.«

Gespenstische Ruhe macht sich breit. Jahre, Jahrzehnte haben die Reichsbahner in West-Berlin – verfemt, angepöbelt und bespuckt – für den Osten gearbeitet. Sie haben sich den real existierenden Sozialismus schöngetrunken und sich von SEW und FDGB einseifen lassen. Sich belehren lassen, warum Widersprüche beim Aufbau des Sozialismus unumgänglich seien. Und nun sollen sie abrupt kehrtmachen und sich dem Westen andienen?

Zwei jüngere Männer erheben sich wortlos und verlassen den Raum. Sie kommen nicht wieder. Ein anderer steht auf und argumentiert: »Angenommen, wir gehen wirklich weg von der Reichsbahn. Warum, zum Teufel, sollen wir dann ausgerechnet in die Arme des Senats sinken? Wäre es nicht besser, von der Bundesbahn übernommen zu werden, die heute in West-Berlin überhaupt nichts zu melden hat? Käme sie aber her, könnte sie nicht nur die S-Bahn schlucken, sondern auch den Güter- und den Personenzugverkehr. Der gesamte Bahnbetrieb in West-Berlin ginge in die Hände der Bundesbahn über und wir alle würden nach den Tarifverträgen der westdeutschen Bahn bezahlt.«

Rufe werden laut. »So isses!« – »Du hast völlig recht!« – »Scheiß auf den Senat!«

Lars Prien ergreift das Wort. »Ich verstehe gut, was du meinst, Axel. Aber es macht keinen Sinn zu träumen. Die Übernahme des gesamten Bahnverkehrs durch die Bundesbahn wäre ein fundamentaler Eingriff in den Viermächtestatus Berlins. Das würden die West-Alliierten niemals mitmachen – und die Sowjets schon gar nicht. Die S-Bahn ist defizitär, sie liegt der DDR schwer auf der Tasche, da halte ich Bewegung für möglich. Und wenn wir schon das gesamte Bahnbetriebsrecht neu vergeben wollen, dann ist der Senat die einzig denkbare Adresse. Die Bundesbahn ist von den Alliierten ja mit Bedacht draußen gehalten worden. West-Berlin gehört nicht so ohne Weiteres zur Bundesrepublik.«

Die Diskussion wogt hin und her. Nach einer knappen halben Stunde schneidet Prien sie ab und lässt abstimmen. Für die Übernahme durch die Bundesbahn heben sich nur wenige Hände, für den Senat gibt es eine klare Mehrheit. In dieser brenzligen Situation auch noch den Streikführer zu kippen, durch ein Misstrauensvotum, halten die meisten für gefährliches Abenteurertum.

Prien klettert zurück auf den Tisch und verschafft sich Gehör. Dann verliest er eine vorbereitete Erklärung, die über die Presse verbreitet werden soll.

»Nachdem nach fünf Tagen Streik die Deutsche Reichsbahn trotz mehrfacher Aufforderungen keine Verhandlungsbereitschaft gezeigt hat, sondern die streikenden Kollegen von offiziellen Stellen der DDR als kriminelle Elemente und Terrorgruppen bezeichnet wurden, sind wir nicht mehr bereit, mit der Deutschen Reichsbahn zu verhandeln und unter der Leitung der Deutschen Reichsbahn zu arbeiten. Wir fordern im Namen der Kollegen den Senat auf, zwecks Übernahme der Betriebsrechte der Eisenbahn in West-Berlin mit den Alliierten und zuständigen Stellen der DDR zu führen. Der Streik wird unbefristet fortgesetzt.«

Das Wort »Verhandlungen« im vorletzten Satz ist vergessen worden. Es musste schnell gehen. Und alle sind übernächtigt.

Die Erklärung wird einstimmig angenommen und das Komitee tritt vor den Bahnhof, um die Streikenden zu informieren. Auch die stimmen schließlich zu, es gibt nur wenige Gegenstimmen.

Freytag telefoniert aus der Telefonzelle in der Lehrter Straße eine Eilmeldung nach Bonn. Dann fährt er ins Reuters-Büro am Savignyplatz, um einen ausführlicheren Bericht zu schreiben. Und den Senatssprecher anzurufen. Wie reagiert Stobbe? Der muss sich mit Bonn absprechen und mit den Alliierten. Keine leichte Sache.

Doch der Anruf erübrigt sich. Auf der Maschine für eingehende Fernschreiben tickert es schon aus dem Schöneberger Rathaus. Der Senatssprecher verkündet in schneidender Schärfe: »Der Senat hat von Anfang an darauf hingewiesen, dass es sich um einen Arbeitskampf zwischen den in West-Berlin Beschäftigten der Deutschen Reichsbahn und ihrem Arbeitgeber handelt. Die Deutsche Reichsbahn kann unter keinen Umständen aus ihren Verpflichtungen gegenüber ihren Arbeitnehmern entlassen werden. Der Senat ist der falsche Adressat.« Das hat sich Dietrich Stobbe vorher vom Landesvorstand der SPD abnicken lassen. Die Tür ist zu. Zugeschmettert.

Valentin Freytag fährt zurück zum Containerbahnhof. Dort hat man die Nachricht schon im Radio gehört. Die West-Alliierten hatten eben noch Hoffnungen geweckt mit ihrer Erklärung, sie nähmen die Forderung der Streikenden zur Kenntnis. Aber Stobbe – das ist der Hammer. Die Stimmung schwankt zwischen Wut und Resignation. Einige Mitglieder des Streikrats sind völlig fertig, packen ihre Sachen und gehen nach Hause. Als einer vom Hof schleicht, murmelt er: »Es war eine schöne Idee, sie hat nur leider nicht funktioniert.« Andere höhnen über die »Arbeitnehmerpartei SPD«, skandieren: »Wer hat uns verraten? Sozialdemokraten!« Und rufen trotzig: »Der Streik geht weiter!«

Lars Prien sitzt in der Streikzentrale, hebt das Telefon nicht mehr ab und hat den Kopf in die Hände gestützt. Freytag legt ihm tröstend die Hand auf die Schulter. Er schweigt. Es gibt nichts mehr zu sagen. Politisch ist der Streik gescheitert. Es ist 15.07 Uhr. Eine halbe Stunde später beginnt das Rollback.

Warnung

Montag. 22. September
13.04 Uhr

Ben Tyler wartet schon seit mehr als zehn Minuten, als Peter James das italienische Restaurant in Charlottenburg betritt. James hat den Ost-Berliner Reuters-Korrespondenten am Vorabend telefonisch um das Treffen gebeten, ohne seinen Namen zu nennen. »Wollen wir nicht mal wieder eine Nudel essen?« Tyler hat die Stimme auf Anhieb erkannt und zugesagt. Es brodelt in Berlin und wenn der politische Berater des britischen Stadtkommandanten um ein Treffen bittet, hat er eine Botschaft. Sie sehen sich immer im selben Restaurant. Und immer zur selben Zeit. Das vereinfacht Verabredungen. Und lässt die Mithörer der Staatssicherheit am Ost-Berliner Reuters-Draht ratlos zurück.

Tyler ist mit Freytag befreundet, sie treffen sich zum Abendessen und fahren mitunter sogar gemeinsam in Urlaub. Zuletzt in die Toskana, wo sich der rothaarige Brite schon am ersten Tag einen so schrecklichen Sonnenbrand geholt hatte, dass er nachts im Bett sitzen musste, vor Schmerz stöhnend. Er ist mit einer Londoner Lehrerin liiert, die ihn in den Urlaub begleitete. Blond, nett, intelligent. Und sehr eigensinnig. Wenn Tyler in London zu politischen Empfängen eingeladen wird und sie ihn begleitet, kann es schon mal passieren, dass sie als Einzige die Nationalhymne nicht mitsingt. Das ist ungemein peinlich. Für ihn. Aber das ist ihr gleichgültig, sie ist nun mal keine Royalistin.

Tyler ist ein ausgezeichneter Journalist und seine Analysen aus Ost-Berlin fallen nicht nur in den Hauptstädten der Alliierten auf, sondern auch bei den Diplomaten in West-Berlin. Beim Bahnstreik allerdings bleibt ihm nichts anderes übrig, als Freytags Vorlagen im deutschsprachigen Reuters-Dienst für den World-Service auszuwerten. Fast täglich kommt er über die

Grenze, um sich auszutauschen. James kann sich deshalb von ihm nichts Exklusives erhoffen, die Einladung zum Lunch muss andere Motive haben.

Peter James geht noch einer zweiten Beschäftigung nach, das weiß Tyler. James berät nicht nur, er horcht auch für den Geheimdienst. So wie vermutlich alle seine Kollegen, die politischen Berater der Stadtkommandanten. Freytag kennt er nur oberflächlich. Der quirlige, unberechenbare Typ ist ihm suspekt. Womöglich verdächtigt der ihn als Geheimdienstmann und schickt ihn mit seinen Geschichten absichtlich in die Irre. Das darf er sich beim MI 6 in London nicht leisten.

Tyler dagegen ist extrem seriös und was er berichtet oder analysiert, ist verlässlich. James hat damit schon mehrfach geglänzt bei seinen Vorgesetzten. Er weiß indes nicht, dass Tyler während seines Studiums vom MI 6 angesprochen worden war. Eingeladen zu einem Gespräch. Man wollte ihn rekrutieren, doch er lehnte ab. Am Ende lautstark, weil sie nicht begreifen wollten.

Sie bestellen Fisch und Tomatensalat, dazu Wasser und einen leichten Weißwein. Nach dem unvermeidlichen Smalltalk über das Wetter, den Fußball und den Pfund-Kurs setzt James abrupt einen Punkt. »Ben«, beginnt er, »ich möchte Ihnen Ihre kostbare Zeit nicht stehlen. Aber ich fühle mich verpflichtet, Reuters zu warnen. Bitte sprechen Sie darüber mit Freytag und versuchen Sie, Konsequenzen zu ziehen.«

»Ich bin nicht sein Vorgesetzter«, antwortet Tyler. »Er ist Korrespondent im Westen und ich im Osten. Er berichtet nach Bonn, ich nach London. Und ich halte ihn für einen verdammt guten Journalisten. Leidenschaftlich und unabhängig. Manchmal kommt er morgens ins Büro und fragt scherzhaft: Wen stürzen wir heute?«

James muss laut lachen, dann wird er wieder ernst. »Nun denn. Freytag ist in diesen Tagen zu einem offiziellen Vorgang bei den Alliierten geworden. Bei der jüngsten Besprechung der Politischen Berater im Rathaus Schönberg haben sich die Franzosen beschwert, dass sich eine britische Institution in den Streik einmische. Damit war Reuters gemeint. Freytag. Auf meine

Nachfrage, wie das denn geschehe, bekam ich zur Antwort, der Betreffende berate und informiere den Streikführer politisch.«

Tyler blickte ihn über den Fisch hinweg kalt an. »Was bedeutet das, Peter? Muss ich daraus schließen, dass ihr uns abhört? Dass ihr das Telefon des Reuters-Büros angezapft habt?«

James nimmt einen Schluck Wasser. »Es heißt, was es heißt. Um ganz offen zu sprechen, Ben: In Berlin zapft doch jeder jeden an. Dies ist eine Hauptstadt der Dienste. Alle sind unterwegs. Die Sowjets, die Amerikaner, die Stasi, die Franzosen ...«

»Und die Briten? Hört ihr uns auch ab?«

»Ich habe davon keine Kenntnis, aber ich kenne die Usancen.«

»Moment mal, bitte. Ihr mögt ja abhören, wen ihr wollt. Aber Journalisten? Sind die nicht tabu? Müssen die nicht tabu sein, damit sich Informanten bei ihnen melden, ohne fürchten zu müssen, zwanzig Minuten später hopsgenommen zu werden?«

James schweigt. Kaut auf seinem Fisch. Und antwortet dann zögernd. »Ich verstehe Sie, Ben. Dennoch sollten Sie Freytag warnen, damit er vorsichtiger ist.«

»Natürlich werde ich ihn warnen. Das bin ich ihm schuldig. Aber umgekehrt erwarte ich auch von Ihnen, dass Sie die Franzosen davor warnen, britische Medien abzuhören. Sie sollten ihnen kräftig auf die Finger hauen. Werden Sie das tun?«

»Wir hauen uns nicht gegenseitig auf die Finger, Ben. Wir brauchen uns wechselseitig. Gerade jetzt. Alle Geheimdienste nutzen die Möglichkeiten, die sich ihnen bieten. Ich vermute, unserer auch. Und noch mal: Ein Journalist, meine ich, sollte über Konflikte berichten, nicht aber eine Konfliktpartei beraten. Das wird von der Pressefreiheit nicht gedeckt. Das ist anrüchig.«

Sie essen schweigend zu Ende. Verzichten dann auf den gewohnten Espresso und verabschieden sich kurz angebunden. Es ist 14.30 Uhr, als Tyler zum Reuters-Büro am Savignyplatz fährt und im Rathaus Schöneberg die Beendigung des Streiks besprochen wird.

Komplott

Montag, 22. September
14.30 Uhr

Sie schütten einen protokollarischen Schutzwall auf, um dahinter ungestört konspirieren zu können. Die DDR-Führung hat das Treffen der Besuchsbeauftragten im Rathaus Schöneberg erbeten, doch es passt beiden Seiten ins Kalkül. Perfekt. Es muss ein Gesprächsformat geben, in dem die Beendigung des Streiks umstandslos besprochen wird. Und dieses hier hat sich angeboten, das Treffen zwischen Gerhard Kunze (West) und Walter Müller (Ost), obgleich die Besuchsbeauftragten mit dem Streik so viel zu tun haben wie Schmidt und Honecker mit Stabhochsprung.

Kunze ist von Dietrich Stobbe instruiert worden, nach dessen Treffen mit Helmut Schmidt und Günter Gaus. Müller kommt im Auftrag des Politbüros, das auf dem Flughafen Schönefeld getagt hat. Auf den Fluren der informierten Ministerien zerreißt man sich seither die Mäuler über die bizarre Sitzung. Mielke, heißt es, soll ein Jagdgewehr über der Schulter getragen haben.

Müller eröffnet mit dem Verlesen einer vorbereiteten Erklärung. »Bekanntlich sind in den letzten Tagen von Terrorbanden schwerwiegende Angriffe auf die Deutsche Reichsbahn in Berlin (West) erfolgt. Dies hat eine weitgehende Unterbrechung des S-Bahn- sowie des Fernverkehrs zu Folge gehabt. Es ist zur Genüge bekannt, dass die Mehrzahl der Eisenbahner die Vorgänge nicht unterstützt, sondern an einer ordentlichen Aufrechterhaltung des Verkehrs in Ruhe und Sicherheit interessiert ist. Die gegenwärtigen Vorgänge sind das Werk von terroristischen Banden, die offenkundig auf Geheiß höchster Stellen des Senats handeln …«

Kunze holt tief Luft und hebt die Augenbrauen. Protokollarischer Schutzwall schön und gut, aber muss der aus Stahlbeton gegossen werden? Terrorbanden. Geheiß höchster Stellen. Des Senats! Müller ist schon weiter mit seinem Sermon: »… die Polizei Maßnahmen getroffen hat, um den Terroristen freie Hand zu schaffen.« Er sei beauftragt, entschieden Protest einzulegen.

Na gut, dann komm zum Ende, denkt Kunze. Lass uns nicht mit diesem Zeug Zeit verschwenden. »... Gewalttätigkeiten und Rollkommandos ...« Der Senat habe für alle Folgen »die alleinige Verantwortung zu tragen«.

Kunze erwidert, ordnet ein, verteidigt.

Der Wall ist hoch genug. Mehr als hoch genug. Sie unterbrechen die Sitzung, an der auch zwei Sekundanten teilnehmen, für ein Vieraugengespräch. Jetzt kommt's drauf an. Jetzt müssen sie zwei Konzepte zu einem einzigen zusammenfügen.

Müller eröffnet, straight to the point. »Die Sicherheitsorgane der DDR und der Reichsbahn werden den Streik morgen beenden. Sie werden alle besetzten Stellwerke und Bahnhöfe räumen.«

Kunze erwidert: »Die West-Berliner Polizei und die Militärpolizei der westlichen Verbündeten werden dem nichts entgegensetzen, sofern die Sicherheitsorgane Uniformen der West-Berliner Bahnpolizei tragen.«

»Das werden sie, obgleich sie aus unserer Hauptstadt kommen werden. Wer in den Uniformen steckt, ist Ihnen sicherlich gleichgültig.«

»Wen die DDR zu Bahnpolizisten macht, fällt in ihre alleinige Zuständigkeit. Das können wir nicht überprüfen. Und zum Überprüfen gibt es auch keinen Anlass, sofern keine übermäßige Gewalt angewendet wird. Die Bahnpolizisten dürfen keine Schusswaffen tragen, nur Schlagstöcke. Aber sie dürfen Werkzeug mit sich führen, um verschlossene Türen zu öffnen.«

»Wir werden Schlagstöcke, Stemmeisen, Äxte und ein paar Motorsägen bereitstellen.«

Das geht ja wie geschmiert, denkt Kunze. Als hätten wir's gemeinsam geplant. »Die Bahnpolizei darf bekanntlich nur auf dem Betriebsgelände der Reichsbahn in West-Berlin eingesetzt werden. Das heißt, die Uniformierten sind gehalten, sich nur über die Schienen zu bewegen.«

»Das können wir zusagen.«

»Wie soll sich die Räumung vollziehen?«

»Wir werden vom frühen Morgen bis zum Mittag alle besetzten Stellwerke und Bahnhöfe räumen. Mit einer Ausnahme: Der Containerbahnhof Moabit, in dem die sogenannte Streikleitung sitzt, folgt erst am Abend, zum Schluss. Die Bahnpolizisten laufen dafür vom Bahnhof Friedrichstraße über die Schienen zunächst zum Bahnhof Lehrter Straße im Westen und von dort aus über die Gleise des Güterverkehrs zum Containerbahnhof.«

»West-Berliner Polizei und britische Militärpolizei werden am Bahnhof Lehrter Straße warten, aber nicht eingreifen, sofern nicht Leben und Gesundheit von Streikenden geschützt werden müssen. Sie werden also nur für Nothilfe in Bereitschaft gehalten.«

»Wenn es nach uns geht, wird kein Blut fließen. Unsere Genossen sind entsprechend angewiesen.«

»Keine Schusswaffen?«

»Keine Schusswaffen.«

»Die sind der Bahnpolizei, wie Sie wissen, ja auch generell nicht gestattet. Wann wird die Truppe einmarschieren – und wie lange dürfte die gesamte Aktion dauern?«

»Sie sollten ab 20 Uhr mit dem Kommando rechnen. Wenn Ihre Polizei den Terroristen nahelegt, freiwillig abzuziehen, und wenn die das auch tun, dürften wir zwischen 22 und 23 Uhr durch sein.«

»All dies, Herr Müller, kommt nicht ins Protokoll. Wir werden unsere jeweiligen Auftraggeber sofort anschließend an dieses Treffen informieren. Wenn ich es recht sehe, sind wir uns über das Konzept zur Beendigung des Streiks einig.«

Müller bestätigt. Das Ergebnis dieser Besprechung erfreut beide. So ideologiefrei haben sie noch nie zur Sache geredet. Müller strahlt förmlich. Kunze schiebt ihm ein Kästchen Schweizer Pralinen über den Tisch. »Für Ihre Frau.« Müller steckt die Schokolade wortlos in seine Aktentasche. Als er mit Kunze in die größere Runde zurückkehrt, ist es 15.20 Uhr. Zwanzig Minuten später wird in Halensee der Einmarsch in West-Berlin vorbereitet.

Generalprobe

Montag, 22. September
15.40 Uhr

Das Bellen der Hunde macht sie aufmerksam. Aus dem Fenster im ersten Stock des Stellwerks Halensee – tief im Westen, am Ende des Kurfürstendamms – blicken die acht Besetzer hinüber zum Güterbahnhof. Zwei Dutzend uniformierte Bahnpolizisten drängen sich dort zusammen. Vier führen Schäferhunde ohne Maulkorb, die anderen sind mit Äxten bewaffnet. Walter Rosowski, einem der Besetzer, ist klar: Jetzt kommen sie. Jetzt wird geräumt. Jetzt muss er aufpassen, dass sie ihn nicht blutig schlagen.

Die Hunde gehen voran, schnappen nach allen Seiten. Zwei Neugierige auf dem Bahnsteig nehmen Reißaus. Die Bapos erreichen das Stellwerk am Ende des Bahnsteigs. Der Eingang ist von innen verrammelt. Die Blauen wollen sich damit nicht aufhalten und stürmen die Behelfstreppe hinauf, die zu dem Fenster führt, das während des Streiks als Zugang dient. Die Besetzer haben von innen Schränke davorgeschoben.

Die ersten beiden Bahnpolizisten zertrümmern mit ihren Äxten die Scheibe, räumen den Rahmen frei von Scherben und Glasresten und treten dann gegen die Schränke. Die kommen ins Kippen, schlagen schließlich nach hinten um. »Ihr Schweine«, schallt es den Eindringlingen von innen entgegen. »Drecksäcke!« – »Verbrecher!«

Auf der Kurfürstendammbrücke, die den Bahnhof Halensee und den Schienenstrang überquert, sammeln sich Passanten, alarmiert vom Lärm der Räumungsaktion. Einzelne rufen lautstark nach der Polizei, andere pfeifen und buhen. »Kommunistenpack!« – »Haut ab in den Osten!«

Am Ende der Brücke stoppt ein olivgrünes Auto. Drei Offiziere der sowjetischen Militärbehörden in Berlin klettern aus dem Wolga, setzen ihre Tellermützen auf. Der Fahrer bleibt im Auto sitzen und lässt den Motor laufen. Streifenfahrten der Alliierten sind normal in Berlin, wenn auch nicht alltäglich. Amerikaner, Briten und Franzosen kurven durch Ost-Berlin, Russen weniger häufig durch den Westen. Die Sowjets möchten nicht Opfer antikommunistischer Aggressionen werden. Die Kontrollfahrten haben keinen praktischen, nur politisch-demonstrativen Wert. Der über die Jahrzehnte verblasste Viermächtestatus Berlins wird damit ein wenig aufpoliert.

So tief im Westen allerdings lassen sich die Russen selten sehen. Dass sie zur Räumung des Stellwerks erscheinen, soll den Bahnpolizisten Rückhalt geben und der West-Berliner Polizei signalisieren, dass sie sich gefälligst herauszuhalten hat.

Unten sind die Bapos unterdessen durchs eingeschlagene Fenster ins Stellwerk eingedrungen. Mit Ausnahme der Hundeführer, die vor dem Eingang einen Halbkreis bilden. Aus dem Gebäude dringt Lärm von kräftigen Axthieben und zersplitterndem Holz.

Unter den Augen der vor Angst erstarrten Besetzer zertrümmern die Bapos die gesamte Einrichtung des Stellwerks. Schränke, Stühle, Sessel, einen Tisch, eine Garderobe. Nach wenigen Minuten ist der Raum nur noch ein einziges Trümmerfeld. Die Streikenden sollen Zeugen sein, sie sollen berichten, mit welcher Entschlossenheit die Bapo aufgeräumt hat. Die Erzählungen, so das Kalkül, werden die Besetzer in den anderen Bahnanlagen einschüchtern und zur freiwilligen Räumung bewegen, sobald sich Blaue mit Äxten nähern.

Als das Mobiliar restlos verwüstet ist, werden die Besetzer von den Bapos über die Treppe nach unten gedrängt. Die Hundeführer öffnen eine Gasse und die Streikenden, die nun keine Streikenden mehr sind, sondern nur noch Arbeitslose, Gefeuerte, Gedemütigte, laufen davon, die Treppe hinauf auf die Kurfürstendammbrücke.

Auch Walter Rosowski läuft davon, nach Hause. Er ist demoralisiert. Für ihn ist der Streik zu Ende. So fühlt sich eine Niederlage an. Das werden sie jetzt überall tun, die Schweine. Und der Westen hält sich raus. Rosowski ist Schlosser, seit siebenunddreißig Jahren bei der Reichsbahn in West-Berlin. Schon am ersten Tag des Streiks haben sie ihn gefeuert. Absurd, ein Bote aus Ost-Berlin brachte den Brief nach Halensee. Es war nicht der einzige Brief. Und jetzt? Er wird nicht zur Bahn zurückkehren, nicht mehr zur Streikzentrale nach Moabit fahren. Vielleicht kann ihn die BVG gebrauchen, die im Westen die U-Bahn betreibt. Er wird unterschreiben müssen, dass er kein Kommunist ist. Aber das ist er ja auch nicht ... mehr. Als er die Brücke betritt und sich durch die Menge drängt, klopft man ihm auf die Schulter. »Kopf hoch!« – »Nicht aufgeben!« – »Ihr werdet siegen!« Scheiß drauf, er kann die Sprüche nicht mehr hören. Wer hat ihnen geholfen? Alle, alle haben sie hängen lassen.

Auf der Brücke ist die Stimmung inzwischen aggressiv geworden. Die Menge nähert sich den sowjetischen Offizieren und skandiert: »Russen raus! Russen raus!« Der Offizier mit den Sternen auf den Schulterklappen nickt seinen Begleitern wortlos zu, dann gehen die Männer gemessenen Schrittes, um noch im Rückzug ihre Würde zu demonstrieren, zu dem Wolga, steigen ein und fahren davon. Der Offizier auf dem Beifahrersitz lacht den Passanten zu, ein silberner Schneidezahn blinkt. Britische Militärpolizei beobachtet den Rückzug aus großer Distanz.

Die Bapo sichert das Stellwerk, räumt die verbarrikadierte Tür frei und lässt drei Reichsbahner herein, die sich bislang im Hintergrund gehalten haben und nun das Stellwerk wieder in Betrieb nehmen sollen. Auf der Brücke beginnt ein Passant, Spenden für die Streikenden zu sammeln. Knapp zweihundert Mark kommen zusammen. Aber man weiß nicht, wem man sie überreichen soll.

Eine halbe Stunde nach der Räumung trifft West-Berliner Polizei ein. Die Beamten aus dem Streifenwagen halten auf der Brücke, um den Schauplatz von oben in Augenschein zu nehmen. »Ach, die Herren Polizisten sind auch schon da«, höhnt ein Passant. »Dann könnt ihr ja gleich mit den Kollegen von der Bapo Kaffee trinken im Stellwerk.«

Die Menge murrt, Pfiffe sind zu hören, jemand buht. Fünf Besetzer treten den Polizisten entgegen, wütend, schreiend vor

Empörung: »Sie müssen uns helfen und die Bapos wieder aus dem Stellwerk werfen! Die haben alles kurz und klein geschlagen und uns rausgeworfen.«

Einer der Polizisten entgegnet: »Wir können nichts tun. Das Vorgehen der Bahnpolizei ist rechtens. Sie hat das Hausrecht auf dem Bahnhof.«

Eine Gruppe von Männern rückt auf die Polizisten zu. Die Beamten werfen noch einen raschen Blick auf das Stellwerk, in dem Ruhe eingekehrt ist, steigen wieder in ihren Streifenwagen und fahren davon. Zweieinhalb Minuten haben sie sich blicken lassen. Die West-Berliner Polizei räumt das Feld, für den Osten.

Um 16.32 Uhr telefoniert der Führer der Bapos mit Ost-Berlin, meldet den erfolgreichen Abschluss der Aktion. Stellwerk zurückerobert, niemand verletzt, West-Berliner Polizei passiv. Als sich das Publikum auf der Brücke zerstreut, trifft sich im Büro Erich Mielkes eine Runde von Geheimdienstoffizieren, um ganz Berlin zu Halensee zu machen.

Befehle

Montag, 22. September
17.00 Uhr

»Kommt rein, Genossen, kommt rein!« Erich Mielke ist gut gelaunt, jovial. Er erhebt sich hinter dem Schreibtisch, die leuchtend blaue Polsterung seiner Sitzlehne ist der Blickfang im Büro. Der Minister für Staatssicherheit eilt den Offizieren entgegen, die den Raum nur zögernd betreten, schüttelt jedem zackig die Hand und blickt einem nach dem anderen prüfend in die Augen. Dann macht er eine ausladende Bewegung mit dem rechten Arm und die Besucher nehmen Platz an dem rechteckigen Besprechungstisch vor seinem Schreibtisch. Alle achten darauf, dass Mielke zuerst sitzt.

»Genossen«, beginnt der, »ich habe euch zusammengerufen, weil wir eine ganz besondere Aktion zu besprechen haben. Das Aufgebot steht seit Tagen, die Männer sind instruiert und die einsatztaktischen Bedingungen haben sich in den letzten Stunden final geklärt. Zeit also, mit euch noch einmal über euren Auftrag zu sprechen.«

Die sieben Männer um den Tisch, keiner jünger als fünfzig, blicken ihn erwartungsvoll an. Sie schweigen. Jeder weiß, dass es nicht ratsam ist, sich direkt an Mielke zu wenden oder ihm ins Wort zu fallen. Er wird sie schon ansprechen, wenn er etwas hören will.

Mielke genießt die Pause, blickt in die Runde. Diese Momente der Macht verursachen ihm einen körperlichen Kitzel, als perle Sauerstoff durch seine Adern. Er hat die Dinge in der Hand. Er bestimmt, was die Deutsche Demokratische Republik ausmacht. Was sie auszeichnet und was sie erreicht hat. Alles er. Nicht Erich, der ewig säuselnde Dachdecker aus dem Saarland. Einfach zu weich. Die sowjetischen Genossen haben ihn akzeptiert nach Walter Ulbricht. Aber sie lieben Honecker nicht. Eher ihn,

Mielke, der niemals die Nummer eins in der Partei werden kann, aber der Garant ist für die Stabilität dieses Staates.

»Genossen«, ergreift Mielke wieder das Wort und richtet sich auf, »ich erteile euch hiermit den Befehl unserer Partei, die terroristischen Aktionen bei der Deutschen Reichsbahn in Berlin-West zu beenden, die Terroristen aus den besetzten Bahnhöfen und Stellwerken zu werfen und damit die Voraussetzungen zu schaffen, um den Bahnverkehr in Berlin-West wieder in vollem Umfang aufzunehmen. Diese Aktion wird bis zum Abend des 23. September, also morgen, Dienstag, abgeschlossen.«

Mielke starrt an die gegenüberliegende Wand, dort ist ein Geschenk des KGB-Chefs angebracht, Schild und Schwert als Bronzerelief. »Der Probelauf ist heute Nachmittag gelungen. In vollem Umfang, Genossen, in vollem Umfang. Unsere Leute haben in Uniformen der Bahnpolizei das besetzte Stellwerk in Halensee geräumt. Im Handstreich. Die grüne Polizei ist erst mit großer Verzögerung eingetroffen und hat, wie vereinbart, nicht eingegriffen. Von den Besatzern hat sich niemand blicken lassen. Nur ein paar Briten, in großer Entfernung. So, jetzt, Fragen bitte, Genossen, Fragen.«

Gerhard Neiber, frisch berufener Stellvertreter Mielkes und unter anderem für Terrorabwehr zuständig, sitzt zur Rechten seines Chefs und stellt, protokollarisch korrekt, die erste Frage: »Genosse Minister, wie sehen die politischen und einsatztaktischen Bedingungen aus, von denen du gesprochen hast?«

»Danke, Genosse, danke. Zunächst zu den politischen Bedingungen. Sie sind so außerordentlich, dass man es kaum glauben will. Politisch betrachtet, sind nämlich die Regierung der DDR, die BRD-Regierung, der Westberliner Senat und alle vier – hört, hört, Genossen: vier! – Siegermächte des Zweiten Weltkriegs gleichermaßen an der Beendigung des sogenannten Streiks interessiert. Neben unseren sowjetischen Genossen also Amerikaner, Briten und Franzosen. Die Sache ist kurios: Der Westen muss den sogenannten Streik beenden, weil der das Vierseitige Abkommen über Berlin-West aushebelt, kann das aber nicht, weil er sich gerade für die streikende Konterrevolution in der VR

Polen ins Zeug gelegt hat. Wir wollen der Rebellion ein Ende bereiten, eben weil sie an diese Konterrevolution anknüpft und den polnischen Bazillus in die DDR einschleppen will, können das aber eigentlich nicht, weil Polizei und Militärpolizei der Besatzer in Berlin-West dagegenstehen könnten. Eine realistische Politik hat nun in vielfältigen Kontakten festgelegt, dass der Westen die zuständigen Organe der DDR auf seinem Territorium handeln lässt.«

Mielke blickt in die Runde, in teils verblüffte Gesichter. Nur ein Oberst und ein Major lächeln ihn an: Franz Wollseifer und Hans Kotowski. Sie sind längst einzeln eingeschworen worden.

»An diesem Tisch, Genossen«, fährt Mielke fort, »sitzen auch Oberst Wollseifer und Major Kotowski. Sie bilden die Speerspitze unserer Operation und führen den entscheidenden Angriff. Morgen Abend gegen 20 Uhr werden fünfundsechzig sorgfältig ausgesuchte Genossen der Staatssicherheit, zum Teil in Funktionen bei der Transportpolizei der DDR, in Uniformen der Bahnpolizei in West-Berlin einmarschieren und die Zentrale der Terroristen im Moabiter Güterbahnhof räumen. Genosse Oberst Wollseifer schickt die Truppe im Bahnhof Friedrichstraße auf die Schienen, Genosse Major Kotowski führt sie über die Grenze nach Westberlin. Dort beenden sie den konterrevolutionären Mummenschanz, nachdem zuvor schon, dem gleichen Muster folgend, kleinere Trupps alle anderen Bahnhöfe und Stellwerke geräumt haben.«

Die Runde schaut ihn erwartungsvoll an. »Welche Kräfte werden im Einsatz sein?«, fragt Neiber.

»In Uniformen der Bahnpolizei werden wir etwa zweihundertfünfzig Genossen nach West-Berlin schicken. Mehr Uniformen haben wir gar nicht. Außerdem werden vierhundertfünfzig Genossen in Zivil nach West-Berlin einsickern, um die Räumungen abzusichern. Noch mal so viele Genossen halten wir in der Hauptstadt in Reserve. Sie werden folgen, sobald die Bahnhöfe und Stellwerke geräumt sind, um die Genossen der ersten Welle abzulösen und die Einrichtungen zu halten, bis sie die Reichsbahn wieder mit normalem Personal übernimmt. Vermutlich am nächsten Tag... Wir dürfen nicht kleckern. Wir müssen klotzen. Die Besetzer dürfen keine Möglichkeit bekommen, sich zu verschanzen und Verstärkung heranzuholen. Niederlage und Rückzug, Genossen, sind undenkbar. Undenkbar.«

Wollseifer hebt die Rechte, doch Mielke beantwortet schon die imaginäre Frage. »Genosse Wollseifer – und das gilt noch mehr für den Genossen Kotowski –, eure Truppe wird, ja muss auf den Schienen bleiben, darf sie nicht verlassen. Das ist mit den Besatzern verabredet, denn das gebietet das Betriebsrecht für die Reichsbahn in Berlin-West. Die Truppe wird außerdem unbewaffnet sein, nur Schlagstöcke bei sich haben und Werkzeuge, um Türen aufzubrechen. Auch das gebietet das Betriebsrecht für die Reichsbahn.«

Mielke schaut Kotowski in die Augen. »Und, Genosse Kotowski, hör mir genau zu: Es darf kein Blut fließen bei der Räumung. Nicht von unserer Seite ausgehend. Kommt es zu Exzessen, bleibt der Westberliner Polizei und den Briten in ihrer Zone gar nichts anderes übrig, als einzugreifen. Dann kann uns die ganze Sache entgleiten. Ich erwarte also revolutionäre Disziplin, Genossen. Selbstzucht und kühles Blut. Aber auch keine Zärtlichkeiten, damit das klar ist, Genossen. Zärtlich sind wir nur zu unseren Frauen ... und Geliebten.«

Mielke lacht dröhnend, die anderen fallen ein. Das Lachen endet so abrupt, wie es begonnen hat. »Ach ja, Genossen. Das müssen alle wissen. Die Einsatzleitung liegt beim Innenministerium, auch wenn wir die Arbeit erledigen. Denn Innen führt die Transportpolizei und die kennt sich nun mal aus im West-Berliner Eisenbahnnetz. Der Genosse Wollseifer wird nach dem Abmarsch unserer Truppe aus dem Bahnhof Friedrichstraße ins Innenministerium zurückkehren und dort auf Nachricht aus Moabit warten.«

Mielke erhebt sich, die anderen folgen. »Und noch was, Genossen. Von dieser Beratung wird so wenig Protokoll geführt wie vom Einsatz selbst. Das ist nichts für Bibliothekare. Die Aktion ist geheim.«

Wollseifer und Kotowski salutieren vor dem Minister. Der zieht den Oberst am Revers zu sich heran und raunt: »Genosse, du gibst Kotowski eine Waffe mit. Du weißt schon, welche. Für alle Fälle.« Und laut ruft er den beiden hinterher: »Ich wünsche euch Glück und Erfolg bei der ersten Invasion in Westberlin. Auch der Generalsekretär unserer Partei lässt euch grüßen.«

Um 16.45 Uhr ist die Befehlsausgabe beendet. Und Matze Krall in Hohenschönhausen verloren.

Verpflichtung

Montag, 22. September
08.47 Uhr

Er ist todmüde und zerschlagen. Seine verbundene Hand schmerzt. Die ganze Nacht über haben sie das Licht in seiner Zelle brennen lassen. Matze Krall konnte kein Auge zumachen. Auch weil es kein Bett in dem kalten Betonverlies gab, nur einen Stuhl und eine Decke auf dem Boden. Der spartanische Verhörraum im Stasi-Gefängnis Hohenschönhausen erscheint ihm vergleichsweise komfortabel. Er ist geheizt und durch das Fenster fällt warmes Morgenlicht.

Sein Vernehmer sitzt hinter dem blanken Schreibtisch mit Telefon und Rufanlage. Er stellt sich vor als Oberleutnant Korn. Vor dem Schreibtisch steht T-förmig ein zweiter Tisch, an dem Krall Platz nehmen muss. Links von Korn ein halbhoher Aktenschrank und ein mächtiger Panzerschrank, dessen Farbe abblättert. Sonst ist der Raum leer. Der Uniformierte, der Krall gebracht hat, verlässt grußlos den Raum.

Korn schaut den Häftling zwei, drei Minuten schweigend an. Sucht nach Veränderungen in seiner Miene. Da kannst du lange warten, denkt Krall. Ich sage keinen Ton. »Eine Tasse Kaffee, Herr Krall?«, fragt der Vernehmer schließlich. »Ich bedaure, dass Ihr Frühstück heute ausfallen musste. Haben Sie wenigstens gut geschlafen?«

Krall antwortet nicht. Er lechzt nach einem Kaffee, aber unter diesen Umständen … Vier Minuten sind vergangen, da eröffnet Korn die Vernehmung. »Was glauben Sie, Herr Krall, warum Sie hier sind?«

»Das möchte ich auch gerne wissen«, antwortet der und bereut im selben Moment, dass er sich hat aus der Deckung locken lassen.

»Aber das wissen Sie doch besser als ich, Herr Krall. Wenn ich es mal strafrechtlich katalogisiere: gefährlicher Eingriff in den Eisenbahnverkehr, gefährliche Körperverletzung, Sachbeschädigung, staatsfeindliche Hetze ... Reicht das nicht für einen Urlaub im schönen Hohenschönhausen?«

»Alles Quatsch«, erwidert Krall, »ich nehme an einem Arbeitskampf gegen die Deutsche Reichsbahn teil. Streik ist der Lebensnerv der sozialistischen Bewegung. Der gehöre ich an. In West-Berlin und in Westdeutschland. Ich bin in Unna geboren, bin Bürger der Bundesrepublik Deutschland und habe einen westdeutschen Pass, mit dem ich jederzeit nach Ost-Berlin einreisen darf. Dort wurde ich entführt.«

»Beim Versuch, eine teuer ausgebildete Ärztin der Deutschen Demokratischen Republik zu beschlafen.«

»Sie hat mich eingeladen, nachdem sie meine Hand verbunden hatte, in der West-Berliner Poliklinik.«

»Ich weiß, Herr Krall, ich weiß. Und diese Hand haben Sie sich verletzt, als Sie eine fahrende S-Bahn gewaltsam gestoppt und den Zugführer aus dem Wagen geworfen haben. Er hat sich dabei erheblich verletzt.«

»Das hat er sich selbst zuzuschreiben. Er hat mir die Hand mit einem Schraubenschlüssel zu Brei geschlagen. Ich weiß nicht, ob ich sie je wieder wie gewohnt benutzen kann. Übrigens tut sie höllisch weh und ich verlange einen Arzt. Außerdem Kontakt zu einem diplomatischen Vertreter der Bundesrepublik.«

»Alles zu seiner Zeit, Herr Krall. Sie haben keine Ansprüche an die Deutsche Demokratische Republik zu richten. Zuwendung von mir, Kaffee und Brot haben Sie erst zu erwarten, wenn Sie sich kooperativ gezeigt haben. Wir wissen, dass Sie der engste Vertraute des Rädelsführers Lars Prien sind und am 9. September mit ihm und drei anderen Verschwörern den Anschlag auf die Deutsche Reichsbahn geplant haben. Im Gewerkschaftsraum des Bahnhofs Papestraße.«

Krall muss schlucken. Sein Herz rast.

»Da staunen Sie, was? Ja, wir wissen alles. Nur noch nicht alles von Lars Prien und seinen Kumpanen.«

»Ich habe ihn vor zwei Jahren bei der Reichsbahn kennengelernt. Privat hab ich nichts mit ihm zu tun. Aber die Ungerechtigkeiten bei der Reichsbahn sehen wir gleich. Und tun deshalb etwas dagegen. Mehr kriegen Sie von mir nicht zu hören.«

»Lieber Herr Krall, nun hören Sie mir mal genau zu. Angriff auf den Eisenbahnverkehr, Körperverletzung, Sachbeschädigung, staatsfeindliche Hetze – das reicht für mindestens acht Jahre. Ich vermute, eher zwölf. Entweder Sie kooperieren und tun das auch in Zukunft oder Sie verlassen diese Herberge über das Büro des Generalstaatsanwalts und danach den Gerichtssaal.«

Krall hält sich die pochende Hand mit dem schmuddeligen Verband. Und stiert vor sich auf den Tisch.

»Wir sehen uns wieder, Herr Krall. Vielleicht haben Sie ja nach weiteren Gesprächen Appetit auf ein Abendessen.«

Ein Knopfdruck und der Schmerzgebeugte wird zurückgeführt in seine Zelle. Viermal wird er binnen vierundzwanzig Stunden noch in das Verhörzimmer gebracht. Korn wird von einem anderen Vernehmer abgelöst und kehrt dann zurück. Gegen 16.40 Uhr beginnt Krall von Prien zu erzählen. Stockend. Er ist todmüde, ausgehungert und mürbe gemacht vom Schmerz in seiner Hand. Am folgenden Morgen gegen halb neun unterzeichnet er seine Verpflichtungserklärung als Inoffizieller Mitarbeiter des Ministeriums für Staatssicherheit. Er wählt den Tarnnamen Klaus Lury. Der Vernehmer ermahnt ihn: »Falls Sie glauben, Herr Krall, dass Sie uns täuschen können, dann irren Sie. Sie entkommen uns nicht, wir finden Sie überall.« Als er wenig später ein Wurstbrot und eine Tasse Kaffee erhält, ist der Streik der Reichsbahner schon so gut wie zerschlagen.

Angriff

Montag, 22. September
23.20 Uhr

Das Stellwerk Priesterweg ist in siebzehn Minuten erobert. Zwanzig Männer in Bapo-Uniformen sind angetreten, um die kleine Festung zu nehmen. Die Tür wird mit Stemmeisen aufgebrochen, die Stahlblechschränke im Zugang des Stellwerkraums werden einfach umgestürzt. Die Bapos klettern darüber hinweg und nehmen dem einzigen Besetzer, der keinerlei Widerstand leistet, sein Sprechfunkgerät ab. »Lehrter Bahnhof« steht auf einem Aufkleber. Offenbar hat er noch im letzten Moment um Hilfe gerufen, denn als er in Begleitung von sechs Bapos das Gebäude verlässt, trifft gerade ein anderer ein, der ein Sprechfunkgerät mit dem gleichen Schild trägt. Er wird niedergerungen, dann erst lässt er sich das Gerät aus der Hand reißen. Als die Bapos den Technikraum in Augenschein nehmen, stellen sie fest, dass sieben Stromsicherungen fehlen. Weichen können deshalb vorerst nicht gestellt werden.

Die Bapos für den Sturm auf die besetzten Bahnhöfe und Stellwerke sind im Laufe des Tages in kleinen Gruppen nach West-Berlin gekommen. Über die Schienen gelaufen, mit der S-Bahn-Pendelverbindung zwischen den Bahnhöfen Friedrichstraße und Charlottenburg, in Lieferwagen mit West-Berliner Kennzeichen. Die Stasi-Leute in Zivil sickern einzeln oder zu zweit ein. Sie dürfen unter keinen Umständen auffallen, kommen zu Fuß über die Grenzübergänge und verteilen sich dann per U-Bahn, Bus oder Taxi im Westen der Stadt. Die befehlshabenden Offiziere benutzen Autos mit West-Kennzeichen. Die Vorbereitung der Routen und die Festlegung der Treffpunkte waren eine logistische Meisterleistung.

In Ost-Berlin hat es immer Pläne gegeben für eine Invasion West-Berlins, für die Eroberung der Frontstadt. Sie werden regelmäßig überprüft und aktualisiert, wo es notwendig erscheint. Für diesen Fall, das Brechen des Streiks, sind sie nicht brauchbar. Nur der Einzelplan für die Besetzung des Bahnnetzes wurde hervorgeholt, großgezogen und an die Wand der Einsatzleitung im Innenministerium gepinnt. Farbige Pfeile und Punkte markieren besetzte Stellwerke und Streiktreffs. Die Kommandeure des Einsatzes wurden eingewiesen und durften sich Notizen machen, um ihre Männer zu instruieren.

Der Streik muss in der Nacht gebrochen werden, mit Ausnahme der Zentrale im Containerbahnhof, deren Räumung am kommenden Abend den Abschluss bilden soll. Nachts sind die besetzen Anlagen personell entblößt, nachts schlafen die Streikenden, die zu Hilfe kommen könnten, und nachts ist auch die Presse schläfrig. In dieser Nacht begreift sie nichts. Kein Reporter, keine Kamera, kein Fotograf eilt zu einem angegriffenen Stellwerk. Man ist des Streiks müde.

Auch manche der Streikenden selbst sind das. In der Streikzentrale verfolgt man die fortschreitende Überwältigung der Kollegen nur noch mit Lethargie. Als die Bapo den Lehrter Bahnhof angreift, geben die Besetzer dort freiwillig auf. Vierzehn Uniformierte stürmen das Stellwerk, die fünf Besetzer öffnen von innen die Tür und ziehen wortlos ab, mit gesenkten Köpfen. Ein billiger Sieg.

Mühsamer verläuft hingegen die Eroberung des Stellwerks am Bahnhof Grunewald. Um 01.20 Uhr überwinden vierzehn Bapos mit Hunden, Äxten und einer Leiter die Abwehr der Besetzer. Der Bahnhofsvorsteher fordert sie auf, das Gebäude innerhalb von zwei Minuten zu räumen, vergeblich. Dann zerhacken die Blauen die Tür. Die Szene ist gespenstisch. Die Schläge der Äxte, das Splittern des Holzes, die Schreie der Besetzer, das abgeranzte Stellwerk und die schummrige Beleuchtung haben nicht nur etwas Stasihaftes, sie haben auch etwas Nazihaftes. Wie die DDR in mancher Hinsicht.

Die acht Streikenden in Grunewald haben noch im letzten Moment die West-Berliner Polizei zur Hilfe gerufen. Der Streifenwagen kommt zu spät. Einer der Polizisten läuft mit gezogener Pistole umher. Er ist außer sich, hat die Nerven verloren. Dem protestierenden Bapo-Anführer erklärt er, Angst vor den Hunden zu haben.

Um acht Uhr am Morgen geben die Streikenden die Triebwagenhalle Papestraße auf. Das Rollback hat sich herumgesprochen während der Nacht, über Sprechfunkgeräte und Telefonverbindungen. Resignation macht sich breit. Es lohnt nicht mehr, Leben und Gesundheit in Schlägereien mit der Bapo zu riskieren. Einundzwanzig Züge sind in der Triebwagenhalle abgestellt. Einundvierzig Hauptsicherungen waren aus ihnen entfernt worden. Sie werden nach der Räumung der Halle unbeschädigt gefunden und wieder eingesetzt.

Am Dienstagmorgen sind der Streikleitung die Beine weggeschlagen. Sie hat nur noch ihren Kopf, die Streikzentrale, in der Auseinandersetzung mit der DDR. Die Stellwerke Halensee, Ruhleben, Beusselstraße, Priesterweg und Grunewald wurden gewaltsam eingenommen, nachdem das Stellwerk Zoo zuvor schon freiwillig aufgegeben worden war. In Ruhleben ist ein Reichsbahner verletzt worden, in der Beusselstraße gab es eine Schlägerei.

Doch die Bapo hat ihren Auftrag erfüllt: Sie hat gesiegt, ohne dass nennenswert Blut geflossen ist. West-Berliner Polizei und Alliierte haben sich ihr nirgendwo entgegengestellt. Theoretisch könnten S-Bahn, Personen- und Güterzüge nun wieder fahren. In Halensee wird der Strom für das gesamte S-Bahn-Netz verteilt. Aber es fehlt das Personal.

Nur noch der Containerbahnhof Moabit, unweit der Mauer und wenige hundert Meter vom West-Bahnhof Lehrter Straße entfernt, ist in der Hand der Streikleitung. Lars Prien hat die Nacht am Telefon verbracht und die aufgeregten Anrufe angenommen, die ihn aus allen Teilen der Stadt erreichten. Das Komitee ist demoralisiert und zerstritten. Irgendwann im Laufe des Tages muss ein neues gewählt werden. Soll ich überhaupt noch mal antreten, fragt sich Prien. Bis zum Abend werden sie wohl auch hier auftauchen. Er erhebt sich vom Schreibtisch und reckt den Oberkörper. Aber nein. So kriegen die mich nicht klein. Das werde ich ausfechten bis zum Ende. Denen schenke ich nichts. Wenn bloß Matze da wäre.

Es ist kurz nach halb neun, als Valentin Freytag eintrifft, um Prien bis zum Ende beizustehen. Anderthalb Stunden später beraten Senatskanzlei, Alliierte und Polizeiführung, wie die Polizei am Abend, beim letzten Einmarsch, möglichst elegant beiseitetreten kann.

Kapitulation

Dienstag, 23. September
10.00 Uhr

Endlich berät der Westen, wie er sich verhalten soll. Da aber ist die Schlacht schon fast geschlagen. Denn als sich Spitzen der westlichen Verbündeten, des Berliner Senats und der West-Berliner Polizei im Schöneberger Rathaus zusammensetzen, ist das letzte Stellwerk schon zwei Stunden zuvor geräumt worden.

Die Streikzentrale im Containerbahnhof Moabit wird am Abend dran sein. Das weiß die Runde, denn die Abläufe sind längst vereinbart, in diskreten Spitzengesprächen der Politik. Und die Politik gibt vor, was auf der Ebene der Handlanger nur noch formell besprochen wird. Ein Vermerk im Protokoll über die dreiseitige Konferenz (»VS – Nur für den Dienstgebrauch«) hält schon im ersten Satz fest: »Am 23. September 1980 wurden Informationen bekannt, wonach die Bahnpolizei beabsichtigen soll, am Abend des gleichen Tages gegen 20.00 Uhr den von den Streikenden besetzten Containerbahnhof Heidestraße mit Gewalt zu räumen.« Es »wurden Informationen bekannt«. Dank euch, ihr Informationen, dass ihr bekannt wurdet!

Hier wird eine Aktenlage geschaffen. Weder ist die geplante Räumung erst an diesem Morgen durchgesickert, noch würde bei überraschendem Ablauf einfach übergangen, dass alle Stellwerke und Bahnhöfe – mit Ausnahme des einen – über Nacht bereits gestürmt wurden, ohne dass die West-Berliner Polizei ein einziges Mal eingegriffen hat. Die Beamten sind also längst angewiesen, sich Zeit zu lassen, zu spät zu kommen oder sich herauszuhalten.

Doch Peter Sötje, der Chef der Senatskanzlei, Klaus Hübner, der Polizeipräsident, Nigel Broomfield, politischer Berater des britischen Stadtkommandanten, und acht zugehörige Unterlinge reden nur über die Streikzentrale. Sie vereinbaren einen Stufenplan, demzufolge die West-Berliner Polizei und die britische Militärpolizei beim Erscheinen der Bahnpolizei eine Pufferzone bilden sollen, durch die nur einzelne Bapos zu den Streikenden gelassen werden, um sie zur freiwilligen Räumung ihrer Zentrale aufzufordern.

Das aber ist bloß diplomatisches Vorspiel, denn schon in der zweiten Stufe werden Polizei und Militärpolizei Partei ergreifen – auf Seiten der Bapo – und die Streikenden auf die Rechtslage hinweisen.

Diese Rechtslage ist längst geklärt. »Die Räumung erfolgt nach dem Recht der Eisenbahnbau- und Betriebsordnung«, heißt es in einem Dokument der Senatskanzlei. »Sie ist Ausübung rechtmäßiger hoheitlicher Gewalt durch die Bahnpolizei.« Die Gewalt der Bapo ist rechtmäßig! Erklärt die westliche Stadtregierung, die von Sozialdemokraten gestellt wird.

Den Sozialdemokraten war, historisch gesehen, das Streikrecht eigentlich immer heilig. Dem Streikrecht sind die Sozialdemokraten gewissermaßen selbst aus dem Schoß gekrochen. Im September 1980 aber nimmt diese Historie ein abruptes Ende, denn auch die Kommunisten auf der anderen Seite der Mauer pfeifen darauf. Nun steht das Streikrecht beiden mächtig im Wege. Also wird es juristisch wegdefiniert. Bloß: Wenn das so einfach ist, warum hat die DDR-Führung nicht schon längst durchgegriffen? Vor Tagen. Gleich nach Streikbeginn. Bevor der Zugverkehr mit der Bundesrepublik unterbrochen war.

Barbara Deavin, britische Verbindungsoffizierin und spätere Trägerin des Berliner Verdienstordens, hat schon konkreter gefasst, wie sich die West-Berliner Polizei unter alliierter Aufsicht zu verhalten hat: »Wenn Streikende Bahnpolizisten angreifen, hilft die Berliner Polizei auf Ersuchen der Bahnpolizei.« In dem Vermerk ist »auf Ersuchen« unterstrichen. Dass Bapos die Polizei des Klassenfeinds um Hilfe bitten, ist allerdings ziemlich weltfremd.

»Wenn Bahnpolizisten Streikende angreifen«, lautet der zweite Kernsatz der Deavin-Doktrin, »hilft die Berliner Polizei den Streikenden auf Ersuchen nur, wenn die Bahnpolizei unverhältnismäßig vorgeht.« Unterstrichen: »unverhältnismäßig«. Das alles heißt nichts anderes als: Die Polizei schaut zu. Es sei denn, die Bapo ruft laut um Hilfe oder sie richtet ein Blutbad an.

Die Dinge dürfen ihren Lauf nehmen. Als die Besprechung gegen 10.45 Uhr zu Ende geht, hat einzig Peter Sötje, der untadelige Sozialdemokrat, Gewissensbisse. Ganz so wie Wolfgang Papke, der an diesem Morgen beschließt, der Stasi von der Schippe zu springen.

Fahnenflucht

Dienstag, 23. September
10.11 Uhr

Er hat verdammt früh angerufen, kurz nach acht, und jetzt kommt er zu spät. Horst Runow, den sein IM als Werner kennt, hat auf einem Treffen am Morgen bestanden, denn am Nachmittag muss er sich sammeln für den Marsch nach Westen. Wolfgang Papke klang aufgeregt am Telefon: »Ich muss dich sehen. Es muss sein. Bald.« Also hat er ihn für zehn Uhr bestellt, »in die Datsche«. Das ist ihr Codewort für die Ersatzwohnung, in der sie sich treffen, falls die konspirative Wohnung in der Liebknechtstraße nicht zur Verfügung steht. Und das wird sie nie wieder. Sie ist verbrannt, als sie den West-Journalisten hineingelockt, aber nicht festgenagelt haben. Einmal noch, kurz danach, haben sie von den Räumen Gebrauch gemacht, dann wurden sie ausgeräumt und nun steht die Wohnung zur Vermietung.

Die Wohnung, die sie »Datsche« nennen, liegt in einem verkommenen Altbau in der Sredzkistraße am Prenzlauer Berg. Zwei Zimmer, Küche und Klo. Nicht mehr als ein Notquartier, aber solche müssen auch sein.

Als Runow den IM einlässt und ins Wohnzimmer führt, damit der berichten kann, sitzt er selbst auf heißen Kohlen. Hoffentlich lohnt sich der Treff überhaupt. Ausgerechnet heute. Papke zieht ein paar Blätter aus seiner Aktentasche, handbeschrieben die einen, mit Maschine getippt die anderen. Auf den handgeschriebenen Blättern hat er in langen Kolonnen West-Berliner Autokennzeichen notiert. »Die haben an der Heidestraße vor der Streikzentrale geparkt. Ich dachte ...«

Runow ist ungeduldig. Das Zeug taugt nicht viel. Solche Listen haben sie auch von anderen IM bekommen, von Jacobi und Ursel zum Beispiel. »Schön«, sagt Runow und blickt seinen Mann wieder an. »Und sonst?«

Papke hält die maschinenbeschriebenen Blätter in der Linken wie ein Skatblatt und erläutert: »Ich hab ein paar Gespräche protokolliert, die ich in der Streikzentrale geführt habe, und ein paar der Streikführer aus dem S-Bahnhof Papestraße charakterisiert. Vielleicht ist das ...«

Runow zieht mit spitzen Fingern ein Blatt aus Papkes Linker und überfliegt es. »Sehr aktiv und gefährlich, provok. aufgetreten«, oder »hat mitgewirkt an der Besetzung der Triebwagenhalle in Wannsee«, oder »hat durch Entfernen der Hauptsicherung S-Bahn-Zug Bf. Zoo zum Stehen gebracht«. Ganz hübsch, aber mehr nicht.

Die beiden starren sich schweigend an. Dann beginnt Papke zögernd: »Prien ist ziemlich fertig, weil sein engster Kumpel verschwunden ist, Matze Krall. Einfach verschwunden. Keine Spur in seiner Wohnung, kein Telefonanruf, keine Nachricht von der Polizei. Prien hat bei denen angerufen, trotz des Streiks. Krall war seine wichtigste Stütze. Ständig haben sie die Köpfe zusammengesteckt und geflüstert. Nun schwimmt Prien.«

Runow möchte Schluss machen, weg hier, sich vorbereiten auf den Abend. Und begeht deshalb einen verhängnisvollen Fehler, der ihm mindestens eine Rüge, vielleicht sogar eine Degradierung einbringen würde, falls jemand davon erführe. »Den Krall haben wir abgegriffen«, antwortet er nämlich, ein anfängerhafter Verstoß gegen die Grundregeln der Konspiration. »Wir haben ihn in die Hauptstadt gelockt und ihn hier geschnappt. Jetzt wird er ausgequetscht.«

»Wie, gegriffen?«, fragt Papke mit allen Anzeichen des Entsetzens. »Ihr habt ihn verhaftet? Warum? Bloß weil er ein Streikführer ist?«

»Was denn sonst? Meinst du, wir lassen uns so einen entgehen? Er ist ein Feind des Sozialismus, ein Verschwörer und wer weiß, welcher imperialistische Geheimdienst ihn losgeschickt hat.«

»Ich hab dir schon mal gesagt«, entgegnet Papke, »dass ich den Streik eigentlich für gerechtfertigt halte. Und nach allem, was ich von Krall gesehen oder gehört habe, bin ich überzeugt, dass er ein guter Kollege ist, vielleicht sogar ein guter Kommunist. Wann lasst ihr ihn denn wieder laufen?«

Runow dämmert, dass er einen Fehler begangen hat und das in geordnete Bahnen lenken muss. »Ich weiß nicht, vielleicht kommt er auch vor Gericht. Er hat einen Triebwagenfahrer verletzt und eine S-Bahn beschädigt. Das ist strafrechtlich Körperverletzung und Angriff auf das Verkehrswesen.«

Schweigen. Papke will jetzt nur noch weg. Er erträgt das alles nicht mehr. Die verlogenen Gespräche, die sterilen Wohnungen, den entstellten Sozialismus. In der Nacht sind alle Stellwerke und Bahnhöfe geräumt worden, nun dürfte auch die Streikzentrale folgen. Warum brauchen sie da Matze Krall? »Die Sache ist doch gelaufen«, sagt er zu Runow. »Alles ist geräumt, fehlt nur noch der Containerbahnhof. Und dann kühlt ihr euer Mütchen an Krall, ausgerechnet an dem?«

Er erhebt sich, knipst seine Aktentasche zu und wendet sich zur Tür. »Ich ruf dich wieder an ... bei Gelegenheit.« Runow spürt, dass etwas nicht stimmt, dass etwas zerbrochen sein könnte. Aber er hat anderes im Kopf als IM-Aufheiterung. Die verfluchten Zweifel hat er ja selbst. Sie zerschlagen einen Streik. Und werfen einen Streikführer in den Knast. Einen Streikführer, nach dem früher vielleicht Straßen, Plätze und Sporthallen benannt worden wären.

»Wolfgang«, Runow läuft seinem Mann hinterher, erreicht ihn an der Wohnungstür, »ich verstehe deine Bitterkeit. Mir geht es manchmal ähnlich. Aber mach jetzt bitte keinen Fehler, lass uns in Ruhe über alles reden, wenn der Streik vorüber ist. Du weißt, der Sozialismus ist eine so große Sache, dass wir alle dagegen klein sind. Wir müssen die Widersprüche der Geschichte aushalten. Am Ende werden wir für alles belohnt. Und du wirst ganz sicher für deinen Einsatz in diesem Jahr belohnt werden. Glaub mir das.«

Papke hebt nur wortlos die Hand zum Abschied. Als er in der Kollwitzstraße in sein Auto steigt, hat er sich entschieden. Das war's jetzt. Schluss. Ich steige aus. Und damit ich der Stasi nicht ausgeliefert bin, muss ich einen Schritt nach vorne tun. Als er am

Übergang Heinrich-Heine-Straße die Grenze überquert, ist er erleichtert. Hätte er nie gedacht, dass sich fünf Jahre Konspiration, fünf Jahre Spionage, fünf Jahre Kampf für den Sozialismus so leicht abwerfen lassen. Er hat den Abschied ja schon lange erwogen, gedacht, geschmeckt. Jetzt muss er nur noch zwei Dinge tun.

Aus einem Telefonhäuschen am Bahnhof Zoo ruft er Runow an. »Werner, du sollst es als Erster wissen: Ich arbeite nicht mehr für euch. Ab sofort. Fünf Jahre sind genug. Die Festnahme von Krall war einfach zu viel.«

Dann wählt er die Telefonnummer, die er schon seit einiger Zeit für den Fall der Fälle parat hält, winzig klein zusammengefaltet in seiner Aktentasche. Die Nummer für Agenten, die sich stellen und damit straffrei halten wollen. Er hat mal in der Zeitung darüber gelesen. Ein Mann meldet sich. Nennt keinen Namen. »Ich weiß, wer Sie sind«, sagt Papke, der nicht mehr Papke ist. »Ich möchte reinen Tisch machen. Wo kann ich Sie treffen?« Der Mann vom Landesamt für Verfassungsschutz nennt ein Café in Schöneberg und sie verabreden sich für 15 Uhr. Es ist keine Zeit zu verlieren.

Horst Runow ist übel. Kein Wolfgang Papke mehr, der mit seinen Skrupeln und seiner Offenheit ungemein wichtig war für seinen Seelenhaushalt, für seinen Glauben an den Sozialismus. Trotz allem. Dieser Glaube wankt auch jetzt nicht, wohl aber der Glaube an das MfS, Schild und Schwert der Partei. Er muss nachdenken. In sich hineinhören. Der Einsatz am Abend wird ein letzter Test sein für ihn. Eigentlich müsste er Papkes Abgang sofort melden. Es hängen ja Schicksale von anderen daran. Aber er entschließt sich zu schweigen. Vorerst. Das ist kein Fehler mehr, das ist Verrat.

Es ist 12.20 Uhr, als Runow wieder an seinem Schreibtisch sitzt und Matze Krall, vier Stunden zuvor aus Hohenschönhausen entlassen, seine Vergeltung organisiert.

Vorwärts

Dienstag, 23. September
10.00 Uhr

Der Generalsekretär ist zufrieden. Mit einem feinen Lächeln auf den Lippen und auf die Minute pünktlich eröffnet Erich Honecker die Sitzung des SED-Politbüros. Diesmal wieder förmlich und an gewohnter Stelle, im Gebäude des Zentralkomitees. Es ist eine entscheidende Sitzung und die wichtigsten Genossen sind anwesend: Mielke, Mittag, Axen. Es fehlt Egon Krenz.

Honecker verkündet, dass er in der ersten Hälfte des kommenden Jahres Mexiko besuchen wird. Er ist stolz. Ein Land vor der Haustür der USA, das ist ein beträchtlicher außenpolitischer Erfolg. Axen wirft ein »Hört, hört« ein. Allgemeines Nicken um den Tisch.

Dann referiert die Nummer eins den Stand der Dinge beim S-Bahn-Streik in Westberlin. Auch hier entwickelt sich die Lage im Sinne der DDR. Mielke strafft den Rücken und richtet sich auf. Doch er kommt nicht zu Wort, vorerst. Honecker selbst möchte vortragen.

»Genossen«, beginnt er, »ich bin stolz und glücklich, euch mitteilen zu können, dass wir heute den terroristischen Anschlägen ein Ende bereiten werden. Bis zum Morgen haben die zuständigen Organe alle besetzten Stellwerke und Bahnhöfe geräumt. Mit einer Ausnahme, dem Containerbahnhof in Moabit, wo das sogenannte Streikkomitee sitzt. Ihn werden wir heute Abend freimachen. Es hat bis jetzt keine Zwischenfälle gegeben, es ist kein Blut geflossen. Ein Terrorist wurde leicht verletzt. Unsere Männer sind unverletzt geblieben.«

Honecker schaut in die Runde. Alle blicken ihn gespannt an. »Genosse Mielke, ich gratuliere dir zu diesem Sieg. Dafür waren die von uns geschaffenen politischen Bedingungen von ausschlaggebender Bedeutung. Wir wollten und mussten verhindern, dass der polnische Bazillus über Westberlin auf die DDR überspringt. Das haben wir geschafft, weil auch der Westen nicht an einer weiteren Destabilisierung der Lage in Mitteleuropa interessiert war. Die BRD-Regierung hat sich nicht auf die Seite der Terroristen gestellt und Schmidt hat Stobbe an die Kette gelegt. Die Westmächte schließlich haben Wert darauf gelegt, den Status Westberlins und damit ihren politischen Einfluss nicht in Gefahr zu bringen.«

Er nimmt einen Schluck Wasser und fährt fort: »Ich komme zum Kern des Geschehens, Genossen. In vertraulichen Gesprächen, auch unter Beteiligung der Genossen Abrassimow und Axen, ist es uns gelungen, die Zustimmung der BRD-Regierung, des Senats von Westberlin und der drei Westmächte zur Zerschlagung der Provokation durch unsere Kräfte auf dem Territorium von Westberlin zu erhalten. Schon in der Nacht hat sich die Polizei des Senats bei den Räumungen herausgehalten. Die Militärpolizei der Besatzer ebenso. Das ist auch heute Abend bei der Auflösung der sogenannten Streikzentrale zu erwarten. Vergleichbares hat es in der Vergangenheit nicht gegeben. Möchtest du das ergänzen, Genosse Mielke?«

Der Chef der Staatssicherheit ist schon unruhig auf seinem Stuhl hin- und hergerutscht. Honecker hat politisch agiert, er aber hat den Einsatz im Westen praktisch organisiert. »Genossen, der Sieg ist möglich geworden, weil wir unsere besten Kämpfer in Uniformen der Bahnpolizei eingeschleust haben. Die hat auf den Bahnanlagen Hausrecht und darf sich über die Schienen bewegen. In der Vergangenheit war das umstritten. Der Westen hat nicht selten seine Polizei gegen unsere Bahnpolizei losgeschickt, zuletzt noch bei der Besetzung des Stellwerks im Bahnhof Zoo am vergangenen Samstag. Nun haben wir einen Modus gefunden, um die Bahnpolizei einzusetzen, während die westlichen Kräfte nur beobachten. Um es mal ganz klar zu sagen, Genossen: Der Westen wollte, dass wir seine Interessen durchsetzen. Auch seine Interessen, sollte ich besser sagen. Denn er selbst konnte und wollte wegen Solidarność in Polen nicht gegen einen Streik losschlagen. Unserer

Republik hat das einen beträchtlichen Zuwachs an Autorität verschafft.«

Honecker nimmt sich das Wort zurück. »Die DDR ist stark und verlässlich. Sie lässt sich nicht destabilisieren durch polnische Abenteuer. Und mancher im Westen legt Wert auf eine stabile DDR.«

Axen hebt die Rechte, Honecker nickt ihm zu. »Genosse Generalsekretär, wie charakterisierst du deine Kontakte zu Schmidt?«

»Als fruchtbar und verlässlich. Schmidt hat die DDR auf dem IG Metall-Kongress ausdrücklich gelobt, weil wir alles unternommen haben, um den Bahnverkehr aufrechtzuerhalten. Ihr habt das sicher verfolgt. Er hat Wert darauf gelegt, mit mir in persönlichen Kontakt zu treten und diskret Botschaften auszutauschen. Gaus war dabei sehr nützlich.«

»Können wir das weiterentwickeln?«, fragt Axen.

»Die internationale Lage hat in diesem Jahr schon zweimal einen Besuch Schmidts in der DDR durchkreuzt. Beim dritten Anlauf muss es klappen. Ob das aber noch in diesem Jahr sein wird, nach der Bundestagswahl, vermag ich nicht zu sagen. Ihr wisst, dass die internationale Lage kompliziert ist. Ich werde mit dem Genossen Botschafter Abrassimow über diese Frage sprechen. Er muss Weisung in Moskau einholen. Vielleicht kommt Schmidt erst im nächsten Jahr. Auf jeden Fall solltest du, Genosse Mielke, schon damit beginnen, die Sicherheitsfragen zu bearbeiten und konkrete Vorbereitungen zu treffen, damit Schmidt die Würde der DDR und den Stolz ihrer Menschen kennenlernt, ohne dass es zu Störungen kommt.«

Zustimmendes Gemurmel.

Mielke antwortet: »Wir werden ihm einen Empfang bereiten, der ihm klarmacht, dass das Volk der DDR stolz ist auf seinen Staat. Peinlichkeiten und Provokationen wie bei Brandt in Erfurt werden sich nicht wiederholen. Das verspreche ich euch, Genossen. Aber ich muss noch mal zurückkommen auf die Terroristen. Ich denke, dass wir die Arbeitsverweigerer alle fristlos entlassen werden. Sie verdienen kein Vertrauen mehr. Da müssen wir unerbittlich sein, Genossen, unerbittlich. Etwa tausend haben sich in die sogenannte Streikliste eingetragen. Die haben wir in Kopie. Und damit alle Namen. Das heißt, der Reichsbahn wird in Westberlin Personal fehlen, wenn sie den Betrieb wieder anlaufen lässt. Genosse Mittag, wie kann das ökonomisch gelöst werden?«

Mittag zögert einen Moment, dann erwidert er: »Genossen, wir müssen die Lücken mit Reichsbahnpersonal aus der Hauptstadt und aus anderen Bezirken der DDR füllen. Das wird nicht einfach sein. Aber wir sollten die Gelegenheit auch nutzen, um unwirtschaftliche Strecken der S-Bahn gar nicht erst wieder zu eröffnen. Ihr wisst, Genossen, dass ich ein Bahner war. Mein Herz hängt noch immer dran. Aber das Herz darf das Hirn nicht überwältigen. Nun können wir unser Defizit in Westberlin, ich schätze hundertvierzig bis hundertfünfzig Millionen Westmark im Jahr, beträchtlich reduzieren. Die Besatzer wiederum werden uns das Betriebsrecht nicht entziehen können, wenn wir ausdünnen. Denn sie haben uns ja gerade erst unterstützt. Die Lage ist günstig, Genossen, günstig, um die Bahn in Westberlin zu sanieren. Wenn wir Strecken und Bahnhöfe schließen, wird der Senat über kurz oder lang ein Übernahmeangebot für die S-Bahn machen. Und dann …«

Harry Tisch, der Gewerkschaftsvorsitzende, wirft vorsichtig ein: »Dem kann ich nichts abgewinnen, Genosse Mittag. Wir sollten die Werktätigen der Reichsbahn in Westberlin nicht so ohne Weiteres dem Senat ausliefern.«

»Die Treuen nicht«, interveniert Mielke, »nicht die Treuen. Viele sind ja verlässliche Genossen der SEW. Diese Treuesten der Treuen, die teils seit Jahrzehnten zu uns stehen und viel ausgehalten haben, dürfen wir jetzt nicht alleine lassen. Die anderen, die terroristischen Verräter, sind mir egal. Aber unsere Leute nicht.«

Mittag nimmt seinen Vortrag wieder auf. »Wenn der Senat ein Übernahmeangebot macht, Genossen, sollten wir es vorurteilsfrei beraten. Wir sind dem Volk der Deutschen Demokratischen Republik verpflichtet. Und das bedeutet, dass wir nicht leichtfertig beträchtliche Devisenbestände für eine marode Bahn auf feindlichem Territorium verschwenden. Den Genossen der SEW könnten wir übrigens einen Neubeginn bei der Reichsbahn in der DDR anbieten. Die sucht erfahrene Leute.«

Mielke grinst in die Runde. Die anderen schauen ihn erwartungsvoll an. Sie kennen das schon. Wenn er diese Miene macht, hat er einen Triumph zu verkünden. »Um euch zu erheitern, Genossen, möchte ich euch noch etwas offenbaren. Wir haben die Nummer zwei der Terroristen in die Hauptstadt gelockt und hier einkassiert. Gestern Abend hat er sich in Hohenschönhausen entschlossen, künftig für uns zu arbeiten. Nun darf er zurück nach Westberlin und sich dort nützlich machen. Eine schöne Sache, Genossen, schöne Sache.«

Die anderen sind eher konsterniert. Niemand lacht. Jeder weiß, was es bedeutet, in Hohenschönhausen einen Menschen umzudrehen. Nicht nur Axen hat bei den Nazis erlebt, was Inhaftierung und Verhöre bedeuten. Er räuspert sich und blickt über die Köpfe hinweg.

»Genossin Glende«, wendet sich Honecker an die Protokollführerin, »alle Ausführungen werden nicht im Detail festgehalten. Eine allgemeine Formel reicht aus.« Gisela Glende leitet das Büro des Gremiums und ist Trägerin vieler Auszeichnungen. Im Protokoll der Sitzung wird vermerkt: »Information über die Lage der Deutschen Reichsbahn in Westberlin. Berichterstatter: E. Honecker. Die Information und die getroffenen Maßnahmen werden zustimmend zur Kenntnis genommen. Es ist in der bisherigen Weise zu verfahren.«

Als das Politbüro um zwölf Uhr auseinandergeht, tritt in Bonn eine Staatssekretärsrunde zusammen, um das Ende des Streiks in noch größerer Kälte zu erörtern.

Radikale

Dienstag, 23. September
12.00 Uhr

Bonner Besprechungen schwimmen gelegentlich in Zynismus. Die Beteiligten halten für Sachlichkeit, was für blanken Zynismus hielte, wer von außen hinzuträte. Eine dieser denkwürdigen Sitzungen eröffnet an diesem Mittag im Kanzleramt Manfred Schüler, Majordomus Helmut Schmidts. Man trifft sich auf der Ebene von Staatssekretären oder deren Abgesandten aus verschiedenen Ressorts. Der Kanzler hat sie mit der Beobachtung und Steuerung des lästigen Bahnstreiks in West-Berlin beauftragt. Der hat sich zu einem beträchtlichen Problem ausgewachsen, seit die Blockade aller Bahnbewegungen das Viermächteabkommen tangiert hat. Aber nun ist Rettung in Sicht. Rettung aus der DDR.

Schüler lässt Gerhard Heimann eröffnen, den Berliner Bundessenator. Der berichtet von der Räumung aller Bahnhöfe und Stellwerke durch Männer in Bahnpolizei-Uniformen während der vergangenen Nacht. »Die Streikenden haben nur noch den Containerbahnhof besetzt. Dessen Räumung wird am Abend erwartet – voraussichtlich ohne großen Widerstand. Mit der Polizei sind alle Einsatzfälle sorgfältig abgestimmt.«

»Was heißt das konkret?«, fragt Schüler.

»Die Bahnpolizei der DDR«, antwortet Heimann, »darf sich auf den Bahnanlagen und über die Schienen ungehindert bewegen. Sie hat Ordnungsrecht. Räumt sie besetzte Gebäude, greift die West-Berliner Polizei nur dann ein, wenn übermäßige Gewalt angewendet wird. Das war in der Nacht nicht der Fall.« Am Abend, so referiert Heimann weiter, werden die Bahnpolizisten vermutlich aus Ost-Berlin in den Westen kommen. Woher auch sonst?

Günter Gaus prognostiziert, dass der Streik zusammenbrechen wird. Für die Wiederaufnahme des Verkehrs gebe es zwei

Verzögerungsmomente: »Unangemessene Erklärungen unserer Seite könnten auf die DDR-Führung Bremswirkung haben.« Und die DDR werde größere Schwierigkeiten haben, das nötige Personal für die volle Wiederaufnahme des Verkehrs zusammenzubringen.

Unangemessene Erklärungen, denkt Schüler. Helmut Schmidt hat schon recht. Das ist der Ständige Vertreter der DDR in Bonn, nicht umgekehrt, wie es an seinem Dienstgebäude in Ost-Berlin steht.

Als die Runde schweigt, setzt Gaus zu einer politischen Analyse an. »Ich warne vor der Auffassung, dass sich die DDR wegen des Streiks kurzatmig fühlen könnte. Die DDR-Führung ist eher gelassen. Denn ein Übergreifen der Streikbewegung von der Reichsbahn auf die DDR ist sehr unwahrscheinlich. Die Eisenbahner in der DDR betrachten die Streikenden ohnehin als Privilegierte und die Bevölkerung der DDR hält sie für Kommunisten.«

Schülers Blick verfinstert sich. Gaus fährt fort: »Die Ereignisse in Polen hatten in der DDR keine Resonanz. Dies ist darauf zurückzuführen, dass man die Polen nicht mag. Daher sollten wir auch nach dem Zusammenbrechen des Streiks Zurückhaltung üben.«

Günther van Well, Staatssekretär im Auswärtigen Amt Hans-Dietrich Genschers, berichtet von den Kontakten zu den Alliierten. »Die verhalten sich abwartend. Sie hoffen, dass die Angelegenheit auf deutscher Seite erledigt wird. Die Sowjetunion, das ist bemerkenswert, hat sich im Viererrahmen kooperativ gezeigt und will offenbar keine Eskalation.«

Heimann knüpft an: »Um das noch mal zu betonen, meine Herren, solange die DDR nicht bereit ist, die Bahnbetriebsrechte in West-Berlin zurückzugeben, sind der Senat und die Westmächte nicht an einer Veränderung der Lage interessiert.«

Die Streikzentrale ist noch nicht geräumt, da beginnt in Bonn schon die Debatte über die sozialen Folgen für die Gefeuerten. »Der Senat hat entschieden«, berichtet Heimann, »dass über die Versorgung der entlassenen Reichsbahner im Einzelnen befunden wird. Grundsätzlich erhalten die Entlassenen Arbeitslosengeld. Im Einzelfall hängt das aber davon ab, wie sie sich verhalten haben, insbesondere inwieweit sie die Entlassung selbst verursacht haben.« Stellwerksbesetzer und S-Bahn-Bremser sollen also, ganz im Sinne der DDR, abschlägig beschieden und mit Sozialhilfe abgespeist werden. Die, immerhin, kann ihnen niemand verwehren.

Gaus unterstützt das mit einer Aussage, die Schüler das Blut in den Adern gefrieren lässt. »Die DDR würde sicher nicht überreagieren, wenn die sozialen Maßnahmen karitativen Charakter behielten.« Gottlob, denkt Heimann, hat diesen Satz draußen niemand gehört.

Die Runde streift auch kurz die SEW-Mitgliedschaft vieler Streikender. Aktive Parteimitglieder verdienten keine Unterstützung. Und wenn nach neuen Arbeitsplätzen für die Entlassenen gesucht werde, sei der Radikalenerlass nicht zu vergessen. Keine Arbeit für Kommunisten im Staatsdienst, in U-Bahnen und Bussen etwa.

Schüler kündigt an, dass der Streik am nächsten Tag im Kabinett erörtert wird. »Was sollte Inhalt der anschließenden Erklärung sein, wenn der Streik zu Ende ist?«

Gaus ergreift noch einmal das Wort. »Wir sollten uns darauf beschränken, dass die Bundesregierung dazu beigetragen hat, den Transitverkehr wieder in Gang zu setzen.«

Van Well widerspricht: »Aber Herr Kollege, es darf doch nicht der Eindruck entstehen, dass wir erfolgreich zum Abbruch des Streiks beigetragen haben!«

Das hat Bonn zwar, aber wissen soll es niemand. Armin Grünewald, der stellvertretende Regierungssprecher, ringt sich immerhin zu einem Anflug von Ehrlichkeit durch. »Ich rate aber auch davon ab, nachträglich Sympathie für die Streikenden zu äußern, nachdem wir es vorher nicht getan haben. Das würde billig wirken.«

Als sich die Runde um 13.35 Uhr auflöst, grübelt Valentin Freytag über eine politische Auffanglösung für die verratenen Reichsbahner.

Rache

Dienstag, 23. September
12.13 Uhr

Matze Krall fährt an der Streikzentrale vorüber, langsam, im zweiten Gang. Er will nur noch mal schauen. Innerlich Abschied nehmen. Bevor er das Weite sucht. Denn seinem neuen Auftrag als IM kann er nur entkommen, wenn er Berlin verlässt. Sofort. Doch der Blick auf die zu Türmen gefügten Container, die Spruchbänder an den Fenstern und die müden Kollegen vor dem Zugang zerreißt ihn innerlich. Tränen steigen ihm in die Augen.

Er ist schon dreihundert, vierhundert Meter weiter, da bremst er auf der Heidestraße und wendet sein Auto. Nein, so geht das nicht. So wirft man sein Leben, seinen Kampf, seine Träume nicht weg. Er muss einfach noch mal zurück und hineingehen, Lars Prien in die Arme schließen und mit ihm reden. Bloß, was soll er ihm sagen zu seinem Verschwinden? Dass er eine tolle Frau kennengelernt und bei ihr die Zeit vergessen hat? Oder die Wahrheit: Festnahme, Haft, Verhöre, Verpflichtungserklärung? Wenn du schon zurückkehrst, beschließt Krall, dann musst du auch alles auf den Tisch legen. Prien ein letztes Mal sehen und zum Abschied belügen, das ist undenkbar. Der Freund, der Genosse wird ihn vielleicht verstehen. Und wenn nicht, wenn sie in Streit geraten, dann wird ihm die Trennung leichter fallen.

Krall parkt gegenüber dem Containerbahnhof und bahnt sich einen Weg durch die Wartenden, in kleinen Gruppen Diskutierenden zum Eingang, durchs Treppenhaus, hinein in die Zentrale. Er bleibt einen Moment stehen und lässt die Augen über die Anwesenden wandern. Ein paar haben ihn erkannt und starren ihn an. Jeder hier drinnen weiß, dass er verschwunden war. Prien, im Hintergrund, vor der Pinnwand mit den Nachrichten von den Räumungen der Nacht, ist im Gespräch mit vier anderen, wird angestoßen, blickt zum Eingang, erkennt und mustert

Krall. Sieht verdammt schlecht aus, unser Matze, denkt er. Bleich, müde, stumpfer Blick. Langsam bahnt sich Prien einen Weg zu ihm, bleibt einen Augenblick vor Krall stehen und umarmt ihn dann. Tritt zurück, fasst ihn an den Oberarmen und schaut ihm prüfend in die Augen. »Wir müssen reden, aber nicht hier«, sagt er und zieht Krall hinaus vors Gebäude und um eine Ecke, wo sie alleine sind.

»Ich bin wirklich erleichtert, dich zu sehen. Ich war bei dir zu Hause und hab mir wahnsinnige Sorgen gemacht. Die Staatssicherheit war dabei hinter mir her. Erzähl!«

»Lars, du hast Anspruch auf die Wahrheit ... Ich hab mich in der Poliklinik in eine blonde Ärztin verguckt, bin zu ihr nach Ost-Berlin gefahren und als ich ihre Wohnung betreten habe, die vermutlich gar nicht ihre war, sondern eine Falle der Staatssicherheit, bin ich festgenommen und ins Stasi-Gefängnis nach Hohenschönhausen gebracht worden. Zelle im Keller. Beleuchtung rund um die Uhr. Kein Schlaf. Nichts zu essen. Verhöre. Und am Ende die Wahl zwischen acht Jahren Knast oder der Unterschrift unter eine Verpflichtungserklärung. Klaus Lury heiße ich jetzt. Der Vernehmer hat mich bedroht. Soll bloß nicht glauben, dass ich abhauen kann. Aber das werde ich trotzdem tun, nach Westdeutschland verschwinden und mich verstecken. Morgen. Aber ich musste dich einfach noch mal sehen.«

Prien schweigt lange, blickt zu Boden, dann an Krall vorbei in die Ferne. Räuspert sich. Schweigt weiter. Und beginnt dann, die Augen in die Kralls gebohrt: »Matze, ich mach dir jetzt nicht auch noch Vorwürfe. Dass man sich bei einem solchen Streik nicht von seinem Schwanz steuern lassen sollte, weißt du selbst. Ich finde es gut, dass du gekommen bist. Und dass du die Wahrheit sagst. Das rechne ich dir hoch an. Du bist hier in der Streikzentrale weiter willkommen. Ich werde mit niemandem über deine Erlebnisse reden. Wenn du gefragt wirst, wo du warst, sagst du, die verletzte Hand habe sich entzündet, du hättest zur Beobachtung in der Klinik bleiben müssen.«

Krall sieht ihn ungläubig an. Seine Miene hellt sich auf.

»Matze«, sagt Prien, »lass uns reingehen und die Sache gemeinsam zu Ende bringen. Unsere Sache. Du hast einen ganz großen Anteil daran. Es wird nicht mehr lange dauern und sie werden kommen.«

»Okay. Ich bin dabei. Aber ich muss mir erst noch die Hand desinfizieren und den Verband wechseln lassen. Schau dir den schmuddeligen Fetzen an. Dann komm ich wieder, versprochen.«

Krall stößt dem Freund sanft die Faust an die Brust, dann läuft er zu seinem Auto zurück und fährt in den Wedding. Bevor er in die Poliklinik geht, muss er noch etwas besorgen. Er erinnert sich an ein türkisches Geschäft für Autozubehör. Der Einkauf ist schnell erledigt, dann fährt er zur Klinik ans Schöneberger Ufer. Und setzt sich ins Wartezimmer von Frau Dr. Vera Nestler. Das ist leer. Der Streik lässt keine Gedanken an Krankheiten oder Wehwehchen zu.

Die Unfallchirurgin öffnet die Tür ihres Behandlungsraums. Sie stutzt, wird blass, denkt angestrengt nach, was das zu bedeuten hat. Eigentlich muss man nur eins und eins zusammenzählen. Wenn Krall in Westberlin ist, muss ihn die Staatssicherheit freigelassen haben. Und wenn ihn die Staatssicherheit freigelassen hat, zappelt er an ihrer Leine. Hat sich vermutlich verpflichtet. Ist jedenfalls unschädlich gemacht. Vielleicht folgen sie beide jetzt den gleichen Befehlen. Warum also soll sie ihn nicht behandeln?

»Komm rein, lass deine Hand anschauen.« Er folgt ihr, hält ihr die Hand mit dem schmutzigen Verband entgegen und schweigt. »Das ist ja mal wieder nötig«, sagt sie. Und verfällt dann auch in Schweigen. Wickelt den Verband ab. Desinfiziert die Wunden an seiner Rechten und wickelt einen frischen Verband darum. »Geht's dir gut sonst?«

Als sie sich umwendet, um die Salbe mit dem Antibiotikum auf ein Tischchen zurückzulegen, greift er mit der gesunden Hand in die linke Manteltasche und zieht die Plastikflasche hervor, deren Verschluss er schon im Wartezimmer gelöst hat. Mit dem Daumen dreht er den Verschluss vollständig ab, tritt blitzschnell neben die Ärztin und gießt die Batteriesäure über ihre rechte Hand. Vera Nestler schnappt nach Luft und stößt einen spitzen Schrei aus. Die aggressive Säure verätzt ihre Rechte. Sie krümmt sich, fällt auf die Knie. Der heiße Schmerz lässt sie ohnmächtig zur Seite sinken.

Krall wendet sich um, stürmt durch die Tür, durchquert das noch immer leere Wartezimmer und flieht über den breiten Gang, die Treppe hinab aus der Klinik. Ein Pfleger hat den Schrei gehört, läuft ihm nach und ruft: »Hallo, kann ich helfen? Was ist passiert?« Da ist Krall schon um die Ecke verschwunden, springt in sein Auto und rast davon.

Eine halbe Stunde später ist er wieder in der Streikzentrale. Zeigt Prien seinen frischen Verband und sagt: »So, alles erledigt. Jetzt können sie kommen.«

Es ist 14.20 Uhr, als Dr. Vera Nestler in die Notaufnahme der Ost-Berliner Charité eingeliefert wird und Valentin Freytag mit dem Vorsitzenden der Eisenbahnergewerkschaft telefoniert.

Retter

Dienstag, 23. September
14.15 Uhr

Die Idee ist Valentin Freytag im Schlaf gekommen, im Traum. So was hat er schon öfter erlebt. Dass er sich nachts hin und her wälzt, unruhig schläft und ein Problem durchträumt, bis er eine Lösung gefunden hat. Komische Sache. Aber immer wieder hilfreich. Am Morgen hat ihn die Idee früh unter die Dusche getrieben und anschließend sofort ins Büro. Er muss alles dafür geben, wirklich alles. Denn er hat ein schlechtes Gewissen, weil er Prien in den Ruf nach Übernahme der S-Bahn durch den Senat hineingequatscht hat. Letztlich war das die Sackgasse, aus der es nun kein Entkommen mehr gibt.

Wenn der Streik so gut wie zerschlagen ist, dann dürfen die Geschlagenen nicht perspektivlos zurückbleiben. Als politische Desperados. An- und ausgespuckt von allen. Von Ost und West. Von Links und Rechts. Ohne Arbeit und ohne Vertrauen in die Politik. Irgendjemand muss sie auffangen, eine Organisation, die ihnen eine neue Heimat bietet, einen Raum, in dem sie sich weiterhin sehen und sprechen können.

Das kann keine Partei, das kann nur eine Gewerkschaft. Eine freie Gewerkschaft, nicht der FDGB des Ostens. Also die westdeutsche Gewerkschaft der Eisenbahner Deutschlands. Das Problem aber ist: Die GdED sitzt in Frankfurt am Main und ist in West-Berlin nicht präsent, wo kein Rad für die Bundesbahn rollt, sondern alle Räder für die Reichsbahn der DDR.

Aber gerade das könnte der Reiz sein für die GdED, denkt Freytag. Sie zieht die Verlorenen aus dem Sumpf und sich gleich mit. Schafft sich mit den Reichsbahnern eine Mitgliedschaft in Berlin. Freytag braut sich einen Kaffee im Reuters-Büro, sucht im »Oeckl«, dem Taschenbuch des öffentlichen Lebens, die Frankfurter Telefonnummer und den Namen des GdED-Vorsitzenden.

Ernst Haar. Freytag erinnert sich, dass er den kleinen quirligen Mann mit dem schwäbischen Akzent schon mal in Bonn getroffen hat, im Bundestag. Er ist Abgeordneter der SPD und nicht der einzige Gewerkschaftsvorsitzende in deren Fraktion. Ein Aufrechter. Und auch der Pressesprecher der Gewerkschaft ist gottlob nicht auf den Kopf gefallen. Freytag schildert ihm die Lage, seinen engen Draht zum Streikführer und die Idee, den Streikenden wie der Gewerkschaft in West-Berlin eine Anlaufstelle zu schaffen. Der Mann begreift, lässt sich anstecken, verspricht einen Rückruf.

Zwölf Minuten später nimmt Freytag den Hörer ab. »Haar.« Der Gewerkschafter braucht nicht mehr gestoßen zu werden, ein kleiner Schubs genügt. »Heute im Laufe des Tages«, erklärt ihm Freytag, »dürfte die Streikzentrale von DDR-Einsatzkräften geräumt werden. Wir brauchen also etwas, das wir den Leuten morgen anbieten können, um sie nicht ins Bodenlose stürzen zu lassen.«

Der Gewerkschafter verspricht: »Ich komme. Gebe morgen in Berlin eine Pressekonferenz und biete den Streikenden die Aufnahme in die GdED an. Ich muss nur noch ein paar Gespräche führen, aber ich denke, das läuft. Danke für Ihren Anruf! Ort und Zeit meiner PK erfahren Sie später per Fernschreiben.«

Freytag sinkt erleichtert hinter dem Schreibtisch zusammen. Der Mann hat ihm Verantwortung, man könnte auch sagen: Schuld, von den Schultern genommen. Haar indes spürt, dass er dabei ist, sich jede Menge Verantwortung auf die Schultern zu laden, und ruft im Kanzleramt an. Politische Absicherung kann nicht schaden.

Er muss nicht lange auf den Rückruf des Kanzleramtschefs warten. »Ernst«, sagt Schüler, als Haar ihm den Fall geschildert hat, »Ernst, das ist im Prinzip eine gute Idee. Aber du darfst die Fußangeln nicht übersehen.«

»Die wären?«

»Der GdED werden sich nur arbeitslose Reichsbahner anschließen. Das heißt: Sie haben keinen Arbeitgeber, mit dem du verhandeln könntest. Und falls doch aktive Bahner dabei sein sollten, dann wird die DDR Verhandlungen mit euch ablehnen. Die akzeptieren nur ihren eigenen FDGB, der ihnen aus der Hand frisst. Das heißt: Du kannst deinen neuen Mitgliedern nichts anbieten außer Räumen, in denen sie sich treffen können, und die lausige Aussicht auf Tarifverhandlungen am Tag der Deutschen Einheit. Irgendwann zwischen 2075 und 2090.«

»Manfred, mein Lieber, das weiß ich auch. Blöd bin ich ja nicht. Hier geht's darum, Leute aufzufangen, die sich von allen verraten fühlen, auch von euch. Hilft das nicht wenigstens ein bisschen? Und ist es nicht auch ein Trost fürs Publikum, das dieses Drama verfolgt? Ich habe noch nicht vergessen, was mein Auftrag als Sozialdemokrat ist.«

»Ich auch nicht, Ernst, ich auch nicht. Du hast schon recht. Das Publikum wird vor Erleichterung seufzen. Aber ich muss dich, Verzeihung, einfach noch auf ein anderes Problem aufmerksam machen. Die Streikenden sind zu großen Teilen Mitglieder der SEW. Das ist der räudige Hofhund der SED in West-Berlin. Kommunisten. Möchtest du die in deiner Gewerkschaft haben? Ich rate dir, die Aufnahmeanträge sehr sorgfältig zu prüfen. Ich stelle dir gerne einen Draht zum Berliner Verfassungsschutz her. Der hat die SEW mit eigenen Leuten durchsetzt und weiß eine Menge.«

Haar ist einen Augenblick sprachlos. Eine Gewerkschaft soll mit dem Verfassungsschutz kooperieren? »Ach, Manfred«, antwortet er schließlich, »es sind schon viele Kommunisten zu guten Sozialdemokraten geworden. Nicht nur unser Herbert Wehner. Wir werden mit den Bewerbern ausführliche Gespräche führen und deine Vermittlung nur in absoluten Ausnahmefällen in Anspruch nehmen, wenn wir den Eindruck haben, dass wir frech belogen werden und auf einer Tretmine stehen. Grüß bitte Helmut von mir.«

Es ist kurz nach 17 Uhr, als Haar den Telefonhörer auflegt und sich Franz Wollseifer im Waffendepot der Staatssicherheit eine Pistole aushändigen lässt.

Ausgeliefert

Dienstag, 23. September
15.07 Uhr

Als Wolfgang Papke das Café betritt, erkennt er die beiden auf Anhieb. Zwei Herren im mittleren Alter, unauffällig wie ihre Krawatten aus dem Kaufhaus, gibt es nachmittags um diese Zeit kein zweites Mal in einem solchen Tempel des Spießertums. Nur dicke Frauen mit zerstörten Frisuren. Er tritt an den Tisch, auf dem schon drei Tassen Kaffee stehen. Die beiden Herren erheben sich und reichen ihm die Hand.

»Herr Papke?«

»Der bin ich. Oder besser gesagt: Der bin ich eigentlich nicht mehr, deshalb bin ich ja hier. Und Sie?«

»Mein Name ist Heinrich Schmidt«, sagte der Korpulentere. »Und dies ist mein Kollege Frank Müller.« Der schielt ein wenig, links nach außen, und steht im Rang offenbar unter dem anderen. »Nehmen Sie bitte Platz und erzählen Sie.«

»Ich heiße Reinhard Schramke und arbeite als Tischler bei der Reichsbahn in West-Berlin. Wolfgang Papke ist oder war mein Deckname im Ministerium für Staatssicherheit. Das hat 1975 begonnen und ist jetzt vorbei. Ich habe mich schon von meinem Führungsoffizier verabschiedet, telefonisch.«

»Wir nannte der sich?«

»Werner Wilke. Er hat mich als IM geführt. Seit 1975. Ich bin Kommunist, müssen Sie wissen, und habe aus Sympathie für die DDR Augen und Ohren aufgehalten bei der S-Bahn. Es ging nicht um Geld.«

»Ist Ihnen eigentlich mal durch den Kopf gegangen«, unterbricht der Schielende, »was Ihre Einstufung als Inoffizieller Mitarbeiter bedeutet?« Er macht eine theatralische Pause, Schramke weiß keine Antwort. »Sie sind West-Berliner und damit Bürger der Bundesrepublik Deutschland. Sie wurden aber nicht als Auslandsagent geführt, sondern als Inoffizieller Mitarbeiter, als lebten Sie in der DDR. Das heißt, die Staatssicherheit hat die Reichsbahn in West-Berlin als Teil Ihres Machtbereichs begriffen. Als Inland sozusagen. DDR in West-Berlin.«

Schramke schaut verdutzt, sagt dann: »Ich habe in diesen Jahren über die S-Bahn berichtet. Über den Kommunistischen Bund vor allem, seine Flugblätter und Aktionen. Die innerbetriebliche Opposition, wenn Sie so wollen. Zweimal wollte ich schon abspringen, aber Wilke hat mich immer wieder umgesungen. Die Weltlage ist kompliziert, der Sozialismus entwickelt sich nicht ohne Widersprüche ... und so weiter. Einmal hat mich die Staatssicherheit aber auch im Job gehalten. Die Reichsbahn wollte mich feuern, 1976, weil ich unberechtigt ein Gerät zur Vervielfältigung benutzt hatte.«

»Und jetzt«, fragte der Korpulente, »warum haben Sie jetzt Schluss gemacht?«

»Ich sympathisiere mit den Streikenden. Wie mit Solidarność in Polen. Deren Forderungen sind berechtigt. Das habe ich Wilke auch gesagt. Habe mich aber noch ins Streikkomitee wählen lassen und von dort berichtet. Das hat mir zunehmend ein schlechtes Gewissen gemacht. Und als mir Wilke dann erzählte, heute Morgen, um genau zu sein, dass die Staatssicherheit die Nummer zwei des Streikkomitees, Matze Krall, in Ost-Berlin in eine Falle gelockt und inhaftiert hat, da war's aus. Das hat das Fass zum Überlaufen gebracht.«

»Der sogenannte Wilke hat Ihnen erzählt, dass sie Krall inhaftiert haben?«, fragt der Korpulente ungläubig. »Das ist ein schwerer handwerklicher Fehler. Nehme an, das wird er noch bereuen.«

»Er war etwas durcheinander heute Morgen. Besser gesagt: abwesend. Als dächte er die ganze Zeit an etwas anderes. Krall jedenfalls ist ein anständiger Kollege. An dessen Unglück möchte ich nicht Schuld haben. Deshalb sitze ich hier. Bin bereit, alles auszusagen, was Sie hören möchten. Und hoffe auf Straffreiheit.«

»So einfach ist das nicht, Herr Schramke«, erwidert der Schieler und zupft an seiner Krawatte. »Es geht immerhin um geheimdienstliche Agententätigkeit, die kann fünf Jahre bringen.«

»Mit Auspacken allein ist es nicht getan, auch wenn das schon ein großer Schritt zur Strafmilderung ist«, assistiert der dicke Schmidt. »Straflosigkeit jedenfalls kann ich mir nicht vorstellen. Wenn Sie sich aber bemühen, den Schaden auszugleichen, den Sie angerichtet haben, wenn Sie zur Zusammenarbeit mit unserem Amt bereit sind, dann sieht es vielleicht anders aus.«

»Was … was …«, stottert Schramke.

»Was wir von Ihnen möchten?« Schmidt nimmt den Faden wieder auf. »Es ist eigentlich gar nichts Neues für Sie. Sie gehen zurück ins Streikkomitee, arbeiten dort weiter mit und berichten uns insbesondere über Kollegen, hinter denen Sie IMs vermuten. Sie haben ja ein Gespür für solche Tarnungen.«

»Und«, Müller hebt die Stimme, »und … wenn Sie sonst etwas hören oder sehen, was wichtig ist für uns, dann melden Sie sich. Etwa Vorbereitungen für einen neuen Streik.«

»Werden die mich nicht irgendwann festnehmen, wenn ich weiter bei der S-Bahn arbeite?«

»Sie arbeiten dort nicht weiter. Das wäre in der Tat zu gefährlich. Wir bringen Sie bei der West-Berliner BVG unter, bei der U-Bahn. Da verdienen Sie auch besser. Die Mitglieder des Streikkomitees sind ohnehin alle von der Reichsbahn gefeuert.«

»Ach ja«, fällt Schmidt ein, »nach Ost-Berlin oder in die DDR können Sie natürlich auch nicht mehr fahren. Das wäre definitiv zu riskant. Und wenn Sie nach Westdeutschland möchten, müssen Sie das Flugzeug nehmen. Wir greifen Ihnen dann finanziell ein wenig unter die Arme.«

Schramke ist auf seinem Stuhl zusammengesunken. Er wollte sich frei machen, aber es findet einfach kein Ende. Nun klebt er auf dem nächsten Fliegenfänger. Immerhin: U-Bahn, das ist nicht schlecht. Und besser, für die zu arbeiten, als im Knast zu sitzen, für drei oder vier Jahre. Und danach keinen Job mehr zu haben. Er hat keine Wahl.

»Wie soll denn mein Tarnname lauten?«

»So was haben wir nicht, lieber Herr Schramke. Der Genosse Wolfgang Papke ist soeben verschieden. Begraben ist er in den Akten des Ministeriums für Staatssicherheit.«

Müller wartet einen Moment, streckt dann die Rechte über den Tisch und fährt fort. »Darauf geben Sie mir bitte die Hand. Alles Weitere werden wir erledigen, wenn Sie zu uns ins Amt kommen. Morgen Vormittag um elf Uhr. Arbeit haben Sie sowieso nicht mehr. Ach ja, wie heißt denn dieser Matze wirklich? Und wo wohnt er?«

»Mathias Krall. Wohnt im Wedding, soweit ich weiß. Die genaue Adresse kann ich Ihnen besorgen. Hab ich schon mal für die Staatssicherheit aufgetrieben.«

Um 16.12 Uhr verlässt Schramke das Café, in dem er seinem Leben eine neue Richtung gegeben hat. Wie auch Kralls Existenz.

Einmarsch

Dienstag, 23. September
20.27 Uhr

Die Dreiergruppe mit Horst Runow in der Mitte ist abgezogen, Hans Kotowski blickt ihr noch einen Augenblick hinterher. Dann wendet er sich um, setzt sich wieder an die Spitze des Zugs und signalisiert mit erhobener Rechter, dass der Marsch über die Kronprinzenbrücke fortgesetzt wird. Er wird nun zum Einmarsch nach West-Berlin.

Die Männer haben den Halt genutzt, um sich umzuschauen. Sie schweben zwischen den Welten. Eine euphorisierende Erfahrung. Rechts erkennen sie den Grenzübergang Invalidenstraße, links den massigen Reichstag. Vor ihnen leuchtet schwach der Bahnhof Lehrter Straße, er liegt schon im Westen. Die Mauer haben sie hinter sich. Sie verläuft unter der Bahnbrücke am östlichen Ufer des Humboldthafens, der bis zum westlichen Ufer noch zur DDR gehört.

Im August 1961, kurz nach dem Mauerbau, war hier der vierundzwanzig Jahre alte Günter Litfin bei dem Versuch erschossen worden, den Humboldthafen zu durchschwimmen. Zwei gezielte Schüsse wurden auf ihn abgegeben, einer traf ihn am Kopf. Litfin war das erste Opfer an der Mauer. Aber das weiß kaum einer der Männer in Uniform.

Als das Hafenbecken hinter ihnen liegt, erkennen sie unter sich, auf der Straße vor dem Lehrter Bahnhof, zwei Geländewagen der britischen Militärpolizei. Die Land Rover begleiten sie nun, rechts und links, im Schritttempo neben den Schienen. Die Briten sollen überwachen, dass die Truppe bei ihrer Invasion aus dem Osten wirklich West-Berliner Bahnpolizei-Uniformen trägt und die Schienen nicht verlässt. Verkleidete Staatssicherheit in sanfter Obhut alliierter Kollegen, das hat selbst das bizarre geteilte Berlin noch nicht erlebt.

Am Morgen hat das DDR-Innenministerium dem Parteichef und dem Stasi-Minister Bericht erstattet über die Räumungen der Nacht und die bevorstehende Aktion am Abend. Erich Honecker und Erich Mielke erfahren in dem eigens für sie verfassten Papier, dass für die Eroberung des Containerbahnhofs »gesonderte Varianten bzw. Maßnahmen vorbereitet« werden. »Ab 23.09.1980, 10.00 Uhr«, heißt es, »stehen zusätzlich ca. 50 Kräfte zur Verstärkung für den Einsatz als Bahnpolizisten zur Verfügung. Der Einsatz weiterer Kräfte in der Bahnpolizei wird vorbereitet.«

Kotowskis Herz schlägt schneller, als er auf dem S-Bahn-Gleis in den Bahnhof Lehrter Straße marschiert. Der Bahnsteig ist menschenleer, doch die Schwingtür zur Treppe pendelt noch leicht. Da muss gerade jemand davongelaufen sein. Der Major wendet sich um und als die Truppe vollzählig im Bahnhof angekommen ist, klettert er voran auf den Bahnsteig. Keiner sagt ein Wort. Die Männer formieren sich neu, dann führt Kotowski sie die Treppe hinunter auf das Gleis der Güterzüge, das den Bahnhof und die anliegende Invalidenstraße unterquert und im rechten Winkel Richtung Containerbahnhof führt, zur Streikzentrale. Ein paar hundert Meter, auf denen die Blauen wieder von den Militärstreifen der Briten eskortiert werden.

Gegen 21.20 Uhr erreicht die Truppe den besetzen Bahnhof. Der liegt im gleißenden Flutlicht hoher Masten, die normalerweise das nächtliche Entladen von Containern beleuchten. West-Berliner Polizei hat sich eingefunden, reichlich, ein Kommandofahrzeug trägt eine Kamera auf dem Dach, um die Ereignisse festzuhalten. Britisches Militär mischt sich unter Polizisten und Besetzer. Alle wissen, was kommt, alle warten. Auch ein Pulk von Journalisten und Kamerateams. Durchsetzt ist die Menge von Stasi-Leuten, getarnt als angeblich Streikende.

Kotowski befiehlt seinen Leuten in einiger Entfernung Halt und prägt sich noch einmal die Skizze des Bahnhofsgebäudes ein, die Wolfgang Papke ihnen geliefert hat. »Quelle IM – zuverlässig« hat Horst Runow, der Führungsoffizier, in der rechten unteren Ecke notiert. Hätte Runow sein Gewissen nicht gequält, wäre er jetzt mit dabei. Läge als Kommunist auf der Lauer, um einen Streik von Kommunisten zu erledigen.

Kotowski lässt flüsternd vier Gruppen bilden, jede mit einem Sprechfunkgerät, jede mit Stemmeisen und Äxten. »Wir bilden einen Ring um das Gebäude.« Er weist hinüber zu dem grell beleuchteten Bahnhof und den aufgetürmten Containern. »Einsatz nur auf meinen Befehl. Dann rückt ihr vor und stürmt das Gebäude, wo immer ihr auch Zugang findet. Und sei es durch zerschlagene Scheiben. Alle, die drinnen sind, werden rausgeworfen. Aber, herhören, das ist der strikte Befehl des Genossen Oberst: kein Blutvergießen! Wenn es hart wird, dann nur in Selbstverteidigung. Verstanden?« Alle nicken. »Abmarsch!« Die Truppe schwärmt im Halbdunkel aus.

Valentin Freytag steckt mitten im Gewimmel der Streikenden im Erdgeschoss des Containerbahnhofs. Zwei, drei Meter entfernt versucht Lars Prien den Überblick zu behalten. Das alte Streikkomitee hat sich aufgelöst, ein neues ist noch nicht etabliert. Deshalb fühlt er sich verantwortlich, muss die Sache hier noch geordnet abwickeln. »Sie kommen!«, ruft einer aus der Menge, ein Sprechfunkgerät in der Rechten. Er hat Nachricht bekommen von dem Posten, den sie auf dem Bahnsteig in der Lehrter Straße platziert hatten.

Auf der Skizze in den Händen Kotowskis weist ein Pfeil auf den Containerbahnhof, daneben heißt es: »Auf dem Dach Streikposten mit Ferngläsern und Funk.« Stand 09.00 Uhr sind an der Straße vor dem Bahnhof zehn Streikposten eingetragen, vor dem Eingang zwanzig.

Doch der militärische Aufmarsch erweist sich als unnötig. Dreimal schon hat ein britischer Offizier Prien die angebliche Rechtslage auseinandergesetzt. Die Bahnpolizei habe das Recht, den Bahnhof zu räumen. Weder Polizei noch Militärpolizei dürften sie daran hindern, denn die Besetzung sei rechtswidrig. Daher sollten die Streikenden das Gebäude besser freiwillig verlassen.

»Was sollen wir tun, Kollegen?«, ruft Prien in den Raum, als die Warnung vor dem herannahenden Kommando verhallt ist. Es ist still geworden. Allen ist klar: Das ist das Ende. Kämpfen, bluten möchte keiner mehr.

»Wir gehen in Würde«, antwortet Matze Krall halblaut. Freytag nickt. Andere auch. Keiner ruft zum Widerstand auf.

Prien und Krall bahnen sich einen Weg ins Freie, haken sich unter und rufen: »Kollegen, wir ziehen ab. Aber mit erhobenen Köpfen!« Ein Demonstrationszug formiert sich und setzt sich Richtung Wedding in Bewegung. Vorneweg geht ein Mädchen mit einem Blumenstrauß. Auf einem Schild steht: »Wir streiken weiter!« Freytag geht neben der Spitze des Zuges, er möchte sich einhaken, aber er darf nicht, er ist Journalist. Prien und Krall haben Tränen in den Augen, auch Freytag übermannt Rührung. Das Mädchen …

Freytag kann nicht lange mitlaufen. Er fährt ins Büro zurück, um über das Ende des Streiks zu berichten. Der Posten im Bahnhof Lehrter Straße hat ihm erzählt, wie die angeblichen Bahnpolizisten nach West-Berlin gekommen sind. Und dass sie von britischer Militärpolizei begleitet wurden. Er ist der einzige Journalist, der das beschreibt.

Als Kotowski erkennt, dass die Streikenden aufgeben, beordert er zwei Offiziere zu sich und die Dreiergruppe bahnt sich einen Weg durch die letzten zurückgebliebenen Bahner zum Eingang. Pfui-Rufe werden laut, doch niemand greift sie an.

Eine Frau am Eingang tritt ihnen entgegen und verkündet, sie werde den Schlüssel nicht an die Bahnpolizei übergeben. Nur ihr Vorgesetzter habe ein Recht darauf.

Kotowski hat den maßgeblichen britischen Offizier ausgemacht, läuft zu ihm und salutiert. Der salutiert ebenfalls. Ein Brigadier, mit drei Sternen und einer Krone auf den Schulterstücken. Stöckchen unterm rechten Arm. Sehr ansehnlich, formvollendet, denkt Kotowski. Jetzt hab ich auch mal so einen kennengelernt.

»Brigadier Broadenhead«, stellt er sich vor. Kotowski erwidert. »Sie können gehen rein«, sagt der Brite. »Ich habe gesagt, dass Besetzung ist illegal. So müssen sie gehen. Nun sie sind fort. Der Bahnhof gehört Ihnen.« Beide salutieren wieder, der Brite tritt in den Hintergrund. Er hat seinen Auftrag erfüllt.

Kotowski braucht keinen fremden Schlüssel. Er hat seinen eigenen mitgebracht, schließt auf und geht hinein. In Begleitung eines West-Berliner Polizisten und der Frau, die sich als Kassenwartin erweist. Der Polizist kommt wenig später wieder zur Tür und meldet den Kollegen, die sich dort eingefunden haben: »Keine Vorkommnisse.«

Jetzt füllt sich der Platz vor dem Eingang auch mit Bahnpolizisten. Um 23.08 Uhr meldet der Polizeifunk: »Die Übergabe ist erfolgt.« Sieben Bahnpolizisten bauen sich vor dem Zugang zum Gebäude auf und lassen niemanden mehr durch. Um Mitternacht, meldet später ein Bahnpolizist, beschimpft eine Frau die Blauen, die über die Mauer spaziert sind, als »Schweine« und »Primitivlinge, die nur drauflosschlagen können«.

Genau das aber haben sie nicht getan. Brauchten sie gar nicht. Denn gegen 00.30 Uhr hält ein West-Berliner Polizist fest, die Streikenden hätten die Schlüssel zum Bahnhof an Bevollmächtigte der Reichsbahn übergeben. »Bei der Übergabe kam es zu keinen Schwierigkeiten.« Der Streik ist beendet.

Als sich Freytag von Prien verabschiedet, kündigt der für den folgenden Morgen einen Besuch im Reuters-Büro an. Er hat sich entschlossen, ein Geständnis abzulegen.

Abgefangen

Mittwoch, 24. September
02.23 Uhr

Matze Krall steckt den Schlüssel in die Haustür, da spürt er eine Hand auf der linken Schulter. »Herr Krall?« Er wendet sich um. Drei Männer haben sich vor ihm aufgebaut, breitschultrig, muskulös, nicht älter als vierzig.

»Ja, bitte?«

Der Mittlere tritt einen Schritt vor und klappt einen Dienstausweis auf. »Nicht, dass Sie erschrecken. Sie sind in guten Händen. Wir kommen vom Landesamt für Verfassungsschutz und müssen Sie kurz sprechen. Nur kurz, das verspreche ich. Dürfen wir das in Ihrer Wohnung?«

Krall nickt stumm, schließt die Haustür auf und geht voran. Die drei folgen. Der Küchentisch bietet Platz für alle vier. »Bitte kommen Sie gleich zur Sache«, sagt Krall. »Ich habe einen langen Tag hinter mir, ich muss schleunigst ins Bett.«

Die Verfassungsschützer haben sich rasch umgeschaut. An die Wände sind Plakate gepinnt. Marx, Engels, Lenin. Darunter: »Alle reden vom Wetter. Wir nicht.« Der berühmte Picasso: Guernica. Und ein großes Konterfei Trotzkis mit der Mütze der Roten Armee.

»Herr Krall, das tun wir gerne. Wir haben aus zuverlässiger Quelle gehört, dass Sie bis gestern Morgen in Ost-Berlin in Haft saßen. Bei der Stasi. Die haben Sie offenbar nach Ost-Berlin gelockt und dort eingesammelt. Erzählen Sie mal.«

Krall denkt nach. Will zu einer Antwort ansetzen. Denkt wieder nach. »Wenn das so weitergeht, Herr Krall, kommen Sie nicht so bald ins Bett. Gehen Sie mal davon aus, dass wir alles wissen. Wir wollen's nur noch mal aus Ihrem Mund hören.«

»Ich bin am Sonntag nach Ost-Berlin gefahren, um eine Frau zu treffen.«

»Das war ziemlich dämlich, oder? Sie als inoffizielle Nummer zwei des Streikkomitees. Hätten Sie sich doch denken können.«

»Lassen Sie das meine Sorge sein. Jedenfalls wurde ich in ihrer Wohnung festgenommen.«

»Wo liegt diese Wohnung?«

»In der Liebknechtstraße.«

»Das ist eine konspirative Wohnung der Staatssicherheit. Sie sind hirnlos Ihrem Schwanz gefolgt und sofort in die Falle getappt.«

»Man hat mich dort festgenommen, nach Hohenschönhausen gefahren und dann endlos verhört. Nichts zu essen, nichts zu trinken, kein Schlaf. Am Dienstag früh bin ich wieder rausgekommen.«

»Sie sind einfach so wieder rausgekommen? Weil Sie so ein guter Genosse sind, hat man sie laufen lassen, damit Sie Ihre Wühltätigkeit gegen die DDR fortsetzen können? Das müssen Sie uns erklären. Dafür nehmen wir uns auch gerne Zeit.«

»Ich erkläre gar nichts mehr. Warum sollte ich?«

»Weil Sie gerne auf freiem Fuß bleiben möchten, Herr Krall. Sie haben jetzt die einmalige Gelegenheit, unser Mitgefühl zu wecken. Wenn Sie die vertun, wandern Sie in U-Haft, weil sie sich beim Ministerium für Staatssicherheit verpflichtet haben. Geheimdienstliche Agententätigkeit, bis zu fünf Jahre. Schon mal gehört?«

Krall starrt auf die Tischplatte. Dann ringt er sich durch. »Was sollte ich denn machen? Ich habe unterschrieben …«

»Und wie heißen Sie jetzt?«

»Klaus Lury.«

»Sehr fantasievoll. Sie sind schöpferisch, Herr Krall.«

»Ich werde nicht für die arbeiten. Der Streik ist zerschlagen, ich werde mich jetzt nach Westdeutschland davonmachen und die Spur hinter mir verwischen.«

»Das können wir glauben oder auch nicht, lieber Herr Krall. Im Zuge unserer seelsorgerischen Tätigkeit haben wir gelernt, dass es eher besser ist, nicht zu glauben, sondern zu wissen. Sie sind übrigens noch wegen Körperverletzung, Sachbeschädigung und Eingriffs in den Bahnverkehr dran. Haben offenbar einen S-Bahn-Fahrer zusammengeschlagen und den Zug fahruntüchtig gemacht. Die Transport-Kriminalpolizei der DDR, die hier im Westen nicht ermitteln darf, hat Sie angezeigt.«

»Ich sag jetzt gar nichts mehr.«

»Das reicht uns auch für den Moment. Sie werden aber um 14 Uhr beim Landesamt für Verfassungsschutz vorbeischauen. Auf dieser Karte steht die Adresse. Bis dahin haben Sie sich entschlossen, vollumfänglich auszusagen. Und den Schaden, den Sie dabei waren anzurichten, wieder wettzumachen.«

»Wie stellen Sie sich das vor?«

»Sie werden eine Zeit lang für uns arbeiten, Herr Krall. Davor brauchen Sie keine Angst zu haben, wir sind ausgesuchte Demokraten. Wir hätten sogar Ihren Trotzki gegen Stalin verteidigt. Leider ist der nicht zu uns gekommen. So wie Sie das heute um 14 Uhr tun werden. Schlafen Sie gut, Herr Krall.«

Matze Krall gießt sich ein Wasserglas Wodka ein, wankt nach nebenan ins Wohnzimmer, kippt den Wodka in großen Schlucken und lässt sich nach hinten aufs Sofa sinken. Die Gedanken werden immer düsterer. Der Streik zerschlagen. Die Stasi im Nacken. Und der Verfassungsschutz im Haus. Die Ärztin wird vielleicht auch noch hinter ihm her sein. Hat sie keine Anzeige erstattet? Was hat er sich dabei überhaupt gedacht? Eine Frau so heimtückisch anzugreifen und zu verletzen? Was ist aus ihm geworden? Seine Augen füllen sich mit Tränen. Drei Tage haben sein Leben zerstört. Komplett.

»Wir raten Ihnen dringend, zu uns zu kommen«, haben die Verfassungsschützer ihm gesagt. »Wir können Sie schützen. Wenn die Stasi-Leute erst mal bei Ihnen vor der Tür stehen, gehen die nicht wieder so gesittet und bescheiden wie wir.«

Es ist 03.41 Uhr, als Matze Krall einschläft, das leere Wodkaglas in der herabgesunkenen Linken. Der Mann, der Wolfgang Papke hieß, liegt noch wach und wälzt düstere Gedanken.

Triumph

Mittwoch, 24. September
05.00 Uhr

Wollseifer hat den Minister schon gegen Mitternacht angerufen – und der postwendend den Generalsekretär. Die Operation ist gelungen, der Streik beendet, Polen belehrt. So geht man um mit Aufsässigen und Abtrünnigen. »Ich gratuliere euch im Namen des Zentralkomitees«, stakst Honecker am Telefon. Noch nicht mal bei solchem Triumph kann er sich innerlich freimachen. Aber Mielke hat es ihm auch nicht leicht gemacht. »Genosse Generalsekretär«, hatte er das Telefonat begonnen, »ich melde der Partei die restlose Zerschlagung der terroristischen Bewegung bei der Deutschen Reichsbahn in Westberlin.« Keine Gewalt, kein Blut. Eine kleine Komplikation, doch davon später mehr. Als er aufgelegt hat, genehmigt sich Honecker einen Cognac, französisch, besorgt im KaDeWe. Mielke kippt drei Wodka, aus der Geburtstagsflasche Abrassimows. Das unterscheidet die Nummer eins von der Nummer zwei, die sich als wahre Nummer eins des Proletariats versteht.

Gegen fünf erhalten beide per Boten den Bericht des Einsatzstabs im Innenministerium. Sie mögen ruhig klingeln, ist den Überbringern der guten Nachricht bedeutet worden. Mielke ist schon angekleidet, Honecker öffnet die Tür seines Wandlitzer Häuschens im weinroten Morgenmantel. Die Haare hat er sich vorher noch gekämmt. So viel Zeit muss sein, wenn man den Staat repräsentiert, wenn man der Staat ist. »Vorwärts immer, rückwärts nimmer«, scherzt er mit dem Boten, der nicht weiß, was er antworten soll, salutiert und auf dem Absatz kehrtmacht.

Am Küchentisch liest der Parteichef den Bericht des Innenministeriums, »Stand: 24.09.1980, 04.00 Uhr.« Auf dem Deckblatt heißt es: »Verteiler: Generalsekretär des ZK der SED und Vorsitzender des Staatsrates, Minister für Staatssicherheit.« Der Bericht ist zutreffend, er beschönigt nichts. Eigentlich. Nur der erste Satz trompetet aus einem verbeulten Instrument.

»Der Transit- und internationale Reiseverkehr von und nach Westberlin verlaufen weiterhin planmäßig.« Weiterhin? Er ist wieder in Gang gekommen, nachdem das Stellwerk am Bahnhof Zoo von den Besetzern aufgegeben worden war. Aber das ist gerade mal zwei Tage her. Dann wird es differenziert – und ehrlich. Die Spitze des Staates bescheißt man nicht.

»Gegenwärtig befinden sich in Westberlin 7 Güterzüge im Rückstau und auf dem Territorium der DDR 15 für Westberlin bestimmte Güterzüge.

Im S-Bahn-Verkehr werden nach wie vor nur die Strecken Friedrichstraße – Charlottenburg sowie Gesundbrunnen – Anhalter Bahnhof befahren.

Die Maßnahmen zur völligen Wiederherstellung der Betriebsführung der DR wurden weitergeführt.

Kräfte der Bahnpolizei sichern insgesamt 17 bedeutende Stellwerke. Provokateure bzw. Terroristen unternahmen keine weiteren Handlungen zur Störung der Betriebsführung der DR.«

Mielke überfliegt den Bericht in seinem Wohnzimmer, will gleich aufbrechen ins Ministerium. »Bürokratische Arschgeigen«, murmelt er.

»Am 23.09.1980, gegen 22.00 Uhr, wurde das besetzte und mit Containern verbarrikadierte Dienstgebäude des Lehrter Güterbahnhofs geräumt. Zu diesem Zeitpunkt befand sich bis gegen 01.50 Uhr ein größeres Aufgebot – 8 Mannschaftstransport- und 3 Funkwagen – der Westberliner Polizei am bzw. auf dem Lehrter Güterbahnhof. Anwesend waren auch Angehörige der Besatzungstruppen mit einem Fahrzeug und Westberliner Massenmedien.

Die Handlungen der Bahnpolizei im Dienstgebäude sowie bei der Räumung des Betriebsgeländes von etwa 150 Personen wurden nicht behindert.

Der Lehrter Güterbahnhof wird jetzt durchgängig von Angehörigen der Bahnpolizei in Zugstärke gesichert.

Am 23.09.1980, gegen 05.30 Uhr bzw. 08.30 Uhr, waren das S-Bahn-Betriebswerk Wannsee und die Triebwagenhalle Papestraße von Provokateuren geräumt.

Der Rangierbetrieb auf dem Güterbahnhof Grunewald wurde wieder aufgenommen, auf den Güterbahnhöfen Tempelhof und Marienfelde ist die Arbeitsbereitschaft hergestellt.

In den von den Provokateuren zeitweilig besetzen Betriebsstellen und Dienstgebäuden wurden keine Zerstörungen der Anlagen und Einrichtungen vorgenommen. In Einzelfällen entwendeten sie Gegenstände, so u.a. Stellstromsicherungen und Verschlusstafeln.

Durch die Deutsche Reichsbahn sind Maßnahmen der Stabilisierung des Reise- und Güterverkehrs in sowie von und nach Westberlin eingeleitet. Die verstärkte Sicherung der Objekte und Anlagen der DR in Westberlin durch Angehörige der Bahnpolizei wird gewährleistet.«

Durch Angehörige des Ministeriums für Staatssicherheit, denkt Mielke. Er lehnt sich zurück in seinem schweren Polstersessel und starrt die Schrankwand gegenüber an. Schade, dass man dieses Dokument nicht publik machen kann, im Ministerium oder gar im Neuen Deutschland. Das Innenministerium berichtet über Westberlin, als würde das zur DDR gehören. Oder, eigentlich noch besser, als wäre es gerade erobert worden. Planmäßig. Ohne Widerstand. Die feindlichen Organe kapitulieren – oder stehen den Einsatzkräften der DDR sogar hilfreich zur Seite. Dieses Dokument des Sieges, des Triumphs, wird er aufheben. Mielke schlägt sich mit beiden Händen auf die Schenkel, federt hoch und schiebt die anderthalb Blatt in eine Schublade der Schrankwand. Heute wird er Uniform tragen. Und den Erfolg mit den Erfolgreichen feiern.

Es ist 06.20 Uhr, als er die Generalsuniform mit den Orden an der Brust und den Streifen an der Hose aus dem Kleiderschrank zieht. Horst Runow wird in Hohenschönhausen aus seiner Zelle geholt. Für einen anderen beginnt der letzte Tag.

Depression

Mittwoch, 24. September
07.12 Uhr

Helmut Schmidt blickt durchs Fenster in den feinen Regen. Wie das Wetter ist auch seine Stimmung. Er ist früh aufgestanden und hat am Schreibtisch Liegengebliebenes erledigt. Lustlos. Mechanisch. Um neun muss er wieder in den Wahlkampf. Der kotzt ihn an. Das Gekeife von Strauß. Die Schlägereien auf den Plätzen. Noch anderthalb Wochen, denkt er, nur noch anderthalb Wochen – und du hast es geschafft. Die FDP wird zu ihm stehen und gemeinsam werden sie wieder die Mehrheit holen. Kohl wird ihm dankbar sein für den Sieg, der seinen Widersacher zerstört. Aus dem ewigen Rivalen macht er einen gewesenen. Dann heißt es: Bahn frei für den Riesen.

Der Kanzler blickt über die regenverhangene Wiese zum Rhein. Lehnt sich zurück und hakt die Daumen in die Anzugweste. Der Nachrichtenspiegel geht ihm durch den Kopf, den ihm das Presseamt jeden Morgen schickt. »S-Bahn-Streik in West-Berlin beendet. Streikzentrale freiwillig geräumt.« Er weiß, dass das nicht stimmt. Dass das nur eine oberflächliche Betrachtung ist. Dass Trupps in Bahnpolizei-Uniformen angerückt sind, mutmaßlich Stasi-Greifer. Eine Schlägerei mit denen wäre von Anfang an aussichtslos gewesen. Gottlob hat Strauß nicht entdeckt, welchen Honig er aus der Sache hätte ziehen können. Brauchte nur eine Delegation der Streikenden zu empfangen, in München, und niemand hätte mehr gewagt, die Reichsbahner anzufassen. Auch die DDR nicht.

Nun haben Honecker und Mielke gesiegt. Und der Westen hat ihnen den Weg bereitet, die Stadt geöffnet. Er als Kanzler, Stobbe als Regierender Bürgermeister und die Alliierten des Zweiten Weltkriegs. Alle vier. Der britische Botschafter hat ihn nach seinem Besuch bei Abrassimow geradezu bestürmt am Telefon. Was für eine Allianz der Liebedienerei. Er könnte ausspucken vor denen – und vor sich selbst. Er hat Honecker den Hals gerettet. Honecker, diesem verkrampften Spießer mit dem saarländischen Singsang.

Aber was wäre gewonnen, wenn Honecker gestürzt würde wie Edward Gierek in Polen? Es käme ja nichts Besseres nach. Gierek war ein Freund, jovial, sympathisch, humorvoll. Was für ein Jammer, dass es ihn nicht mehr gibt. Honecker ist ihm gleichgültig. Zu dem, das weiß Schmidt, wird er niemals eine menschliche Beziehung aufbauen. Solche verklemmten Typen, die keinen Begriff von Kultur haben, kann er nicht ausstehen. Aber halten muss er auch den. Notgedrungen. Denn so glimpflich wie in Polen wäre das in der DDR nie und nimmer ausgegangen. Ein Streikführer unterzeichnet in Ost-Berlin eine Vereinbarung mit der SED über freie Gewerkschaften? Niemals.

Die DDR-Führung hätte sich keinen Millimeter bewegt und der Streik, urplötzlich gegen den Westen gerichtet, das Viermächteabkommen und die freien Verbindungen West-Berlins mit der Bundesrepublik ruiniert. Nein, Polen wäre nicht zu wiederholen gewesen. Und zwei Polen hätte das Ost-West-Gleichgewicht auch gar nicht ausgehalten. So oder so, alles wäre ins Rutschen gekommen. Vielleicht sogar ganz von der Platte gerutscht. Polen, DDR, ČSSR, Ungarn … Und dann: Militärdiktaturen überall, gestützt von den Bajonetten der Roten Armee?

Wir hatten keine Wahl, sagt Schmidt halblaut vor sich hin. Und denkt einen Augenblick an Willy Brandt. Wie hätte der sich verhalten? Vermutlich nicht anders. Wenn's drauf ankam, hat er immer enttäuscht. Manfred Schüler, der in diesem Moment das Kanzlerbüro betritt und den düster vor sich hinstarrenden Chef erblickt, hält in der Bewegung inne, dreht um und verlässt still wieder den Raum. Aber Schmidt ist nicht so abgebrüht, dass er sich nicht vorstellen kann, was dieses Ost-West-Komplott für die Streikenden bedeutet. Alle arbeitslos. Besiegt. Verraten. Dafür Hurra-Rufe im Ministerium für Staatssicherheit. Was für eine Scheiße.

Und jetzt auch noch Almosen, nicht mehr als »karitative Maßnahmen« für die Gefeuerten, wie es Gaus aus Rücksicht auf die

DDR verlangt. Schmidt hat sich das Protokoll der Staatssekretärsrunde vom Vortag geben lassen und die Formulierung darin entdeckt. Empörend. Dieses Papier darf kein Außenstehender in die Hände bekommen. Schlimm aber auch, dass niemand in der Runde widersprochen hat.

Realpolitik, denkt Schmidt. So ist sie. So und nicht anders. Meistens geboten. Aber wie oft auch moralisch verdorben. Er selbst kann die Doppelgesichtigkeit reflektieren. Andere aber halten sie für selbstverständlich, für das Nonplusultra. Wie die Kerle in der Staatssekretärsrunde.

Schmidt kippt den Stuhl nach vorne, zieht die Daumen aus der Weste und strafft den Rücken. Er hat einen Beschluss gefasst. In dieser Sekunde. Ja, so wird er's machen. Er wird Gaus durch Klaus Bölling ersetzen, seinen Sprecher. Der versteht sich nicht als Emissär der DDR im Kanzleramt. Der wird den persönlichen Draht zu Honecker straffen, nur darauf kommt's ja an, ansonsten aber dem System seine kühle Verachtung zeigen, statt sie als Nischengesellschaft zu verklären. Und Manfred Schüler wird im Kanzleramt ersetzt. Damit wieder Frische in den Laden kommt. Manfred Lahnstein gefällt ihm, den wird er fragen. Und der wird's auch machen. Er, Bölling und Lahnstein gegen die schlüpfrigen Liberalen, dieser Gedanke reißt ihn aus der Depression. S-Bahn und Stasi sollen ihm gestohlen bleiben. Er siegt jetzt. Und dann wird er weiter Geschichte machen.

Es ist 08.21 Uhr, als Schmidt zum Telefon greift, um Stobbe ein wenig aufzurichten. Im Ministerium für Staatssicherheit beginnt die Abrechnung.

Absturz

Mittwoch, 24. September
08.12 Uhr

Wollseifer ist in Hochstimmung. Am Mittag, hat er gerade erfahren, ist er zu einem Empfang beim Minister geladen. Das beflügelt seine kühnsten Träume. Orden? Beförderung? Sie haben das Ding prachtvoll geschaukelt und selbst die Befehlsverweigerung auf der Brücke im Niemandsland wurde bravourös gemeistert. Eigentlich gehört der Einsatz ins Lehrbuch, ins Ausbildungsprogramm des Ministeriums. Mal schauen, was der Minister sagt zu der Idee.

Den Saboteur wird er jetzt noch erledigen, bevor es ans Feiern geht. Der Oberst fegt noch mal mit dem Ärmel über seinen Schreibtisch, blitzblank ist der jetzt, keine Akte, kein Stift, kein Stäubchen, nichts. Dann klopft es an der Tür und zwei Männer schieben Runow herein. Wollseifer will ihn selbst vernehmen, in seinem Büro im Ministerium, nicht in den schrecklichen Kammern des Stasi-Gefängnisses. Mit einer Geste, zackig wie ein Handkantenschlag, weist er dem Gestrauchelten einen Stuhl vor dem Schreibtisch zu.

»Runow«, herrscht er ihn an. »Genosse möchte ich nicht mehr sagen. Und Leutnant auch nicht mehr. Auch wenn du beides im Moment noch bist. Aber bleiben wirst du es nicht, da kannst du sicher sein. Du weißt selbst genau, dass du die gesamte Operation gefährdet hast. Erzähl mir frei heraus, wie du dazu gekommen bist.«

»Genosse Oberst ...«

»Moment mal, damit das klar ist. Ich bin nicht mehr dein Genosse. Deshalb sprichst du mich auch nicht mehr so an. Für dich bin ich Herr Oberst.«

Runow zögert, blickt den Offizier mit flackerndem Blick an.

»Herr Oberst«, beginnt er aufs Neue, »ich bin und bleibe Kommunist. Die DDR ist mein Vaterland. An beidem wird sich nichts ändern, egal, was nun mit mir geschieht. Ich wollte die Operation nicht gefährden und ich habe trotz der komplizierten Lage auf der Brücke alles getan, um dem Genossen ... Major Kotowski die Dinge nicht entgleiten zu lassen.«

»Du hast in schwierigster Lage einfach hingeschmissen! Was, wenn sich dir andere angeschlossen hätten?«

»Ge... Herr Oberst, ich bitte zu erkennen, dass ich mein Land und das Ministerium für Staatssicherheit nicht verraten habe. Ich habe weiter Befehlen gehorcht und bin ohne Zögern zurück zum Bahnhof Friedrichstraße. Ich hätte ja auch nach Westberlin mitmarschieren und dort abhauen können, überlaufen zum Feind. Aber das kam und kommt auch heute für mich nicht infrage. Die DDR kann sich auf mich verlassen.«

»Das, Runow, ist der Witz des Tages. Die DDR kann sich auf einen Mann verlassen, der sich's beim Einmarsch nach Westberlin eben mal anders überlegt und sein Stemmeisen wegwirft? Wie bist du dazu gekommen?«

Runow schaut sich um. Kein Kaffee, kein Wasser. Wollseifer versteht den Blick, bemerkt kühl: »Zu trinken, Herr Deserteur, gibt's hier nüscht. Brauchst du auch nicht. Ich werde schnell fertig sein mit dir.«

»Ich war mein ganzes Leben Kommunist. Und nun sollte ich einen Streik von Kommunisten, von Genossen unserer Partei, zerschlagen? SEW-Genossen! Die haben doch recht! Die werden beschissen bezahlt. Die haben ein schäbiges Sozialsystem. Und sie werden beleidigt von ihrer Gewerkschaft.«

»Es ist mir zu mühsam, diesem Mist zu widersprechen. Aus der Geschichte der Arbeiterbewegung weißt du ganz genau, dass es komplizierte Phasen gibt, in denen ein Genosse zur Partei stehen und das große Ganze sehen muss. Weiter!«

»Ich bin ja nicht alleine mit meiner Sicht. Gestern früh war ein IM bei mir, den ich führe und der den Streik ausgekundschaftet hat. Er hat das in Treue zur Partei getan, obwohl er von Anfang an Zweifel an unserem Kurs hatte. Als er dann auch noch von der Inhaftierung eines Mitglieds des Streikkomitees durch unsere Organe hörte ...«

»Wie?« Wollseifer fährt im Stuhl hoch. »Wie konnte er von der Inhaftierung hören?«

»Er hat nach dem Mann gefragt. Als Nummer zwei im Streikkomitee hat man ihn vermisst. Er war spurlos verschwunden. Ich hab ihm gesagt, dass wir ihn haben und verhören.«

»Du ... du gottverdammter Esel! Du Verräter! Du erzählst einem IM aus Westberlin von einer Operation des Ministeriums? Bist du ganz und gar verrückt geworden?«

»Ich bin schon seit Jahren in einem sehr vertrauten Gespräch mit diesem IM. Er hat sich mir gegenüber völlig geöffnet, was seine Zweifel angeht. Nur mit Ehrlichkeit konnte ich ihn halten.«

Wollseifer pumpt vor Empörung. »Ehrlichkeit? Seit wann ist die Staatssicherheit ehrlich? Konspiration ist unser Auftrag! Täuschung und ... Betrug, wenn du so willst. Aber doch niemals Ehrlichkeit! Oder besser gesagt: Verrat!«

Der Oberst ist aufgesprungen, setzt sich nun wieder. »Weiter. Was ist passiert?«

»Papke ist zurück nach Westberlin und hat mich von dort angerufen. Er wolle nicht mehr für uns arbeiten. Die Inhaftierung des Mitglieds des Streikkomitees war der Tropfen, der das Fass zum Überlaufen gebracht hat.«

»Er hat dich angerufen und hingeschmissen? Warum weiß ich das nicht schon längst?«

»Ich hab ja selbst mit mir gerungen. Auf dem Marsch nach Westberlin ist mir alles klar geworden. Dass Papke im Prinzip recht hat. Dass wir beide Genossen sind. Und dass wir uns an der Zerschlagung des Streiks nicht weiter beteiligen wollen.«

»Du Ochse, du verfluchter! Weißt du nicht, was du angerichtet hast? Womöglich ist Papke postwendend zum Verfassungsschutz gelaufen und hat dort ausgepackt. In aller Seelenruhe. Über IMs bei der Reichsbahn, die Führung durchs Ministerium, konspirative Wohnungen... und über dich, du Idiot, seinen Führungsoffizier! Das kann ich einfach nicht glauben. Das ist Verrat am Ministerium für Staatssicherheit! Verrat!«

Beide blicken sich schweigend an. Wollseifer mahlt mit dem Unterkiefer.

»Bis jetzt habe ich geglaubt, wir könnten es vielleicht mit einer Degradierung und einer Versetzung bewenden lassen. Schließlich bist du nicht übergelaufen zum Feind. Aber jetzt ... Ich muss dem Minister über deinen Fall berichten. Der wird entscheiden. Und nun verschwinde aus meinem Büro. Verrat stinkt.«

Es ist kurz vor zehn, als Runow aus dem Ministerium zurückgefahren wird nach Hohenschönhausen. Und Lars Prien in Mielkes Fadenkreuz gerät.

Heimkehr

Mittwoch, 24. September
08.17 Uhr

Hans Kotowski träumt von der Pistole. Sie haben noch die Streikzentrale durchsucht und ein wenig aufgeräumt, dann ist er eingeschlafen, so gegen vier Uhr, auf einem schäbigen Sofa im ersten Stock. Es roch nach Staub und Rost, als er die Augen schloss, und dieser Geruch hat vermutlich die Pistole in die Erinnerung zurückgeholt, die er auf der Brücke in den Westen einem Genossen übergeben hat, um den Befehlsverweigerer in Schach zu halten.

Nun zieht er im Traum die Pistole aus dem Schulterholster und richtet sie auf den britischen Brigadier, den eitlen Fatzke mit dem Stöckchen unterm Arm. »Sie werden sofort Ihre Truppen mobilisieren und Berlin verlassen. Noch heute Nacht. Die Zeit der Besatzung ist vorüber. Das vereinte Berlin gehört nun zur Deutschen Demokratischen Republik!« Der Brite zückt das lederbezogene Stöckchen und schlägt ihm heftig ins Gesicht. Kotowskis Haut reißt auf, Blut strömt über seinen Mund in den Kragen. Verdammt.

Er feuert. Die Kugel durchschlägt den handtellergroßen Orden, den der Brite an der Brust trägt, und fegt ihn von den Beinen. Alle Westberliner Polizisten zücken daraufhin ihre Pistolen und knallen die Bapos nieder. Das Gemetzel dauert nur wenige Minuten, da überqueren auch schon Panzer aus der Hauptstadt den Übergang Invalidenstraße, malmen zum Containerbahnhof und überrollen die Streikenden, die Polizisten und die Briten vor der Tür. Kotowski möchte seine Pistole wegwerfen, aber er schafft es nicht mehr und wird von einem Panzer zerquetscht. Einem eigenen Panzer! Einem Panzer der Nationalen Volksarmee, in der er gedient hat! Als ihm die Därme aus dem Leib quellen und die Queen der DDR den Krieg erklärt, schreckt er hoch aus dem Schlaf.

Alles gut. Keine Panzer. Keiner tot. Kotowski wäscht sich in einem Waschbecken neben einer stinkenden Toilette das Gesicht, dann steigt er hinab in die aufgegebene Streikzentrale. Auf einem Tisch sind acht Sprechfunkgeräte zusammengelegt, hinterlassen von den Streikenden. Er überprüft sie. Alle sind in einwandfreiem Zustand. Muss man ihnen zugutehalten, den Terroristen, denkt er. Auch das Geld in der Kasse ist noch vorhanden.

Wenige Minuten später nähert sich vom Bahnhof Lehrter Straße ein Trupp von Reichsbahnern. Sie sind aus der Hauptstadt geschickt worden, um den Containerbahnhof wieder in Schwung zu bringen. Nun fehlen sie im Osten. Ein S-Bahn-Zug, der den Grenzverkehr offen hält, hat sie auf dem Weg nach Charlottenburg am Bahnhof Lehrter Straße abgesetzt.

Kotowski ruft seine Männer zusammen. »Zwanzig bleiben hier, erst mal. Ich denke, am Mittag kommt Entsatz. Die übrigen kehren mit mir in die Hauptstadt zurück. Genossen, lasst mich das sagen, ihr habt euren Auftrag mit Bravour erfüllt. Ich bin stolz auf euch und der Minister wird es auch sein.« Wenige Minuten später laufen zwei Dutzend Bahnpolizisten über die Schienen des Güterverkehrs zurück zum Bahnhof Lehrter Straße. Von geschlossener Formation kann nun keine Rede mehr sein. Sie bewegen sich als lockerer Haufen. Sie sind müde und ausgelaugt. Ein Zug auf der Fahrt zur Friedrichstraße nimmt sie auf. Im Bahnhof steigen sie wieder hinab zu dem Umkleideraum, in dem der Marsch begonnen hat, und tauschen die Uniformen gegen ihre Zivilkleidung.

Kotowski gibt den Männern zwei Tage frei, fährt dann mit seinem Lada nach Hause zurück. Er wohnt in einem Altbau in der Schönhauser Allee. Bevor Breschnew die DDR besuchte und in einer offenen Staatslimousine über die Schönhauser nach Schloss Niederschönhausen gefahren wurde, war die Fassade exakt bis zum ersten Stock weiß gestrichen worden, das alte Elend war aus dem Fond des Wagens nicht zu sehen und wurde in den oberen Etagen vom Laub der Bäume verdeckt. Im Winter allerdings kann man die Breschnew-Linie mühelos erkennen.

Im Hausflur kommt Kotowski sein Nachbar entgegen, Ben Tyler, der Reuters-Korrespondent in der Hauptstadt. »Na, hatten Sie wieder Nachtdienst?«, fragt der.

»Immer wachsam«, antwortet Kotowski und drückt sich an dem rothaarigen Briten vorbei. Er hat jetzt keine Lust auf verlogene Konversation.

Tyler hält ihn für einen Offizier der Grenztruppen, der mit Frau und kleiner Tochter im ersten Stock, neben dem Reuters-Wohnbüro, lebt. Kotowski pflegt die Legende, indem er sich gelegentlich in der Uniform der Grenztruppen zeigt, an Tylers Tür klingelt und um ein Ei oder etwas Zucker bittet. Der soll ihn uniformiert sehen. Der soll wissen, dass ihn die Staatsmacht im Blick hat. Und der soll sich aus dem Kopf schlagen, seine vier Wände zu einem Nest der Opposition zu machen. Wer Tyler besucht, riskiert etwas. Mindestens eine Vorladung »zur Klärung eines Sachverhalts«.

Das Ost-Berliner Reuters-Büro ist das letzte eines westlichen Auslandskorrespondenten, das nicht im Internationalen Pressezentrum kaserniert ist. Dort werden Besucher am Eingang kontrolliert. Reuters hat sich hartnäckig geweigert und die DDR-Führung hat es zähneknirschend akzeptiert, weil sie keinen Konflikt mit den Briten vom Zaun brechen wollte. Wenn aber Besucher nicht von Tyler ferngehalten werden können, dann muss er lückenlos überwacht werden. In der Wand zwischen den beiden Wohnungen ist eine aufwändige Abhöranlage installiert, die immer dann anspringt, wenn bei Reuters nebenan geredet wird. Aufgezeichnet werden die Gespräche auf einem technisch hochwertigen Uher-Tonbandgerät aus dem Westen. In der Regel zweimal am Tag werden die Spulen gewechselt. Einmal haben betrunkene Stasi-Lauscher nachts bei Tyler angerufen, als er gerade nach Hause gekommen war. »Wir wissen, wo Sie waren, Herr Tyler.« Der machte dem Gespräch ein rasches Ende. Und als es ein zweites Mal klingelte, rief er in den Hörer: »Das ist ja wie bei der Gestapo!« Da war Ruhe.

Tyler ahnt zwar, dass der Mann nebenan bei der Stasi ist – schließlich gehören die Grenztruppen zum Ministerium für

Staatssicherheit –, aber er ist nicht alarmiert. Er weiß ohnehin, dass Stasi-Leute in seiner Wohnung ein- und ausgehen, wenn niemand zu Hause ist. Geheimnisse hat er nicht zu verbergen. Gelegentlich klebt er mit Speichel ein Haar über die Kante einer Schublade, um später erkennen zu können, ob sie jemand aufgezogen und durchstöbert hat. Nur selten klebt das Haar noch, wenn er wieder nach Hause kommt.

Der Reuters-Mann ahnt indes nicht, dass Kotowski, sein Nachbar, einen Zweitschlüssel zu seiner Wohnung hat und selbst nach Verborgenem wühlt. Und er ahnt auch nicht, dass Ingrid, seine schöne Haushälterin, eine alleinerziehende Mutter, die ihm jeden Freitag einen Kuchen backt und mit der er zweimal pro Woche schläft, bei der Staatssicherheit über ihn berichtet. Gertrud, die Sekretärin im Reuters-Büro, die vom Amt für Dienstleistungen des Außenministeriums abgestellt wird und selbstverständlich unter Stasi-Verdacht steht, ist dagegen absolut clean. Offenbar will das Amt, das auch Botschaften in der DDR Personal vermittelt, nicht für diplomatische Verwicklungen sorgen.

An diesem Morgen sinkt Major Kotowski seiner Frau erschöpft in die Arme und danach ins Bett. Oberst Wollseifer hat angerufen, gibt sie ihm noch mit, heute Mittag lädt der Minister zu einem Empfang.

Es ist kurz nach elf, als Kotowski wie bewusstlos in den Schlaf fällt. Da liegt der entstellte Körper eines Mannes schon im Keller der West-Berliner Gerichtsmedizin, in einem schäbigen Altbau nahe dem Grenzübergang Invalidenstraße.

Geständnis

Mittwoch, 24. September
10.07 Uhr

Lars Prien tritt durchnässt ins Büro. Er kommt aus dem Regen. Valentin Freytag hat ihm geöffnet, weist ihm einen Stuhl zu und verschwindet dann wieder durch die Schwingtür in den Fernschreibraum. »Ich muss schnell noch was fertig punshen und nach Bonn senden.« Prien holt sich einen Kaffee von der Maschine, nimmt Platz und lässt den Blick durchs Reuters-Büro streifen. Neben dem Briefberg Stefan Heyms liegt das Päckchen eines Verlags, vermutlich Bücher. Freytags Schreibtisch ist mit Notizblocks und Manuskriptseiten aus der Schreibmaschine übersät. Dazwischen aufgeschlagen das Neue Deutschland. Prien muss lächeln. Die Heß-Acht amüsiert ihn – am Nagel über der Schwingtür zum Fernschreibraum, aus dem es rasselt und tickert.

»So, jetzt.« Freytag wirft seine Manuskriptseiten auf den Schreibtisch, setzt sich und schaut Prien prüfend an. »Du siehst gar nicht schlecht aus, obwohl das Ende so niederschmetternd war. Und du bist früh auf den Beinen. Wo kommst du her?«

Prien nimmt einen Schluck Kaffee. »Ich hab natürlich kein Auge zugemacht. Heute Morgen bin ich dann ganz früh zur Gewerkschaft Erziehung und Wissenschaft, die stellt dem neuen Streikkomitee ja einen Raum zur Verfügung. Unbefristet. Die einzige Gewerkschaft, die uns unterstützt.«

»Es tut mir wahnsinnig leid, dass die Sache so ausgegangen ist. Und ich könnte mich selbst ohrfeigen, dass ich dir nicht besser Rat gegeben habe. Eure Niederlage ist auch meine. Der Aufruf an den Senat, die S-Bahn zu übernehmen, hat euch in die Sackgasse geführt, aus der es kein Entkommen mehr gab.«

»Deine Skrupel sind sympathisch, aber total unangebracht. Dein Rat war richtig, denn wir mussten auch diesen Weg ausprobieren. Und dein Beistand war wichtig für mich. Einer meiner Kollegen aus dem Streikkomitee war zwischendurch verschwunden. Es hat sich herausgestellt, dass ihn die Stasi nach Ost-Berlin gelockt, inhaftiert und zur Mitarbeit erpresst hat. Er hat unterschrieben, aber er wird sich dem entziehen. Heute kreuzt er noch ein bisschen durch die Stadt, um zu sehen, ob und wo die S-Bahn wieder fährt. Morgen wird er nach Westdeutschland fliegen und die Spuren hinter sich verwischen. Er kommt nicht wieder.«

»Und du?«

»Ich muss auch weg. Aber nicht so schnell. Hier kann ich schon allein deshalb nicht bleiben, weil ich nicht mehr nach Ost-Berlin und in die DDR komme. Die würden mich beim Grenzübertritt sofort kaschen. Und beim neuen Streikkomitee bin ich nicht mehr dabei. Ist doch bloß noch Wichserei. Ohne praktischen Nutzen. Die werden die Kollegen in West-Berlin aufrufen, bei der Reichsbahn zu kündigen und in die GdED einzutreten. Aber das ist schon der erste schreiende Widerspruch. Was sucht einer in der Bahngewerkschaft, wenn er nicht mehr bei der Bahn arbeitet? Das macht doch nur Sinn für Kollegen, die nach Westdeutschland umziehen und bei der Bundesbahn anheuern.«

»Wohin willst du?«

»Ich werde es mal in Hamburg versuchen, im Containerhafen. Hab ja jetzt reichlich Erfahrung damit. Und unter den Hafenarbeitern sind ähnlich gute Genossen wie hier bei der Bahn.«

»Was hat der Streik nun gebracht?«

»Vali, ich bin gekommen, um dir das zu erklären. Du hast Anspruch darauf. Bevor ich mein Geständnis ablege, beginne ich mal mit den politischen Erfahrungen. Die sind sehr erhellend. Und wertvoll. Niemand hat uns geholfen, absolut niemand. Niemand von der Linken und niemand von der Rechten. Die Rechte vergesse ich mal, die ist mir wurscht, hat nur hohle Solidaritätsparolen gekloppt. Aber auf der Linken kann man viel lernen. Die SEW hat bei der Räumung der Stellwerke sogar Schlägertrupps gegen ihre eigenen Genossen losgeschickt. Der FDGB hat sich unsichtbar gemacht. Der DGB und die IG Metall, die auch noch ihren Kongress in Berlin hatte, haben keinen Finger für uns gerührt. Wir haben eine Delegation ins Congress Centrum geschickt, aber die Genossen wurden behandelt wie Zeugen Jehovas. Rausgeekelt.«

»Aber die GEW ...«

»Richtig, das sind anständige Kollegen. Aber interessanterweise haben die auch Ärger mit dem Berliner DGB. Von Schmidt, Stobbe und der SPD will ich gar nicht erst reden. Das hast du alles selbst erlebt. Sie haben den Schlägern in Bahnpolizei-Uniformen die Stadt geöffnet. Wenn du einen Strich drunter ziehst, dann hat die Linke im weitesten Sinne zusammengewirkt, um der DDR zu helfen. Und die vier – vier! – Alliierten auch. Das hat es noch nie gegeben. Ungeheuer lehrreich. Solidarność wäre in der DDR nicht möglich. Den Ostblock demokratisieren will im Westen niemand. Ist ihnen zu riskant. Alles soll so weiterlaufen wie bisher. Jeder harkt sein eigenes Gärtchen.«

»Dem stimme ich zu. Du wolltest noch etwas erklären?«

»Ja, deshalb bin ich gekommen, nur deshalb. Du warst wichtig für mich, weil du ehrlich bist. Du warst mit dem Herzen bei uns. Und deshalb sollst du auch alles wissen.«

Prien zögert einen Moment, schaut Freytag in die Augen und fährt fort: »Wir sind Trotzkisten und wir wollten diesen Laden, die Reichsbahn, in die Luft jagen.«

»Wer ... wir?«

»Matze Krall, ich und drei weitere Genossen. Wir sind vor drei Jahren zur Reichsbahn gegangen und haben dort geschuftet, um irgendwann den Knopf zu drücken. Wir haben uns das Vertrauen der Kollegen erarbeitet und auf unsere Chance gewartet.«

»Die Chance wofür?«

»Lass mich das im Zusammenhang erklären. Du musst das zunächst mal historisch begreifen. Die Stalinisten haben die Trotzkisten, unsere Leute, im Spanischen Bürgerkrieg massenweise liquidiert. Von hinten erschossen, im Schützengraben. Genickschuss. Das vergessen Trotzkisten nie. In ihrem Machtbereich kann man die Stalinisten ja schwer angreifen, aber hier, in West-Berlin, in der irren Struktur der Reichsbahn, sind sie verletzlich. Die Zustände sind so haarsträubend, dass das in revolutionäre Energie verwandelt werden kann. Das haben wir getan. Als Solidarność in Polen gesiegt hatte, war unsere Stunde gekommen.«

»Aber Solidarność hat gesiegt, ihr nicht.«

»Das war mir ziemlich gleichgültig. Ehrlich. Ich wusste: Entweder verhandelt die DDR mit uns und wir pressen ihr das Blut aus den Augen …«

»Oder?«

»Oder sie verhandelt nicht und die Reichsbahn ist anschließend nur noch ein Trümmerhaufen. Auf jeden Fall verlieren die Stalinisten. Viele Streikende haben sie schon gefeuert, andere werden sie noch an die Luft setzen und wieder andere werden von sich aus kündigen. Bei diesem Laden will doch niemand mehr bleiben, es sei denn, er ist SEW-Kader oder so alt, dass er nirgendwo mehr Arbeit findet.«

Freytag schüttelt den Kopf. Schweigt lange. Denkt nach über das, was er gehört hat, und erwidert dann: »Lars, ich verstehe das alles. Aber ich kann dir den Vorwurf nicht ersparen, dass du mit der Existenz von Tausenden gespielt hast. Wie bei einem Brettspiel. Das ist einfach, entschuldige, zynisch.«

»Nicht weniger zynisch als die Machtspiele der Herren Schmidt, Honecker und Stobbe. Noch skrupelloser haben sich die West-Alliierten verhalten, die sogar dem alten stalinistischen Verbündeten die Hand gereicht haben. Vali, mein Lieber, solchen Leuten muss man ihre eigene Melodie vorspielen, damit sie ins Tanzen kommen.«

»Man sollte sich aber umdrehen und schauen, welche Opfer man zurücklässt.«

»Gut, ich gebe zu, viele müssen sich eine neue Arbeit suchen. Aber das ist kein Schaden für sie. Sie werden mehr verdienen, mehr Urlaub haben und zu einem Arzt ihrer Wahl gehen können. Ist das schlimm? Nein, ich finde, wie immer man es betrachtet: Es hat sich gelohnt.«

Die beiden erheben sich. Freytag hat einen billigen Rahmen besorgt und die ADN-Meldung über die »Terroristen« unter

Glas gelegt. Er überreicht ihn Prien, fast feierlich. Der bekommt feuchte Augen und umarmt den Reporter. Sie verabschieden sich und gehen auseinander.

Es ist halb zwölf Uhr, als Freytag ans Fenster tritt, um Prien hinterherzuschauen, und Günter Gaus das Außenministerium in Ost-Berlin verlässt, um Helmut Schmidt anzurufen.

Räderwerk

Mittwoch, 24. September
08.55 Uhr

Frank Krollmann hat die ganze Nacht wach gelegen, sich hin und her gewälzt im Bett und am Morgen mit seiner Frau gestritten. Heftig. »Ich geh da nicht mehr hin«, hat er verkündet. »Die besten Kollegen haben sie rausgeschmissen und wer noch übrig ist und nur ein bisschen Ehre im Leib hat, geht jetzt freiwillig. Ich will nicht übrig bleiben mit den SEW-Typen.«

Erika aber hat ihm keine Chance gelassen. »Du entscheidest nicht nur für dich, mein Bester, sondern auch für mich. Für unsere Familie. Entsprechend wirst du dich auch verhalten. Du bist achtundfünfzig! Wo, glaubst du, wird man dir noch Arbeit geben in diesem Alter, mit dieser Vergangenheit? S-Bahn, wahnsinnig prickelnd.«

Sie starrt ihn feindselig an. Stellt eine Tasse Kaffee vor ihm auf den Frühstückstisch, beugt sich hinunter und rückt ihr Gesicht ganz nah an seines. »Ach, interessant, werden sie dann sagen, haben Sie auch gestreikt? Und du wirst antworten: Nein, hab ich nicht, bin zu Hause geblieben. Habe aber sympathisiert mit den Streikenden. Als was stehst du dann da? Als linker Feigling! Wer nimmt so einen?«

Er beißt in sein Honigbrot, trinkt einen Schluck Milchkaffee und will zu einer Erwiderung ansetzen, da nimmt sie ihm schon das Wort: »Hör mir jetzt genau zu, Frank. Ich sag's nicht zweimal. Ich mache dir die Hölle heiß, wenn du nach dem Frühstück nicht deine Tasche packst und dich pünktlich um neun zum Dienst meldest!«

Fünf Minuten vor neun betritt er das Büro des Dienststellenleiters am Bahnhof Gesundbrunnen und grüßt, als wäre es ein Tag wie jeder andere. Der Chef telefoniert, blickt ihn nur über die Schulter hinweg flüchtig an und schreit plötzlich in den

Hörer: »Ich kann nicht zaubern, Kollege! Ihr in der Hauptstadt habt keine Ahnung, wie es hier aussieht. Die ganze Struktur liegt in Trümmern! Wer soll die Züge fahren? Ich kann mir keine Fahrer backen.«

Er lauscht noch einen Moment, dann knallt er den Hörer wortlos auf die Gabel. Holt tief Luft und wendet sich um. »Wer bist du, Kollege, was willst du?«

»Frank Krollmann, Zugführer, melde mich zum Dienst.«

»Na, das ist doch mal ein Wort! Solche wie dich suche ich. Erinnere mich dunkel an dein Gesicht. Hast du gestreikt?«

»Nein, ich war zu Hause.«

»Lüg mich nicht an. Stehst du auf der Streikliste?«

»Steh ich nicht. Das ist die Wahrheit.«

»Gut … gut. Gleich kommt ein Kurzzug aus dem Depot. Den wirst du übernehmen. Du pendelst nur zwischen Gesundbrunnen und Anhalter Bahnhof. Die Fahrzeiten sind heute wurscht. Du fährst, wie's kommt, und nimmst mit, wer auf dem Bahnsteig steht. Fahrkarten sind heute auch wurscht.«

Krollmann wartet vier Minuten, dann fährt ein Kollege den Zug in den Bahnhof. Er übernimmt, steigt auf den Sitz des Zugführers und beschleunigt. Die Bahn ist leer. Niemand hat auf dem Bahnsteig gewartet. Es regnet, die Sicht ist schlecht. Als sich der gelb-rote Zug dem Bahnhof Humboldthain nähert, fingert Krollmann in der Aktentasche nach seiner Brille.

Er hat die Tasche noch auf dem Schoß und die Brille schon in der Linken, da fährt der Zug ein und er erkennt schemenhaft drei, vier Männer auf dem Bahnsteig. Krollmann beginnt zu bremsen, da spürt er einen heftigen Schlag an seinem Zug. Urplötzlich erscheint ein verzerrtes Gesicht vor seiner Scheibe und verschwindet ebenso schnell wieder. Es folgt ein Geräusch, das er noch nie gehört hat. Als würde ein Stück Holz zermalmt. Krollmann betätigt die Notbremse, nach zwanzig, dreißig Metern steht der Zug.

Draußen schreit jemand. Eine Frau. Ihm wird klar, er hat jemanden überfahren. Ist der gestürzt? Gesprungen? Oder gestoßen worden? Krollmann will sich erheben, wie in Trance, da spürt er, dass ihm übel wird. Hinter dem Sitz bricht er zusammen, übergibt sich. Spuckt. Schnappt nach Luft. Und kriecht auf allen vieren zur Tür. Ein Kollege hat sie geöffnet, kommt herein und zieht ihn auf den Bahnsteig. Dort bleibt er liegen, auf dem Rücken. Jemand hebt seine Füße an, um den Schock zu mildern, Blut zurück zu spülen in Hirn und Herz.

Auf dem Bahnsteig laufen Leute durcheinander. Zunächst nur Bahner, dann Sanitäter, schließlich auch Polizisten. Krollmann hört, wie sie sich unterhalten, wie einer hinabsteigt, neben dem Zug, ins Gleisbett. Krollmann rollt sich auf Hände und Füße und kriecht zur Bahnsteigkante. Unter dem Zug ragt etwas Großes, Rundes heraus, jemand hat ein blau-weiß kariertes Handtuch aus dem Bahnhofsklo darübergelegt. Es ist der Kopf des Toten. Nun übergibt sich auch der Polizist, der an der Bahnsteigkante gestanden und hinabgeblickt hat. Drei S-Bahner ziehen den Leichnam unter dem Zug hervor. Die Glieder sind bizarr verrenkt, die Kleider blutig. Sie hieven den verstümmelten Körper auf den Bahnsteig.

Der Polizist atmet tief durch, wischt sich Wasser aus den Augen und beugt sich dann hinab, um die Leiche zu untersuchen. Aus der Brusttasche der braunen Lederjacke zieht er einen Pass. Er schlägt ihn auf und liest halblaut vor: »Krall, Mathias. Geboren am 8. November 1947 in Unna.«

Es ist Viertel vor zehn. Im Büro Mielke werden Schnittchen geordert.

Patrioten

Mittwoch, 24. September
11.00 Uhr

Karl Seidel, der Beauftragte für Westdeutschland im Außenministerium der DDR, hat Günter Gaus zum Gespräch gebeten. Der will die Gelegenheit nutzen, in dieser Stunde der Eintracht die Absichten der DDR zu erkunden, und hat deshalb für 13 Uhr ein Telefonat mit dem Kanzler verabredet, bevor der wieder in den Wahlkampf abtaucht. Als er im Regen vor dem schmucklosen Bürokasten gegenüber dem Palast der Republik vorfährt, eilt ihm ein beflissener Bediensteter mit Regenschirm entgegen. Das ist nicht immer so in der wechselhaften Diplomatie zwischen Bonn und Ost-Berlin. Manchmal wird auch mit groben Unhöflichkeiten agiert, obgleich Gaus hier beträchtliches Ansehen genießt.

Seidel empfängt ihn stehend und geht ihm sogar einige Schritte entgegen. »Ich grüße Sie, lieber Herr Gaus, an diesem trüben Morgen, der dennoch einiges aufgehellt hat.« Die beiden setzen sich gegenüber, Seidel gießt Wasser in die Gläser. »Bitte richten Sie dem Herrn Bundeskanzler die Grüße des Generalsekretärs aus. Er weiß es zu schätzen, dass die Bundesregierung nicht in den Streik eingegriffen und die Wiederherstellung der Ordnung auf dem Gelände der Deutschen Reichsbahn in Westberlin zugelassen hat. Die Deutsche Demokratische Republik unternimmt alle Anstrengungen, um den Zugverkehr mit der BRD rasch und vollständig zu normalisieren. Im S-Bahn-Verkehr ist das etwas komplizierter.«

Gaus möchte sich nicht lange mit dem Streik aufhalten, sondern in Erfahrung bringen, wie sich die DDR-Führung nun die innerdeutschen Beziehungen vorstellt. »Lieber Herr Seidel, bitte richten Sie dem Herrn Generalsekretär auch die Grüße des Bundeskanzlers aus. In Bonn stellt man befriedigt fest, dass sich die

Beziehungen zwischen den beiden deutschen Staaten auch in schwieriger Lage als stabil und tragfähig erwiesen haben.«

Seidel nickt, Gaus fährt fort: »Umso fruchtbarer erscheint es mir, nun den Blick nach vorne zu richten. Ich würden dem Bundeskanzler gerne berichten, welche Vorstellungen die DDR-Führung von der nahen Zukunft hat.«

»Ich will ganz offen sprechen, lieber Herr Gaus, und der Generalsekretär hat mich ausdrücklich dazu ermuntert. Den schon zweimal verschobenen Besuch des Kanzlers in der DDR sehen wir in diesem Jahr nicht mehr. Erstens reist Erich Honecker im November nach Österreich, zu seinem ersten Staatsbesuch im Westen. Das wird die DDR-Diplomatie gebührend beschäftigen. Zweitens ist die internationale Lage so kompliziert, dass der DDR kaum politischer Spielraum bleibt.«

»Sie möchten mir sagen, die Sowjetunion lässt nicht viel zu.«

»Die BRD hat zu den Staaten gehört, die im Sommer die Olympischen Spiele in Moskau boykottiert haben. Wir haben immer davor gewarnt. Und die BRD beteiligt sich an der unmäßigen Kampagne gegen die Hilfe der Sowjetunion für die fortschrittliche Regierung Afghanistans.«

Seidel fixiert Gaus, damit der spürt, dass nun Bedeutendes folgt. »Wir halten an der Einladung für Helmut Schmidt fest, aber der Besuch kann erst im kommenden Jahr in Angriff genommen werden. Wenn Sie mich fragen, lieber Herr Gaus, wie sich die DDR die nahe Zukunft vorstellt, dann antworte ich Ihnen: Die DDR wird beispielsweise die Initiative ergreifen, um die Anerkennung einer eigenen Staatsbürgerschaft durchzusetzen. Die Zeit ist reif dafür. Ich darf Sie daran erinnern, dass die DDR seit Januar im Sicherheitsrat der Vereinten Nationen sitzt, für zwei Jahre. Wir erwarten Realismus in Bonn.«

»Ich werde dem Kanzler davon berichten«, antwortet Gaus, »aber es wird Sie nicht wundern, wenn ich sage: Die Anerkennung einer DDR-Staatsbürgerschaft ist für die Bundesrepublik so gut wie ausgeschlossen. Denn Sie wissen, dass dies die Abschiebung von DDR-Bürgern aus der Bundesrepublik bedeuten könnte, die ihr Recht in Anspruch nehmen, von Deutschland nach Deutschland zu wechseln. Hier hat auch das Bundesverfassungsgericht hohe Hürden errichtet.«

Aufsteigender Ärger verschattet Seidels Gesicht. Bevor er etwas erwidern kann und der Streit offen zutage tritt, fährt Gaus fort: »Aber es gibt doch auch beträchtliche Fortschritte im Ost-West-Verhältnis. Helmut Schmidt und Hans-Dietrich Genscher haben im Sommer in Moskau vereinbart, dass die beiden Großmächte Verhandlungen über den Abbau atomarer Mittelstreckenraketen in Europa aufnehmen. Das dient beiden deutschen Staaten.«

Der DDR-Diplomat ist dankbar für den Themenwechsel. Er weiß nur zu gut, dass der Streit über die Staatsbürgerschaft tiefe Gräben aufreißen und am Ende völlig unfruchtbar ausgehen wird. »Ich stimme Ihnen zu, Herr Gaus. Und im Auftrag des Generalsekretärs bitte ich Sie, dem Bundeskanzler zu übermitteln, dass beide deutsche Staaten den gemeinsamen Auftrag haben, atomares Unheil von sich selbst abzuwenden. Bitte notieren Sie sich folgende Botschaft Erich Honeckers an Herrn Schmidt ...«

Gaus zieht einen Kugelschreiber aus dem Sakko, greift sich ein Blatt Papier vom Tisch und notiert: »Es gibt ernst zu nehmende Anzeichen dafür, dass die beiden Großmächte strategisch übereingekommen sind, einen atomaren Schlagabtausch in Europa auf das Territorium der beiden deutschen Staaten zu begrenzen. Das würde den Untergang der deutschen Nation bedeuten und muss durch kluge Politik beider deutscher Regierungen verhindert werden.«

Der Ständige Vertreter ist elektrisiert. Diese Sätze sind in zweifacher Hinsicht bemerkenswert, ja aufregend. Zum einen spricht Honecker von einer »deutschen Nation«, was die Aussagen zu einer DDR-Staatsbürgerschaft relativiert. Zum anderen distanziert er sich von der atomaren Strategie der Sowjetunion und verurteilt sie auf derselben Ebene wie die amerikanische. Das ist sensationell.

»Ich werde den Bundeskanzler sofort unterrichten, Herr Seidel.« Gaus hat es nun eilig. Was gesagt werden sollte, ist gesagt worden. Innerlich bezeugt er dem DDR-Diplomaten Respekt. Geschickt hat der die schlechten Botschaften überspielt und das Gespräch zu dem Höhepunkt getrieben, der im Kanzleramt Faszination auslösen wird. Chapeau!

Gaus lässt sich umgehend zum Grenzübergang Invalidenstraße fahren. Auf westlichem Gebiet, nicht weit vom Containerbahnhof, der am Abend zuvor von Streikenden geräumt worden ist, steht eine Telefonzelle, die offenbar für Reisende vor oder nach dem Grenzübertritt gedacht ist. Den Telefonleitungen der Ständigen Vertretung in der Hannoverschen Straße ist nicht zu trauen, weiß Gaus. Sie werden ganz sicher abgehört.

Also lässt sich der Ständige Vertreter zu dieser Telefonzelle in West-Berlin fahren, wenn er Vertrauliches mit Bonn zu besprechen hat und ein Flug zu zeitraubend wäre. Das freilich ist der Staatssicherheit nicht verborgen geblieben. Gaus hat einmal im angetrunkenen Zustand vor dem Korrespondenten einer großen westdeutschen Zeitung angegeben mit seinem Zellentrick. Der hat es weitererzählt, wie es nun mal üblich ist in der westdeutschen Blase, die Gaus in Ost-Berlin umgibt. Die Firma Horch & Guck brauchte bloß die Ohren aufzusperren, um von der geheimnisvollen Telefonzelle zu erfahren. Seither wird die abgehört. Und damit auch jedes Wort, das Gaus und Schmidt über diese Verbindung wechseln.

Gaus wandert vier Minuten vor der Zelle auf und ab, dann wählt er die Nummer des Kanzleramts. Pünktlich um 13 Uhr. Die Tasche seines Regenmantels ist voller Markstücke. »Günter, wie geht es Ihnen in der Metropole der streikenden Eisenbahner?«

»Es hat sich ausgestreikt, verehrter Herr Bundeskanzler. Unspektakulär und vor allem: unblutig. Sie werden davon schon unterrichtet sein. Ich stehe jetzt übrigens ganz in der Nähe des Containerbahnhofs, der das Streikzentrum war und nun wieder seiner Aufgabe zugeführt wird.«

»Berichten Sie bitte von Ihrem Gespräch mit Seidel, ich habe nicht allzu viel Zeit, weil ich wieder in den Wahlkampf muss.«

Gaus erzählt im Protokollstil, die aufregende Aussage Honeckers liest er Wort für Wort vom Blatt. Dann ein zweites Mal.

»Das schicken Sie mir bitte noch mal schriftlich, Günter. Das ist ja wirklich bemerkenswert. Schade, dass ich das nicht in den Wahlkampf einbringen kann. Das wäre ein Coup!« Schmidt hört durch die Leitung, wie Gaus nach Luft schnappt. Diesen kleinen Spaß mit dem Ständigen Vertreter der DDR in Bonn durfte er sich einfach nicht entgehen lassen. »Günter? Günter …«

»Herr Bundeskanzler«, kommt es gepresst zurück.

»Kommen Sie wieder runter von der Palme, auf die Sie eben geklettert sind. Natürlich verbietet sich das. Diese Aussage Honeckers ist ab sofort als geheim eingestuft. Ich werde sie nicht mal Genscher anvertrauen.«

»Ich bin davon überzeugt, dass sie nur für Ihre Ohren bestimmt ist, verehrter Herr Bundeskanzler. Würden diese Sätze öffentlich bekannt, wäre Honecker in Moskau erledigt. Unrettbar.«

»Er geht ein ziemliches Risiko ein, begibt sich geradezu in meine Hand …«

»Ich sage ja nicht zum ersten Mal«, beendet Gaus das Telefonat, »dass es in Ost-Berlin deutsche Patrioten gibt.«

Es ist zehn nach eins, als Gaus die Telefonzelle verlässt. Der Mithörer verfasst eine Eilmeldung an Honecker, auf hellrotem Papier. Und Schmidt denkt sich: Patrioten. Wie vertrauensselig ist dieser Mann eigentlich? Honecker legt eine Leimrute aus, um unsere Nachrüstung zu kippen. Vermutlich wissen die Russen sogar davon. Bölling muss nach Ost-Berlin. Gleich morgen wird er mit ihm sprechen.

Auftrag

Mittwoch, 24. September
13.30 Uhr

Die Genossen tragen Paradeuniformen. Orden an der Brust, Ehrendolch am Gürtel. Sechs Offiziere versammeln sich im Halbkreis vor Erich Mielke, Armeegeneral und Minister für Staatssicherheit. Er hat sie zu einem kleinen Empfang in sein Büro eingeladen, um den gelungenen Einsatz vom Vorabend zu feiern. Und um zwei zu belohnen.

»Genossen«, beginnt er, »ihr habt euch verdient gemacht um die Deutsche Demokratische Republik. Und Ehre eingelegt für unser Ministerium. Der terroristische Angriff auf die Deutsche Reichsbahn in Westberlin ist zurückgeschlagen, ohne dass politischer Staub aufgewirbelt oder gar Blut vergossen wurde. Die Westberliner Pressewölfe haben ein wenig geheult, aber offenbar gar nicht begriffen, was da passiert ist. Nur eine Reuters-Meldung erwähnt den Einmarsch aus unserer Hauptstadt, die Westberliner Medien verschweigen ihn. Vielleicht hat der Senat bei den Verlegern und Intendanten etwas nachgeholfen. Wie auch immer: voller Erfolg, Genossen, voller Erfolg!«

Mielke wendet sich um, nimmt eine Mappe von seinem Schreibtisch und fährt fort: »Das ist vor allem das Verdienst zweier Genossen: Oberst Franz Wollseifer und Major Hans Kotowski. Sie haben die Operation geplant und geführt, in schwierigster Lage kaltblütig gehandelt. Deshalb ist es mir eine Ehre, Genossen, euch zu befördern.«

Mielke nimmt eine Urkunde nebst zwei Schulterstücken aus der Mappe und ruft Wollseifer zu sich. »Genosse Oberst Wollseifer, ich ernenne dich, auch im Namen des Generalsekretärs unserer Partei, zum Generalmajor.« Wollseifer schüttelt Mielke die Hand, nimmt die Urkunde, dazu die neuen Schulterstücke und tritt einen Schritt zurück. Das Ritual wiederholt sich.

»Genosse Major Hans Kotowski«, sagt Mielke, »ich ernenne dich, auch im Namen des Generalsekretärs unserer Partei, zum Oberstleutnant.« Handschlag, Urkunde, Schulterstücke. Und Applaus der anderen. Zwei Ordonnanzen tragen Tabletts herein mit Sektgläsern und Schnittchen. Die Runde lockert sich auf.

»So, Genossen«, bollert der Minister, »ich bitte euch, mit mir das Glas zu erheben auf Generalmajor Wollseifer und Oberstleutnant Kotowski. Hurra, hurra, hurra!« Die anderen fallen ein in die Hurrarufe, folgen dann Mielke zum Tisch und setzen sich.

»Dass diese Operation Fingerspitzengefühl erfordert hat, wisst ihr alle. Umso höher ist es zu bewerten, dass ihr auch den Sabotageversuch eines unserer Männer abgewehrt habt. Ich weiß inzwischen aus seiner Vernehmung, dass dieser Schuft von Anfang an nicht hinter unserer Operation stand. Und dass er den Rückzug eines langjährigen IM verschwiegen hat. Vermutlich ist dieser Mann, der seit fünf Jahren verlässlich für uns gearbeitet hat, inzwischen zum Feind übergelaufen und hat einiges verraten.«

Mielke hält inne und blickt in die Runde, von einem zum anderen. »Schufte alle beide, Schufte! Der IM ist verloren. Sollte er noch mal die DDR betreten, werden wir ihn uns schnappen. Aber so blöd wird er nicht sein. Der andere, Runow, sein Führungsoffizier, ist ein komplizierterer Fall. Leutnant. Kommunist, wie er sagt. Hätte ja abhauen können in Westberlin, ist aber von der Brücke über den Humboldthafen brav zum Bahnhof Friedrichstraße zurückmarschiert. Sagt, er stehe zur DDR. Wolle aber nicht mehr im Ministerium für Staatssicherheit arbeiten. Ich habe ihn heute Morgen ausgestoßen aus unseren Reihen.«

»Und nun?«, fragt Wollseifer.

»Ja, was nun? Nun wird's kompliziert. Vor dreißig Jahren hätte man so einem Saboteur eine Kugel in den Kopf gejagt. Sofort. Auf der Brücke. Das Leben von einem gegen das Leben von vielen. Wenn man so einen laufen lässt, gefährdet er ja die Existenz von Tausenden. Aber heute sind wir Humanisten. Heute sind wir feinsinniger. Vor ein Militärgericht möchte ich ihn nicht stellen. Dort könnte er sich ausmähren über seinen

Widerstand gegen die Zerschlagung eines Streiks der Kommunisten bei der S-Bahn in Westberlin. Eine solche Bühne wollen wir ihm nicht bieten. Wäre ja auch nicht auszuschließen, dass die Westpresse davon Wind bekäme. Das würde die breite Koalition gegen den Streik im Nachhinein in Verruf bringen.«

Mielke erhebt sich, geht erregt auf und ab. »Ich habe heute Vormittag mit unserem Generalsekretär über den Fall gesprochen. Soll er wissen. Muss er wissen. Muss er mitentscheiden. Das Bekenntnis zum Sozialismus scheint ehrlich zu sein, meint unser Generalsekretär. Und für Runow spricht, dass er nicht übergelaufen ist, meint auch unser Generalsekretär.«

Der Minister hält in der Mitte des Teppichs inne und starrt auf das Bild Honeckers an der Wand. »Ich habe ursprünglich daran gedacht, diesen Leutnant Runow, der nun kein Leutnant mehr ist, zur Transportpolizei nach Frankfurt/Oder zu versetzen, da hätte er polnische Schieber aus den Zügen holen können. Aber als ich erfahren habe, dass er den Abgang seines IM gedeckt hat, ging das nicht mehr. Der Mann hat in unseren Sicherheitsorganen nichts mehr verloren. Bloß keine Gefühlsduselei.«

»Was hast du also entschieden, Genosse Minister?« Schon zum zweiten Mal wagt sich Wollseifer aus der Deckung. Aber als Stichwortgeber ist der alte Tschekist dem alten Tschekisten willkommen.

»Ich schicke ihn in die Braunkohle. Da kann er sich abrackern für die Werktätigen und wenn wir's warm haben zu Hause, denken wir an ihn. Dankbar. Als Humanisten.« Mielke lacht dröhnend, die anderen fallen ein.

»Ach ja, eine gute Nachricht habe ich noch für euch, Genossen. Wir haben die Nummer zwei des sogenannten Streikkomitees, Mathias Krall heißt der Kerl, in die Hauptstadt gelockt und hier festgenommen. Am Ende hat er in Hohenschönhausen eine Verpflichtungserklärung unterschrieben. Nun ist er schon für uns in Westberlin unterwegs. Möge er treu und mutig sein, Genossen! Treu und mutig ... Falls nicht, wird er es bereuen.«

Die Schnittchen stehen noch unberührt auf dem Tisch. Eine Ordonnanz schenkt Sekt nach. »Greift doch zu, Genossen, greift zu. Heute ist ein Tag des Sieges. Und solche Tage soll man feiern. Man darf es ja nicht so laut sagen, Genossen, aber bei dieser Operation hat uns sogar der Feind geholfen.« Er legt die Hand an den Mund, reißt die Augen auf und flüstert theatralisch: »Der Feind …« Wieder lacht die Runde.

Mielke setzt sich an die Stirnseite des Tisches. »Etwa hundert Leute, die in Bahnpolizei-Uniformen unterwegs waren, werden übrigens heute mit der Verdienstmedaille der Deutschen Reichsbahn ausgezeichnet, prämiert oder belobigt. Da hat sich die Uniform doch schon bezahlt gemacht. Wir werden die Leute jetzt Zug um Zug zurückholen. Es gibt keine Anzeichen dafür, dass der sogenannte Streik noch mal aufflammt. Der ist an den warmen Ofen verlagert, zur Gewerkschaft Erziehung und Wissenschaft. Wir sitzen dabei, Genossen, ganz vorne, auch im neuen Streikkomitee.«

Der Minister erhebt sich wieder, die anderen folgen. »Genossen«, ruft er und hebt das Glas, »das Ministerium für Staatssicherheit, Schild und Schwert unserer Partei, es lebe … hoch, hoch, hoch!«

Als alle getrunken haben, setzt er hinzu: »Eins will ich euch noch sagen, Genossen, merkt euch das. Niemand erhebt seine Hand ungestraft gegen die Deutsche Demokratische Republik.« Und leiser, an Wollseifer gewandt: »Du hast mich verstanden, Genosse Wollseifer?«

»Verstanden, Genosse Minister.«

Es ist 14.55 Uhr, als der neue Generalmajor in sein Büro zurückkehrt. Er hat schon darüber nachgedacht, wie er Mielkes verdeckten Auftrag erfüllen kann, und spannt nun die Fäden.

Cognac

Mittwoch, 24. September
19.20 Uhr

Den Sozialdemokraten pocht das Gewissen. Der S-Bahn-Streik, der in Wahrheit ein Streik aller Reichsbahner in West-Berlin war, ist zerschlagen. Und sie haben zugeschaut, ja passive Hilfestellung geleistet, um der DDR die schmutzige Aufräumarbeit zu ermöglichen. Nun hat Dietrich Stobbe, der Regierende Bürgermeister, Peter Sötje, den Chef seiner Senatskanzlei, zu einer Nachbetrachtung in sein Amtszimmer gebeten. Am Abend eines hektischen Tages. Die beiden Männer nehmen in der Sitzgruppe Platz, Stobbe schenkt Cognac aus.

»Peter, auf diese irren Tage nehmen wir erst mal einen. Zum Wohl!« Die Gläser stehen wieder, Stobbe schenkt nach und fährt fort: »Politisch waren das bittere Erfahrungen. Für mich ganz persönlich und ich denke, auch für dich. Mir ist es sehr nahegegangen, mit welcher Kälte die DDR auf unserem Gebiet durchgegriffen hat. Aber eine Alternative habe ich nicht gesehen.«

»Es gab keine«, erwidert Sötje. »Das Zeitfenster für Verhandlungen zwischen der Reichsbahn und den Streikenden stand höchstens zwei Tage offen, vielleicht auch nur einen. Die hätten sich sofort zusammensetzen und in einer einzigen Nacht eine Lösung finden müssen. Bevor die Sache richtig Wellen schlägt. Aber genau das wollte die DDR unter allen Umständen vermeiden: Ihren Werktätigen vor Augen führen, dass man mit einem Streik blitzartig erfolgreich sein kann.«

»Ich sehe das auch so, Peter. Stellen wir uns vor, es hätte über einige Tage oder gar Wochen hinweg Verhandlungen gegeben. Eine Delegation der Streikenden wäre täglich zur Reichsbahndirektion nach Ost-Berlin gefahren, immer ein Pulk West-Journalisten und Kameras vor der Tür, mit Wasserstandsmeldungen vor und nach jeder Gesprächsrunde, dazu flatternde Fahnen über den besetzten Bahnhöfen und Stellwerken in West-Berlin – das wäre die Fortsetzung von Solidarność mit deutschen Mitteln gewesen. Und hätte sofort auch internationale Aufmerksamkeit auf sich gezogen. Realistisch betrachtet undenkbar.«

»Haben die Streikführer das nicht auch gesehen? Die hatten doch reichlich Erfahrung mit der DDR.«

»Das ist mir schon öfter durch den Kopf gegangen. Vielleicht haben sie das ja ganz genau kalkuliert, vielleicht wollten sie die DDR vorführen. Auffällig ist doch, dass der Streik exakt an jenem Tag begonnen hat, als Solidarność in Polen als Gewerkschaft gegründet wurde. Das hat Honecker doch jede Bewegung unmöglich gemacht.«

Sötje zögert einen Moment, dann sagt er: »Einen Fehler haben wir vielleicht gemacht. Wir haben nie die Streikführung zum Gespräch getroffen. Das müssen wir alle auf unser Gewissen nehmen. Weder wir noch die Alliierten noch die Bundesregierung in Gestalt von Günter Gaus haben jemals Kontakt zur Streikführung gesucht. Damit hatten wir die Sache schon im Sinne der DDR verkorkst.«

»Nein, Peter, verkorkst haben wir gar nichts. Ich gebe dir recht, was Gespräche mit den Streikenden angeht. Das war, als wären Marsmännchen in West-Berlin gelandet: bloß nicht berühren, die könnten giftig sein. Andererseits, wenn wir es getan hätten, wäre die DDR auf der Zinne gewesen. ›Terroristen‹! Die ganze Lage, international wie national, war zu brüchig, um solche Abenteuer zu wagen.«

»Erhellend war der Streik aber schon, findest du nicht auch?«

»Unbedingt. Bei keinem der Beteiligten war Interesse an Veränderungen des Status quo zu erkennen. Die Pflöcke, die da eingerammt sind, werden alle noch die gleiche Position haben wie vorher, wenn sich der Nebel über den aktuellen Ereignissen gelichtet hat. Und für eine Bereitschaft der Reichsbahn, auf den S-Bahn-Verkehr in West-Berlin zu verzichten, gab es nicht die geringsten Anzeichen. Die wollen Subventionen von uns – in einen Betrieb, der ihnen gehört. So blöd kann man gar nicht sein.«

»Es hängt ja auch eine Menge dran, Dietrich, politisch wie ökonomisch. Mit dem Viermächteabkommen haben wir große Verlässlichkeit im Güter- und Personenzugverkehr mit Westdeutschland erreicht. Die DDR sorgt dafür, ohne taktische oder strategische Mätzchen. Hochinteressant ist doch, dass sich die drei West-Alliierten sofort und ohne Aufheben mit der Sowjetunion einig waren. Da hat sich plötzlich sogar eine britisch-sowjetische Achse gebildet, als hätte es nie einen Kalten Krieg gegeben.«

»Ich hab mich amüsiert, Peter, als mir Helmut Schmidt vom Besuch des britischen Botschafters bei Abrassimow erzählt hat. So unkompliziert, als hätten wir 1944.«

»Gelernt haben wir jedenfalls, dass es Änderungen am Status der Bahn nur geben kann, wenn entweder die DDR die Betriebsrechte in die Hände der Alliierten zurücklegt oder wenn die West-Alliierten der Reichsbahn dieses Betriebsrecht entziehen, weil die das S-Bahn-Netz verkommen lässt.«

»Wie wird es nun weitergehen, Peter? Du hast das aktuelle Bild.«

»Das klingt nun komisch nach deinen Feststellungen, Dietrich. Aber der Punkt, an dem die DDR den S-Bahn-Verkehr eigentlich nicht mehr gewährleisten kann, dürfte jetzt erreicht sein. Nur ist es politisch völlig unmöglich, jetzt die Betriebsrechte der DDR zu kassieren. Denn gerade haben wir sie ja alle miteinander verteidigt. Wir müssen also abwarten, wie die DDR selbst damit umgeht. Ob sie noch Interesse hat oder die marode S-Bahn wegwirft wie ein kaputtes Spielzeug.«

»Was meinst du konkret?«

»Die Reichsbahn ist personell gar nicht mehr in der Lage, die S-Bahn so zu betreiben wie vor dem Streik. Ein paar hundert Leute hat sie schon fristlos entlassen. Tausend Namen stehen auf der Streikliste, die hat die Stasi ganz sicher, und nun wird die Giftliste abgearbeitet. Das dürfte schon ein gutes Drittel des Personals sein. Und dann ist damit zu rechnen, dass etliche Reichsbahner von sich aus gehen, weil sie die Nase voll haben von diesem frühkapitalistischen Arbeitgeber.«

»Wo wollen die hin? Zu unserer U-Bahn?«

»Einige bestimmt. Muss man sich anschauen, jeden Einzelfall. Wir wollen schließlich keine Betriebsgruppe frustrierter SEWler beheimaten.«

»Die SEW dürfte jetzt endgültig erledigt sein, oder?«

»Ganz sicher. SEW und FDGB sind in West-Berlin nur noch raschelnde Papierhüllen. Das immerhin haben die Streikenden geschafft: den politischen Agenten der DDR die Masken vom Gesicht zu reißen.«

Stobbe sinkt in die Polster zurück. »Schön und gut, Peter. Aber es bleibt, dass wir den Stasi-Kreaturen unsere Stadt geöffnet haben, damit sie den Streik erledigen können. Gottlob hat die Presse heute kein Fass aufgemacht. Offenbar haben die Schreiberlinge gar nicht begriffen, dass es eine stille Invasion gegeben hat.«

»Die Typen ziehen schon wieder ab, zurück nach Ost-Berlin. Polizei und Verfassungsschutz beobachten das genau.«

»Sollen sich beeilen. Das muss eine Episode bleiben.«

Es ist 20.37 Uhr, als die beiden ihre Cognac-Gläser leeren und Valentin Freytag die Entspannungspolitik für gescheitert erklärt.

Karabiner

Mittwoch, 24. September
20.35 Uhr

Der Italiener nebenan ist ihr Treffpunkt. Valentin Freytag und Ben Tyler, sein Ost-Berliner Kollege, kehren hier oft abends ein, auf eine Nudel und ein Glas Rotwein, wenn sie geschafft sind vom verrückten Berlin. Das Ende des Streiks, von Reuters auch weltweit verbreitet, ist Anlass, Bilanz zu ziehen.

»Wir waren die Einzigen«, beginnt Tyler, »die den Einmarsch aus Ost-Berlin unter Deckung britischer Militärpolizei gemeldet haben. Dank dir. Du hast aufgepasst. Dafür kam ein Lob aus London. Für uns beide. Ich gratuliere dir überhaupt zu deiner Berichterstattung. Reuters lag vorne, immer.«

Sie stoßen an. Freytag antwortet: »Es war ungeheuer anstrengend. Aber es hat auch großen Spaß gemacht. Politik von unten, zwischen den Blöcken des Kalten Krieges.«

»Ja, sehe ich auch so. Aber leider gescheitert.«

»Der Streik ist nicht gescheitert, meine ich«, antwortet Freytag. »Er wurde zerschlagen von einem grotesken Bündnis. Bundesregierung, DDR-Regierung, Berliner Senat, West-Alliierte und Sowjets, alle in einem Boot. Das hat es noch nie gegeben. Der Westen lässt Staatssicherheit über die Schienen herein, begleitet sie und sorgt dafür, dass sie ihr Drecksgeschäft ungehindert erledigen kann. Es dient ja den Interessen aller.«

»Ich habe heute noch mal mit Peter James gesprochen, dem Berater des britischen Stadtkommandanten. Der ist, wie du weißt, in Wahrheit ein Geheimdienstoffizier. Aber ungeheuer nett. Hatte sich ja, im Auftrag der Franzosen, über dich beschwert. Er hat wegen der Stasi-Leute ein schlechtes Gefühl, meint aber, es war unvermeidbar. Und um sein Gewissen zu beruhigen, findet er heute, rückblickend, deinen Kurs sogar richtig.« Tyler lacht. »Unterm Strich war Britannien ausgewogen.

Dafür und dagegen. Verbündet mit Abrassimow, aber auch mit dem Streikführer.«

»Ich könnte das Kotzen kriegen«, erwidert Freytag. »Schau dir an, was da passiert ist. Sie bejubeln polnische Werftarbeiter und bekriegen die S-Bahner. Inzwischen bezweifle ich, dass der Beifall für die Polen überhaupt aufrichtig ist. Lass uns der Wahrheit ins Auge schauen. Sie haben der DDR geholfen, die Macht der Partei stabilisiert, bevor die ins Wanken kommen konnte. Ich war in der letzten Nacht in der Streikzentrale und habe den Ruf gehört: ›Sie kommen!‹ Schaurig. Es ist mir durch Mark und Bein gegangen. Gut, wenn man so was mal hautnah erlebt. Wie die Schachzüge der Weltpolitik Menschen einfach vom Brett fegen.«

»Das ist ein sehr hartes Urteil.«

»Es kommt noch härter. Die Entspannungspolitik wollte mal das Leben der Menschen leichter machen. Wandel durch Annäherung. Nun werden Menschen zerquetscht. Viele sind durch den Streik arbeitslos geworden. Komplizenschaft durch Annäherung.«

Freytag ist laut geworden, an den Nachbartischen wenden Menschen die Köpfe. Einer sagt: »Ich musste Ihnen zuhören, weil Sie so laut gesprochen haben. Sie haben völlig recht. Was für eine Sauerei.«

Freytag senkt die Stimme wieder. Beugt sich über den Tisch und starrt Tyler an. »Dies ist die dunkelste Stunde der Entspannungspolitik. Die dunkelste Stunde. Die Politik ist völlig pervertiert. Schmidt war ganz verliebt in den polnischen Parteichef Edward Gierek, der Anfang September gestürzt ist, als Solidarność immer stärker wurde. Öffentlich trauern konnte er nicht um ihn, aber ich bin sicher, er hat ihm heimlich eine Träne nachgeweint. Er war ja mit ihm befreundet. Das ist er nicht mit Honecker. Dafür ist der zu hölzern. Aber nun hat er ihn im Amt gehalten. Was meinst du, wird er bald die DDR besuchen?«

»Was ich höre, sagt das Gegenteil. Die internationale Lage ist nicht so günstig. Die DDR, berichtet mir ein Gesprächspartner aus dem Außenministerium, kann sich nicht so bewegen, wie sie vielleicht möchte. Die Sowjets sind dagegen. Olympia, Afghanistan …«

»Also geht es nur noch um Erhaltung des Status quo. So ist die Entspannungspolitik auf den Hund gekommen. Der Westen dient der Stabilisierung der DDR, aber nicht mehr den Menschen. Man lässt Tausende über die Klinge springen. Es gibt auch schon einen Begriff dafür: Politik der eingerammten Pflöcke.«

Die Spaghetti sind kalt geworden. Beide schieben ihre Teller von sich und bestellen noch einen Grappa. Dann trennen sich ihre Wege.

Gegen 23 Uhr biegt Freytag in Lichterfelde auf den Parkplatz vor seinem Wohnhaus ein. Die Scheinwerfer tasten über einen Mercedes, an dessen Kofferraum sich ein Mann zu schaffen macht, den er kennt. Henk Ruhnke aus dem Nachbarhaus. Ein Versicherungsmann, radikal antikommunistisch. Freytag hat sich im Sommer auf einem Grillfest der Nachbarschaft mit ihm unterhalten. Das Gespräch war rasch zu Ende.

Nun kommt ihm Ruhnke gerade recht. Freytag steigt aus, geht auf ihn zu und gibt ihm die Hand. »Hallo, Herr Ruhnke, was für eine Fügung, dass ich Sie treffe.«

Der andere schaut verständnislos. »Ist was passiert?«

»Das kann man wohl sagen. Ich habe gestern Abend und heute über eine kleine Invasion aus der DDR nach West-Berlin berichtet. Sie wissen doch: der S-Bahn-Streik. Gestern Abend sind Stasi-Genossen in Bahnpolizei-Uniformen über die Schienen in den Westen marschiert, eskortiert von britischer Militärpolizei, zum Schutz, wissen Sie, zum Schutz, um dann die Streikzentrale im Containerbahnhof Moabit zu räumen.«

»Ach, was Sie da erzählen …«

»Ich sage die reine Wahrheit. Kann Ihnen ja mal die Reuters-Berichte zeigen, die ich darüber geschrieben habe. Haben Sie mir nicht gesagt, dass Sie in der Freiwilligen Polizeireserve sind?«

Ruhnke nickt wortlos. Starrt Freytag an. Er weiß, jetzt folgt etwas.

Die Freiwillige Polizeireserve, gegründet nach dem Mauerbau, um im Falle einer Invasion aus dem Osten den West-Alliierten und der Polizei zur Seite zu stehen. Eine Art Miliz, zweitausendfünfhundert Mann Gewehr bei Fuß. Eine Miliz von Antikommunisten.

»Sie haben mir doch erzählt, dass Sie einen Karabiner im Keller haben.«

Der andere erschrickt. Das hätte er niemals verraten dürfen. Die Reservisten haben Verschwiegenheit gelobt. In der DDR weiß man natürlich Bescheid, kennt auch längst die Namen. Aber dennoch. Keine Untergrundarmee ohne Geheimhaltung.

»Haben Sie keine Angst, ich werde nicht darüber schreiben. Und es auch nicht weitersagen. Aber ich würde gerne wissen, warum Sie einen Karabiner im Keller haben, wenn der Westen die Staatssicherheit geradezu einlädt, gemeinsam Probleme zu lösen?«

Ruhnke weiß keine Antwort. Tritt von einem Fuß auf den anderen. »Ob das so ist, Herr Freytag, kann ich jetzt nicht beurteilen. Ich werde mich informieren. Wünsche Ihnen noch eine gute Nacht.«

Es ist 23.20 Uhr, als Freytag seine Wohnungstür aufschließt und Henk Ruhnke im Keller seinen eingeölten Karabiner streichelt.

Schnittstelle

Donnerstag, 25. September
01.44 Uhr

Lars Prien hat die Nase voll. Er muss weg hier, weg. Sechs Stunden hat er beim neuen Streikkomitee rumgehockt, in der siebten Reihe, ganz rechts. Schweigend. Hat nur zugehört. Und ist dann in der Pause an den kleinen Gruppen Diskutierender vorbeigezogen. Das sind nicht mehr seine Genossen. Jetzt haben Selbstdarsteller und Abenteurer das Ruder übernommen. Vom neuen Streik wurde da geraunt, radikaler als der erste, von Bewaffnung und Bombenanschlägen sogar. Fünf Männer standen beieinander und geilten sich auf an dieser Vorstellung. Ein Stellwerk hochjagen und wieder den Personenzugverkehr mit Westdeutschland unterbrechen. Sie haben ihm auf die Schulter geklopft, als er vorbeiging. »Lars, wäre gut, wenn du weiter dabei bist.« Das wird er nicht. Ganz sicher nicht. Mit denen führt der Weg in den Knast.

Als er mitten in der Nacht seine Wohnung aufschließt, weiß er, dass er schon am Vormittag bei Speditionen im Hamburger Hafen anrufen muss. Die suchen Leute, die sich mit Containern auskennen, hat er gehört. Das ist seine Zukunft. Mit den Irren im neuen Streikkomitee soll sich jetzt das perverse Bündnis beschäftigen, das seinen Streik zerschlagen hat. Eine herrliche Nachgeburt, denkt er, und lächelt dabei. Die habt ihr verdient, ihr Gangster.

Eigentlich sollte auch Matze Krall zu der Sitzung kommen und seine Eindrücke vom wieder aufgenommenen S-Bahn-Verkehr schildern. Doch der war erneut abgetaucht. Ohne Erklärung. Prien hat angerufen bei ihm, wieder und wieder. Keine Antwort. Was wird Matze jetzt tun? Er ist in einer viel schwierigeren Lage als er selbst. Hat eine Verpflichtungserklärung bei der Staatssicherheit unterschrieben und ist abgehauen. Sie werden ihn suchen. Und irgendwann auch finden.

Hat Matze in Hohenschönhausen ausgepackt? Berichtet über ihn, den Streikführer? Von der trotzkistischen Gruppe, die drei Jahre Fron bei der Reichsbahn auf sich genommen hat, um den Laden schließlich in die Luft zu jagen? Das ist gelungen. Prien ist rundum zufrieden mit dem Streik. Sechs Tage, vom 17. bis 23. September, haben sie durchgehalten.

Aber wenn Matze ausgepackt hat, kann es ungemütlich werden. Er ist ihm merkwürdig vorgekommen gestern, vor der Räumung des Containerbahnhofs. Bedrückt. Schweigsam. Überhaupt nicht mehr spontan und draufgängerisch wie früher. Verschweigt er ihm etwas? Aus dem Verhör in Hohenschönhausen?

Prien will das Licht im Flur einschalten, doch der bleibt dunkel. Aus dem Treppenhaus fällt Licht durch die geöffnete Wohnungstür. Er geht geradeaus, durch den Flur, ins Wohnzimmer. Tastet zum Lichtschalter neben der Tür. Auch der funktioniert nicht. Was zum Teufel …? Panik steigt ihn ihm hoch. Er hat blitzartig begriffen, was sich hier abspielt. Bloß raus! Weg!

Es ist zu spät. Von hinten wird er an der Schulter gepackt und zu Boden gerissen. Er ist völlig überrumpelt, es geht einfach zu schnell. Einer setzt sich auf seine Brust und kniet auf seinen Oberarmen. Ein anderer klebt ihm einen Streifen über den Mund und tritt dann rasch zurück. Ein Dritter packt seine Rechte am Handgelenk, dann an der Handfläche, schließlich an den Fingern. Den kleinen Finger lässt er herausstehen.

Prien blickt entsetzt zu seiner Hand, doch sie haben ihm die Arme über den Kopf gezogen. Der Mann, der seine Rechte umklammert hält, zieht eine Geflügelschere aus der Jackentasche, setzt sie ganz unten an Priens kleinem Finger an und knapst ihn ab. Die Amputation macht ein hässliches Geräusch. Knurps. Als würde zu Weihnachten ein Gänsebraten zerlegt und die Brust halbiert.

Prien wird von Schmerz überflutet und sinkt in Ohnmacht. Blut spritzt aus der Wunde, sammelt sich in einer größer werdenden Lache neben seinem Kopf. Der Zweite reißt ihm den Klebestreifen vom Mund. Der Dritte, Oberleutnant der Staatssicherheit und Anführer des Trios, nimmt den abgeschnittenen Finger und läuft in die Küche.

Er blickt sich um, öffnet den Kühlschrank. Erdbeermarmelade oder Gewürzgurken? Er entscheidet sich für die Gurken. Nimmt das Glas heraus, schraubt es auf und drückt den Finger zwischen die Gurken. Abgetrennt von der Rechten des Anführers der trotzkistischen Revolution. Der Offizier lächelt. Im Politunterricht haben sie sich oft beschäftigt mit den Gefahren des verräterischen Trotzkismus. Jetzt hat er seinen persönlichen Beitrag zur Bekämpfung geleistet.

Die kleine Bestattung hält dem prüfenden Blick des Oberleutnants stand. Von außen ist der Finger nicht zu erkennen. Man muss sich schon voranessen, bis man auf den eigenartigen Gewürzfinger stößt. In der Säure wird er weiß werden.

Es ist 02.12 Uhr, als das Stasi-Kommando Priens Wohnung verlässt und der Streik unwiderruflich zu Ende ist. »Knurps«, raunt der Anführer und die beiden anderen lachen halblaut. Knurps.

Nachspiel

Mittwoch, 17. Dezember
23.52 Uhr

Verrückte Sache. Warum hat er das auf sich genommen? Wer ist dieser Kerl? Ein Treffen um Mitternacht – welchen Sinn soll das haben? Es sei denn, es geht um pure Dramatik. Am Vormittag hat Valentin Freytag den Anruf erhalten. »Abel« nannte sich der angebliche Reichsbahner, angeblich immer noch aktiv, angeblich zu allem entschlossen. »Es wird wieder gestreikt. Kommen Sie um Mitternacht zum Haupteingang des Olympiastadions.« Was soll das werden, ein Räuber-und-Gendarm-Spiel? Freytag hat mit sich gerungen, dann ist er doch hingefahren. Dieser Sache muss man einfach auf den Grund gehen.

Nun schlendert er in der feuchten Kälte auf und ab. Gottlob hat der Schneeregen der vergangenen Tage aufgehört. Der riesige Platz vor dem Stadion ist von den Lichtmasten nur diffus beleuchtet. Freytags Blick geht nach links, zu dem Toilettenhäuschen unter Büschen und Bäumen. Aus dessen Schatten lösen sich zwei Personen und kommen auf ihn zu. Du bist ganz schön leichtsinnig. Und wenn sie dich zusammenschlagen? Oder entführen? Nach Ost-Berlin?

Seine Bedenken sind unnötig. »Abel«, stellt sich der eine vor, »wir haben telefoniert. Das ist mein Kollege Gottmann.«

Freytag gibt ihnen die Hand. Abel ist Mitte vierzig, Gottmann vielleicht Ende dreißig. Beider Gesichter sind verlebt, gezeichnet von Alkohol und Schlafentzug. So sehen jene Abenteurer aus, die Freytag häufig als Bierwagenfahrer bezeichnet. Immer dran an den Frauen, aber Abgang nach dem ersten Kind. Die beiden tragen trotz der feuchten Kälte nur Jeans und Lederjacken. »Und Sie arbeiten bei der Reichsbahn in West-Berlin?« Abel bezeichnet sich als Fahrdienstleiter, Gottmann stellt er als Schlosser vor. »Na, dann schießen Sie mal los.«

»Es wird wieder gestreikt, Herr Freytag. Aber diesmal stehen die West-Alliierten, der Senat und der Staatsschutz hinter uns. Am 19. Dezember um 22 Uhr werden wir die Stellwerke Wilmersdorf, Zoo, Spandau und Wannsee besetzen und den gesamten Zugverkehr unterbrechen. Zwanzig Mann pro Stellwerk. Darunter sind auch getarnte Staatsschützer.«

»Die Alliierten stehen hinter Ihnen? Da habe ich ja Zweifel. Im September waren sie noch strikt gegen einen Streik.«

»Gerade ist Ronald Reagan in den USA zum Präsidenten gewählt worden. Da weht jetzt ein anderer Wind, auch bei den Geheimdiensten.«

Gottmann assistiert: »Alle haben die Schnauze voll von den Verhältnissen. Inzwischen hat die DDR ja sogar Armee-Offiziere, getarnt als Reichsbahner, nach West-Berlin geschickt, weil sie keine Leute mehr hat, um den Verkehr am Laufen zu halten. Es ist einfach Zeit, dem Osten die S-Bahn aus der Hand zu schlagen und dem Senat zu übertragen. Der Westen hat im September einen Riesenfehler begangen. Den werden wir nun gemeinsam wettmachen.«

Freytag kann kaum glauben, was er hört, und man sieht ihm seine Zweifel offenbar an. »Sie werden schon sehen, Herr Freytag. In zwei Tagen, wenn es losgeht, wird der SFB im Radio einen Aufruf verbreiten. Punkt 22 Uhr. Sie können ja mal Kontakt aufnehmen mit dem Intendanten. Der müsste inzwischen informiert sein. Und dies ...«, Abel reicht Freytag einen Zettel, »... ist meine Telefonnummer, für alle Fälle. Wolfgang Abel. Alles läuft über mich. Wir sehen uns in zwei Tagen. Diesmal steht der Westen gegen den Osten, nicht an seiner Seite. Und zwar geschlossen, wie es sein muss. Wir werden den Kommunisten eine Lektion erteilen.«

Freytag hakt nach, stellt Fragen, erfährt mehr über die Detailplanung. Interessante Pläne. Wenn sie denn stimmen. Gegen 00.20 Uhr verabschiedet man sich und Freytag rollt vom Parkplatz.

Er bekommt kein Auge zu in der Nacht und auch am folgenden Tag den Kopf nicht frei. Er quält sich. Kann er einfach abwarten, die Aktion auf sich zukommen lassen, so wie es der Beruf eigentlich erfordert? Oder muss er eine Rolle übernehmen in dieser Inszenierung, den Senat warnen? Was Abel ihm eröffnet hat, kann einfach nicht stimmen.

Der Senat steht nicht hinter einem neuen Streik, da ist er sich sicher. Wer sonst? Er durchdenkt die Möglichkeiten. Alle Alliierten? Extrem unwahrscheinlich. Nur die Amerikaner? Reagan ist noch nicht im Amt, da inszeniert man doch keine Berlin-Krise. Ein Einzelgänger bei der CIA, der die Zerschlagung des Streiks im September für einen Fehler hält und den Reichsbahn-Typen vorgaukelt, der Westen stehe geschlossen hinter ihnen? Schon eher möglich. Möglich aber auch: die DDR? Plant sie eine Provokation, um dem Senat die marode S-Bahn, die nach dem Streik nicht mehr richtig auf die Räder gekommen ist, vor die Füße zu werfen – und den Restwert zu kassieren? Auch das nicht ausgeschlossen.

Wie er es auch dreht und wendet: Die Sache stinkt. Ein CIA-Irrläufer oder eine Schweinerei der Staatssicherheit: Das erscheint ihm immer wahrscheinlicher. Freytag ruft Peter James an, den Berater des britischen Stadtkommandanten, um ihm den Knallforsch zwischen die Füße zu werfen und zu beobachten, ob er springt. James' Reaktion ist glaubwürdig. »Bei der CIA weiß man nie«, sagt er, »aber die drei Alliierten gemeinsam: völlig ausgeschlossen.«

Am Abend ist er so weit, die journalistische Zurückhaltung aufzugeben und den Senat zu warnen. Er ruft Peter Sötje an, den Majordomus im Rathaus Schöneberg. Das Stichwort »Es geht um einen neuen S-Bahn-Streik« wirkt im Vorzimmer der Macht. Zwei Minuten später hat er den Staatssekretär am Telefon. Der reagiert sofort. »Kommen Sie um 22.15 Uhr in mein Büro. Ich erwarte Sie.«

Freytag kommt gleich zur Sache, als er Sötje im warmen Licht der Schreibtischlampe gegenübersitzt. Erstens, zweitens, drittens, viertens.

»Der Senat steht nicht dahinter, das kann ich Ihnen schon mal verbindlich sagen«, wirft Sötje ein.

»Ich kann mir keinen rechten Reim darauf machen«, antwortet Freytag, »ich schwanke zwischen CIA-Provokateur und DDR-Inszenierung, um Ihnen die kaputte S-Bahn vor die Füße zu werfen. Oder auch nur, um zu verfolgen, was dieser Alarm im westlichen Lager auslöst. Mielke hätte sicher seinen Spaß daran.«

Sötjes Miene verfinstert sich. »Wir werden morgen gleich mit den Alliierten sprechen. Das lässt sich schnell klären. Haben Sie noch Informationen von Bedeutung?«

»Ein paar interessante Details noch. Die Strecke über die Mauer zwischen Bahnhof Friedrichstraße im Osten und Lehrter Bahnhof im Westen soll angeblich durch abgestellte Lokomotiven blockiert werden. Und die West-Alliierten hätten die Anweisung an die Berliner Verkehrsbetriebe in der Schublade, die U-Bahn-Linien 6 und 8, die unter Ost-Berlin hindurchfahren, zu unterbrechen. Und zwar am 24. Dezember, Heiligabend. Diese Anweisung hätten die Alliierten erst vorgestern beschlossen.«

»Herr Freytag, ich danke Ihnen, dass Sie zu mir gekommen sind. Das ist ungeheuer hilfreich. Ich habe zunächst zwei Bitten: Geben Sie mir die Telefonnummer dieses Abel und rufen Sie ihn gleich selbst an, um ihm zu sagen, dass der Senat nicht hinter dem Streik steht. Wegen der Alliierten melde ich mich morgen.«

Freytag fühlt sich erleichtert, als er das Rathaus Schöneberg verlässt. Sötje telefoniert noch bis 02.30 Uhr.

Die Berater der alliierten Stadtkommandanten fallen aus allen Wolken, als ihnen Sötjes Emissäre bei der Besprechung am nächsten Morgen von den angeblichen Streikplänen berichtet. Im Protokoll wird »VS – Nur für den Dienstgebrauch« notiert: »Die Alliierten stellten fest, dass auch ihnen Gerüchte über geplante Streikaktionen zur Kenntnis gekommen seien ...« – Freytags Anruf bei James – »... sie jedoch in keiner Weise irgendeine Unterstützung eines Streiks zugesagt hätten.« Nun darf man davon ausgehen, dass die Amerikaner auf jeden CIA-Busch in der Stadt klopfen werden.

Es wird sogar eine alliierte Sprachregelung für die Presse verabschiedet. »We have heard rumors that actions are planned against the Reichsbahn but have no (no) confirmation that anything will take place. There has been no contact between Allied authorities and present or former employees of the Reichsbahn. Any reports that the Allies support the actions or have been involved in their planning are entirely false."

Um ganz sicher zu gehen, entschließen sich Amerikaner, Briten und Franzosen sogar zu einer Initiative, die zwischen Macht und Journalismus ganz und gar unüblich ist. Sie bitten die Nachrichtenagentur Reuters, »Kontakt zu ehemaligen Reichsbahnern herzustellen und diese auf die nicht vorhandene Unterstützung des Streiks durch die Alliierten hinzuweisen«.

Freytag erhält in dieser Sache zwei Anrufe. Sötje und James übermitteln die Bitte. Bei dem Briten kann er sich eine Retourkutsche nicht verkneifen: »Ach, jetzt möchten die Alliierten also, dass sich eine britische Institution in einen Streik einmischt. Im September haben sich die Franzosen noch darüber beklagt und Sie haben sich gegen mich losschicken lassen.« James hat Humor, er lacht. »Sie wissen doch: Gute Politik muss beweglich sein. Ist sie sehr beweglich, ist sie rechts und links gleichzeitig.«

Kurz nach 13 Uhr ruft Freytag bei Abel an und setzt ihm die Sache mit allem Nachdruck auseinander. Der Senat und die Alliierten sind nicht dabei. »Kein Streik! Haben Sie verstanden?« Der Journalist ahnt nicht, dass Senat und Alliierte für den Fall der Fälle doch eine Kaskade möglicher Reaktionen vereinbart haben.

Erstens: Streik von aktiven Reichsbahnern. Das wäre ein zulässiger Tarifstreit. Die West-Berliner Polizei hielte Streikende und Bahnpolizei auseinander. Würde die Bahnpolizei die Polizei zu Hilfe rufen, müssten sich Senat und Alliierte verständigen. Der Senat würde an die Streikenden appellieren, keine Fern- und Militärzugverbindungen zu unterbrechen.

Zweitens: Besetzungen durch ehemalige Reichsbahner. »Es handelt sich um keinen Streik«, heißt es zu dieser Möglichkeit im Protokoll. »Ein Recht zur Besetzung der Anlagen besteht nicht.« Ob die Polizei gegen die Besetzer vorgeht, entscheiden Senat und Alliierte im konkreten Fall.

Drittens: Sabotage. »Die Polizei wird bei unmittelbar bevorstehenden Sabotageakten sofort tätig.«

Viertens: Einzelaktionen geringeren Ausmaßes. Demonstrationen. Sperren einzelner Zugänge. »Die Polizei wird zurückhaltend, der jeweiligen Situation angemessen, reagieren.«

Das ist kein schlüssiges und belastbares Konzept. Der Westen hat aus dem Streik im September nichts gelernt. Er laviert wieder. Oder: noch immer. Falls die DDR das testen wollte, ist der Test gelungen. Sie beherrscht weiterhin die Schienen. Auch in West-Berlin.

Im Januar geraten Abel und sein Gefährte Gottmann ins Fadenkreuz von Polizei und Justiz, weil sie von einem Bombenanschlag auf ein Stellwerk und vom Entgleisen eines alliierten Militärzugs schwadroniert haben. »Zuverlässig ist bekannt geworden«, heißt es zu Beginn der Verfassungsschutzberichte, die entsprechende Ermittlungen auslösen – die gängige Formel für Erkenntnisse des Verfassungsschutzes. Jeder in der Verwaltung, der einen solchen Bericht liest, kennt auch seinen Ursprung. In diesem Fall hat Reinhard Schramke die Augen und Ohren offen gehalten. Früher hat er für die Staatssicherheit gearbeitet und nannte sich Wolfgang Papke. West oder Ost, Verfassungsschutz oder Staatssicherheit: Alles läuft für die DDR.

Um 22 Uhr an diesem 19. Dezember passiert: nichts. Keine Störungen im Bahnverkehr. Auch das Programm des SFB wird nicht unterbrochen. Valentin Freytag begießt seine Intervention mit einem Whisky. Ein überaus erfolgreicher Tag für ihn. Wie für Manfred Lahnstein, der Schüler als Chef des Kanzleramts ablöst.

Vertuschung

Freitag, 13. Oktober 2017

»Haben Sie noch einen geheimen Aktenbestand, der für die Öffentlichkeit nicht zugänglich ist? Vielleicht wegen alliierter Interessen?«

Die Archivarin schaut Valentin Freytag verständnislos an. »Nein, hier gibt es kein Geheimarchiv.«

»Ich frage, weil hier Lücken sind, jedenfalls eine, auf die es mir ankommt.«

Die Archivarin schweigt.

»Haben Sie schon mal festgestellt, dass Dokumente vernichtet wurden? Das wäre ein Ding. In einem westlichen Archiv!«

Jetzt wird die Dame ärgerlich. »Was glauben Sie denn? Hier wird nach Recht und Gesetz gearbeitet!«

»Aber es muss etwas verschwunden sein. Tut mir leid.«

Einen Monat lang hat Freytag inzwischen im Landesarchiv Berlin recherchiert. Einem denkmalgeschützten Backsteingebäude am Stadtrand, ehemals Waffen- und Munitionsfabrik. In dieses Archiv gehen die Akten des Berliner Senats und werden dort unter Aufsicht der Senatskanzlei verwahrt.

Freytag hat der Streik bei der S-Bahn in West-Berlin im September 1980 nicht losgelassen. Die geheime Invasion aus dem Osten, um besetzte Stellwerke und Bahnhöfe zu räumen. Die Passivität des Westens, die diesen Einmarsch erst möglich machte.

Er hat im Stasi-Archiv Akten gelesen, jetzt interessieren ihn Protokolle der Besprechungen zwischen den drei West-Alliierten und dem Senat aus der Zeit des Streiks. Dort müssten sich Spuren finden lassen von den machtpolitischen Interessen und von den Händeln zwischen Ost und West um die Lösung des gemeinsamen Problems.

Die Archivarinnen sind freundlich und bemüht. Sie graben. Und stoßen zunächst auf Unterlagen, die bis 2041 gesperrt sind. Sechzig Jahre nach Ende des Streiks! Freytag ist perplex. Das ist wie in England im Fall Rudolf Heß. Hoch geheim. Was soll da verborgen werden über den Bahnstreik?

Doch es kommt noch schlimmer. Zwei andere Aktenbestände sind bis Ende 2080 respektive 2081 gesperrt. Unzugänglich für jedermann. Hundert Jahre! Wer sollte nach Ablauf dieser Frist überhaupt noch Interesse haben an diesem Thema? Ein Professor für Bahngeschichte? Gibt es so was?

Die Archivarinnen helfen weiter. »Beantragen Sie doch einfach die Entsperrung. Das kann man. Ist nicht aussichtslos.« Freytag füllt Formulare aus und in der Tat – nach einer Woche erhält er die Nachricht, dass er in den Lesesaal kommen darf. Entsperrt.

Die Akten indes lassen ihm die Füße einschlafen. Betrachtungen über Strecken und Teilstilllegungen, über Fahrpläne und Personal. Gelegentlich auch Überlegungen, ob und unter welchen Umständen, vor allem aber: zu welchen Kosten die Übernahme der S-Bahn in westliche Hände denkbar wäre. Die West-Alliierten waren am Thema Bahn immer höchst interessiert. Sie hatten schließlich die Betriebsrechte an die DDR-Reichsbahn vergeben und sie wachten eifersüchtig darüber, dass ihnen der Senat nicht in ihre Kompetenzen pfuschte. Deshalb gab es regelmäßig Besprechungen zwischen Alliierten und Senatsexperten im Rathaus Schöneberg. Amerikanern, Briten und Franzosen war kein Detail zu unbedeutend, um es nicht aufmerksam hin und her zu wenden.

Mag sein, dass das dem Senat 1980 und 1981 schutzwürdig erschien, überlegt Freytag. Niemand konnte damals ahnen, dass die deutsche Einheit nur noch ein Jahrzehnt entfernt war. Und was DDR-Agenten noch nicht aus dem West-Berliner Behördenapparat geschleppt hatten, mochte man ihnen freiwillig nicht ausliefern. Alles verständlich, wenn auch hundert Jahre wirklich happig sind.

Dann aber stößt Freytag auf einen Ordner, der ihn sprachlos macht.

»Kontakte mit den Alliierten in DR-Fragen«: BRep 002 Nr. 35189. VS – Nur für den Dienstgebrauch. Am 11. September 1980 lautete das Besprechungsthema Rationalisierungsmaßnahmen. Dann, am 26. September 1980, folgte: Fahrplanänderung. Dazwischen lag der Streik. Über diesen Streik aber, ausgerechnet: kein einziges Dokument. Nothing. Rien. Lücke. Es mussten Protokolle beseitigt worden sein. Aktuell? Nur seinetwegen? Weil noch mal jemand den Bestand ausgeflöht hatte, als ein gewisser Freytag Einsicht nehmen wollte? Oder nach der Wiedervereinigung? Weil Spuren der Alliierten systematisch verwischt werden sollten. Auf deren Befehl. Oder schon vor sechsunddreißig, siebenunddreißig Jahren. Direkt nach dem Streik.

Kann man so dumm sein, denkt Freytag, alle heißen Dokumente dieses Ordners zur Seite zu schaffen und gerade damit Verdacht zu erwecken? Wäre es nicht klüger gewesen, ein paar unverfängliche Aufzeichnungen aus der Streikphase drin zu lassen und damit das schwarze Loch ein wenig zu füllen? Dokumente von der Art, wie er sie an anderer Stelle in dem Archiv gefunden hat. Alliierte Hinweise auf die Blockade eines französischen und eines amerikanischen Militärzugs vom 18. September 1980. Überlegungen der Alliierten zum Einsatz der West-Berliner Polizei vom 19. September. Vermerk zur Besprechung zwischen Senat und Alliierten über die erwartete Räumung der Streikzentrale am 23. September.

Im Dunkeln aber bleiben die westlichen Überlegungen zur Zerschlagung des Streiks durch DDR-Kommandos. Freytag lässt die verdutzten Archivarinnen stehen und verabredet sich zum Gespräch mit einem Beteiligten, einem, der alles weiß. Der zeigt sich ungemein schmallippig, hört sich Freytags Bericht an – und nickt dann stumm und gravitätisch auf die Frage: »Und, das war doch so, oder?«